KB089872

Demian

데미안

H. 헤세 지음 / 이건숙 옮김

惠園出版社

새는 알을 깨고 나온다.
알은 새의 세계이다.
태어나려는 자는 한 세계를 파괴해야만 한다.
새는 신에게로 날아간다.
그 신의 이름은 아브락사스이다.

차 례

━ 데미안 ━

데미안

　나에 대한 이야기를 하기 위해서는 오래된 예전 일부터 시작하지 않으면
안 된다. 될 수만 있다면 더 거슬러 올라가서, 내 어린 시절 맨 처음부터,
아니, 더 예전의 나의 선조 때의 일부터 시작해야 할 것이다.

　작가라고 하는 사람들은 소설을 쓸 때 마치 자기가 하느님이나 된 것처
럼, 어떤 주인공의 일생을 샅샅이 내다보고, 또 알고 있는 체하는 것이 보
통이다. 그리고 제딴에는 그 주인공 이야기를, 하느님께서 스스로 말씀하
실 때처럼 요점을 하나도 빼놓지 않고 독자들 앞에 숨김없이 표현할 수 있
을 것이라고 자부하고 있다. 그러나 나로서는 그렇게 할 수가 없다. 왜냐
하면, 이 이야기는 다름 아닌 내 자신에 관한 것이기 때문이다. 작가라면
누구나 자기의 소설을 소중하게 생각하겠지만 이 이야기는 내게 있어서 특
별히 소중하다. 어찌 되었든 이것은 나 자신의 이야기이고, 거기다가 한
인간, 즉 단 한 번밖에 없는 인생을 살아가고 있는 어떤 현실의 인간의 이
야기이지, 작가가 머릿속에서 생각해 낸 가공 인간, 실제로 존재할지도 모
르는 인간, 이상적인 인간, 이를테면 실제로 존재하지도 않는 인간의 이야
기가 아니기 때문이다.

　'현실에 살고 있는 인간이란 대체 무엇인가?'──── 이 문제에 대해서 현
대인은 과거 어느 시대의 사람들과 비교해 보더라도 당연히 더욱 무지하

다. 현재 우리 인간들은 모두 다 자연의 단 한 번의 귀중한 실험이다. 그런데 그러한 인간이 서로를 대량으로 학살하고 있지 않는가. 우리의 인생이 죽음과 함께 완전히 끝나 버리는 것이라면, 즉 한 알의 총탄이 우리를 이 세상에서 완전히 제거해 버린다는 것이 사실이라면, 이야기를 쓴다는 것은 무의미한 일이다. 그러나 인간은 누구나, 그 인간 자신뿐만 아니라 우주의 모든 현상이 다시는 돌아오지 않는 단 한 번뿐인 방법으로 교차하는, 단 하나밖에 없는 매우 특수한 '점'이기도 하므로, 어떻게 되었든 흥미있고도 귀중한 존재인 것이다. 그러므로 어떤 인간의 이야기라 할지라도 중요하고 영원하고 장엄하다. 누구든지 인간은 살아서 자연의 뜻을 실현하고 있는 한은 훌륭한 존재이므로 행여 멸시를 받는 일이 있어서는 안 된다. 모든 인간은 '정신'의 일시적인 모습이며 이 세상에 생을 부여받은 자의 고뇌의 한 예이므로 그리스도의 수난은 모든 인간 속에서 되풀이되는 것이다.

오늘날 '인간이 무엇인가'를 알고 있는 사람은 많지 않다. 그러나 인간이 무엇인가를 감지하고 있는 사람들은 많다. 그 사람들은 다른 사람들보다 편안히 죽어 간다. 나도 이 이야기를 다 쓰고 나면 그들과 마찬가지로 좀더 편안히 죽어 갈 것이다.

나는 내 자신을 감히 깨달음을 얻은 사람이라고는 생각하지 않는다. 나는 언제나 길을 찾아 모색하는 사람이었고, 지금도 그렇다. 그러나 예전과는 달리 지금은 공상의 세계나 책 속에서 찾으려 하지 않고, 내 피가 내 마음 속에서 불러일으키는 여러 가지 교훈에 귀를 기울이기 시작하고 있다. 내 이야기는 읽어서 쾌감을 주는 것도 아니고, 가공적인 이야기처럼 감미롭지도 않으며, 정연하게 조리가 있는 것도 아니다. 이제는 자기 자신을 더 속이지 말자고 생각하는 사람들의 생활이 모두 그러하듯, 나의 이야기도 부조리와 혼돈, 거기다 광기와 몽상의 맛을 가지고 있다.

인간의 일생이라는 것은 모두 자기 자신에 도달하기 위한 여정(旅程)이다. 그것은 크고 넓은 길을 찾아 내려는 시도이며, 작고 좁은 오솔길의 암시이다. 사람은 이제까지 완전히 자기 자신이 된 적은 없다. 하지만 의식하고 있는 경우와 그렇지 않은 경우의 구별은 있을지언정 누구나 모두 완전한 자기 자신이 되려고 노력하고 있는 것이다. 우리는 모두 원시 시대의 점액과 껍질 등, 동물의 일원으로서 우리의 출생에 붙어다니는 온갖 찌꺼기를 죽을 때까지 떨쳐 낼 수가 없다. 끝내 인간이 되지 못하고 개구리나 도마뱀, 개미 따위의 단계에서 그대로 죽어 버리는 자도 있고, 머리는 사람이지만 몸뚱이는 물고기인 자도 있다. 그러나 근본을 따지면 모든 인간은 인간이 되도록 만들어진 것이다. 우리는 모두가 같은 어머니에게서 태어난 같은 신분의 존재이며, 모두 같은 심연에서 나온 존재이다. 그러나 한 사람 한 사람이 하나의 실험이며, 심연에서 던져진 존재인 우리는 각자 자기만의 목표를 향해 노력한다.

인간은 서로가 이해할 수는 있다. 그러나 각자가 지니는 고유의 뜻을 아는 것은 자기 자신뿐이다.

1. 두 개의 세계

　내가 열 살 되던 해, 조그만 고향에서 라틴 어 학교에 다니던 무렵의 체
험에서부터 이야기를 시작하겠다.

　그때 생각을 하면 여러 가지 냄새가 코를 찌르고 슬픔과 달콤한 전율 때
문에 내 마음은 뒤숭숭해진다. 음침한 골목이나 밝은 집들과 탑, 시계 소리
며 온갖 사람들의 얼굴, 따뜻한 분위기와 안락한 방들, 거기다 당장에 유령
이라도 나올 것 같은 신비에 싸인 몇 개의 방들, 그리고 사람의 훈기와 집
토끼, 하녀들의 체취가 물씬거렸고, 상비약과 말린 과일 냄새가 나던 그
무렵의 일들이 생생하게 떠오른다.

　그 무렵의 나에게는 두 개의 세계가 뒤섞여, 그 두 개의 극(極)으로부터
낮과 밤이 찾아왔다.

　그 하나의 세계는 아버지의 집이었다. 아니, 사실은 더 작은 세계, 내 양
친만으로 이루어진 세계였다. 이 세계는 그 대부분이 아주 정든 것으로,
아버지와 어머니이자, 사랑과 엄격함이며, 모범과 가르침이었다. 이 세계
에는 부드러운 빛, 밝음과 깨끗함이 속해 있었고, 부드럽고 정다운 이야기
와 깨끗이 씻은 손과 말끔한 옷차림, 훌륭한 예의 범절이 깃든 곳이다. 아
침 찬미가를 부르고 크리스마스를 축하하는 것도 이 세계 속에서였다. 이
세계 속에는 미래로 통하는 똑바른 길이 있었으며, 의무와 죄, 옳지 못한

생각과 고해(告解), 용서와 선량한 의도, 사랑과 존경, 성서의 말씀과 지혜가 있었다. 티없이 맑고 깨끗하고 아름답고 질서 있는 멋진 생활을 하기 위해서는 이 세계를 떠나서는 안 된다.

그런데 그동안 다른 하나의 세계가 벌써 우리들 자신의 집안에서 시작되었다. 그것은 앞의 세계와는 아주 달랐다. 냄새도 다르고, 이야기도 다르며, 약속과 요구도 다른 세계였다. 이 두 번째 세계는 하녀와 직공의 세계이며, 유령의 얘기와 추문들이 떠도는 세계였다. 거기에는 도살장, 교도소, 주정꾼, 욕지거리하는 아낙네와 새끼를 낳는 암소, 쓰러진 말, 강도, 살인과 자살의 이야기와 같은, 괴상하고 유혹적이고 무섭고, 수수께끼 같은 일들이 무수히 많았다. 멋있기도 하고 무섭기도 하며, 야만적이고 참혹한 여러 일들이 바로 앞에 있는 골목이나 이웃집에서 일어났다. 순경과 부랑자가 여기저기로 쫓고 쫓기며, 주정꾼이 자기 아내를 때리고, 젊은 여자들이 저녁때 거리로 떼를 지어 몰려 나오고, 할멈들 중에는 사람에게 마술을 걸어 병에 걸리게도 하고, 숲에서는 도둑들이 나타나기도 하며, 또 방화범이 경찰에게 체포되었다는 등, 사방 어디에서나 이 두번째의 강렬한 세계가 모습을 나타내고 냄새를 풍겼다.

그러나 아버지와 어머니가 계시는 우리 집은 예외였다. 그리고 그것은 매우 좋은 일이었다. 이처럼 우리 집에 평화와 질서와 휴식이 있다는 것과 의무와 선량한 양심과 용서와 사랑이 있다는 것은 매우 멋진 일이었다. ─ ─ 그리고 전혀 다른 것들, 소란과 뒤죽박죽, 암흑과 폭력이 존재하지만, 그 세계에서 우리가 한 발자국만 뛰어넘으면 어머니에게로 피할 수 있다는 것은 놀라운 일이 아니던가.

가장 신기한 일은 이 두 개의 세계가 서로 이웃에 경계를 이루고 있다는 사실이다. 이를테면 우리 집 하녀 리나만 보더라도, 저녁때 기도 시간에 방문 가까이에 앉아 깨끗이 씻은 두 손을 매끈하게 다린 앞치마 위에 올려

놓고, 맑은 목소리로 우리와 같이 찬송가를 부를 때의 그녀는 완전히 아버지와 어머니가 계시는 우리들의 밝고 옳은 세계에 속해 있다. 그러나 그후 곧 나에게 부엌이나 마구간에서 머리가 없는 사나이에 관한 이야기를 한다든지, 또는 푸줏간 등에서 동네 여자들과 싸움을 할 때면, 그녀는 다른 사람이 되고, 다른 세계에 속하는 전연 다른 여자가 된다.

이런 모든 것은 다른 사람들도 그러했으나 특히 나 자신이 가장 그러했다. 분명히 나는 밝고 옳은 세계에 속해 있었고, 내 부모님의 자식이었다. 그러나 나의 눈과 귀가 향한 곳은 그곳이 어디이든 다른 세계가 존재했다. 때로 그곳은 나에게 낯설고 기분 나쁘며, 다른 사람들에게도 예외없이 양심의 가책과 불안을 불러일으켰다. 그러나 나 역시 이 세계 속에 발을 들여놓고 있었다. 그뿐만 아니라, 나는 이 금지된 세계 속에 있는 것을 아주 좋아하기까지 했다. 그리고 가끔 밝은 세계로 돌아가는 것이 —— 그것은 분명 필요하고 좋은 일인지 모른다.—— 어쩐지 좀더 아름답지 못하고 재미없는, 그리고 황량한 세계로 되돌아가는 느낌이었다.

물론 나도 나의 인생 목표가 나의 아버지나 어머니처럼 그렇게 밝고 깨끗하고 뛰어나고 정돈되는 데 있다는 것을 알고 있으나, 거기까지 이르는 그 길은 멀었다. 그러기 위해서는 학교에 다니고 공부하고 시험을 치러야 했다. 그리고 그 길은 항상 다른 어두운 세계의 옆을 지나, 그 어두운 세계를 통해서만 갈 수 있었기 때문에 사람들은 흔히 그 세계에 머무른 채 가라앉는 수도 없지 않았다. 이런 것을 경험한 탕아들의 이야기가 있는데, 나는 열심히 그것을 읽었다. 그런 이야기에서는 언제나 아버지의 품이나 선의 세계로 돌아가는 것이 구원을 받는 것이고 훌륭한 것이라고 되어 있어서, 이것만이 올바른 것, 선한 것, 그리고 바랄 만한 가치가 있는 것이라고 나는 마음 속 깊이 느끼곤 했다.

그러나 이야기 가운데서도 악한 자와 탕아들 사이에서 전개되는 부분이 훨씬 더 내 마음을 사로잡았다. 솔직히 말하면 탕아가 속죄하고 다시금 구원을 받는다는 것은 가끔 유감된 일로 생각되기조차 했다. 그러나 사람들은 그런 것을 말하지도 않았고, 생각조차도 하지 않았다. 그것은 하나의 예감과 가능성으로서 감정의 아주 밑바닥에 막연하게 존재해 있었다. 내가 악마를 상상해 본다 하더라도, 그것이 가장을 했든 정체를 드러냈든 간에, 나는 그 악마가 상가(商街)나 시장, 또는 음식점에나 있는 것으로 생각되었고 우리집에 있다고는 절대로 생각하지 않았다.

나의 누나들도 역시 밝은 세계에 살고 있었다. 간혹 그들은 본질적으로 아버지와 어머니의 세계에 가까이 있는 듯한 생각이 들었다. 그들은 나보다 선량하였고 예의 바르고 결점이 적었다. 간혹 누이들에게도 작은 결점과 버릇없음이 있었으나, 그것이 그렇게 대단한 것이라고 생각되지는 않았다. 그것은 어두운 세계와 가까이 있는 탓에 때때로 악한 자와의 접촉에서 그렇게 무겁고 고통스러운 마음이 되는 나의 경우와는 아주 달랐다. 누나들은 양친과 마찬가지로 아낌받는 존경의 대상이었다. 누나들과 누군가가 싸움을 했다면 그는 뒤에 자신의 양심에 비춰서 언제나 자신이 나쁜 놈이었고 용서를 받아야 되는 싸움의 도전자여야만 했다. 왜냐 하면, 누나들에 대한 모욕은 곧 양친과 선과 율법을 모욕하는 무례한 짓과 다름없었기 때문이다.

나는 누나들보다는 오히려 타락한 거리의 아이들과 나눌 수 있는 비밀이 있었다. 날씨가 맑고 양심에 꺼림칙한 점이 없는 유쾌한 날에는 누나들과 놀며, 선량하고 얌전하게 그들과 같이 있으면서 훌륭하고 고귀한 빛 아래에서 자기 자신을 발견하는 것은 때때로 값있는 일이었다. 내가 천사였다면 그런 날만 계속되었을 것이다. 그것은 우리가 알고 있는 최고의 것이었으며, 우리는 크리스마스나 행복과 같은 밝은 음향과 향기에 둘러싸여 천사가 된다는 것은 감미롭고 놀라운 일이라고 생각했다. 오, 이런 시간과 날이 온다는 것은 얼마나 드문 일이었던가! 가끔 놀고 있을 때, 착하고 악의가 없고 허락된 놀이를 할 때, 나는 누나들에게 지나치게 굴고, 그들을 싸움과 불행으로 이끌 만큼 정열적이 되기도 하였다. 그리고 그 다음 분노가 치밀어오르면 나는 홧김에 지나치게 행동하고 말하는데, 자신의 그릇됨을 깊이 마음 속에 느끼면서도 그렇게 행동하고 말했다. 그리고 후회와 회한의 어두운 시간이 왔다. 다음에는 용서를 비는 고통의 순간이, 그리고 그후에 다시 밝은 빛과 투쟁이 없는, 조용하고 고마운 행복이 몇 시간이나 몇 순간 되돌아오는 것이었다.

나는 라틴 어 학교에 다니고 있었다. 시장의 아들과 산림청 직원의 아들이 우리 학급에 있었는데, 그들은 이따금 나에게 왔다. 그들은 난폭한 소년들이었지만 선량하고 허락된 세계에 속하는 아이들이었다. 그럼에도 불구하고 나는 내가 전에 경멸하던 이웃 소년들인 국민학교 아이들과 가까운 관계를 가지고 있었다. 나는 그들 중 한 아이에 관해서 이야기를 해야겠다.

나는 열 살을 넘지 않았던 무렵의 어느 날 방과 후에 이웃의 두 소년과 여기저기를 쏘다니고 있었다.—— 그때 우리보다 더 키가 크고 힘이 세며 거칠게 생긴, 열세 살쯤 되어 보이는 국민학교 학생인, 양복점 아들 프란츠 클로머가 우리에게 다가왔다. 그의 아버지는 주정꾼이었고, 그의 가족들은 평판이 좋지 않았다. 나는 이 프란츠 클로머를 잘 알고 있어서 그가 두려웠기 때문에 우리가 그를 만났을 때에 기분이 좋지 않았다. 그는 벌써 어른티를 냈고, 젊은 공장 직공의 걸음걸이와 말투를 흉내냈다.

그의 지시에 따라 우리는 다리 옆 강둑으로 내려가, 사람들의 눈에 띄지 않게 첫째 번 다리 기둥 아래 숨었다. 아치형 다리의 벽과 천천히 흐르는 강물 사이에 있는 좁은 강둑에는 유리조각, 쓰레기, 파편, 넝마, 녹슨 철사뭉치, 그 밖에도 다른 더러운 쓰레기들이 많았다. 간혹 쓸 만한 물건이 눈에 띄기도 했다. 우리는 프란츠 클로머의 명령에 따라 그 지역을 샅샅이 찾아보고, 우리가 발견한 것을 그에게 보여 주었다. 그러면 그는 그것들을 주머니에 집어 넣든가 그렇지 않으면 강물에 내던졌다. 그는 우리에게 납이나 놋쇠, 아연으로 된 물건이 있는가를 주의해서 보라고 명령했다. 그는 이런 것 말고도 플라스틱 빗까지도 받아 넣었다. 나는 프란츠 클로머와 같이 있는 것이 매우 불안하였다. 이 사실을 아버지가 아신다면 당장 교제를 끊게 할 것이라는 생각 때문이 아니라, 나 자신이 프란츠에 대해 더 불안을 느꼈기 때문이다.

그러나 나는 그가 다른 애들과 함께 친구로 나를 취급해 주는 것이 기뻤다. 내가 그와 함께 있기는 이것이 처음이었다. 그는 명령했고, 그것이 오래 전부터 내려온 습관인 것처럼 우리는 명령대로 복종했다.

우리는 땅바닥에 앉았다. 프란츠는 강물에 침을 뱉었다. 그는 어른처럼 보였다. 그는 잇새로 침을 뱉어 그가 원하는 장소에 떨어뜨렸다. 이야기가 시작되자 소년들은 학생들이 할 만한 용감한 행동이나 나쁜 장난에 대해서 자랑했고 위대한 행동처럼 뽐냈지만, 나는 잠자코 있었다. 나의 침묵이 오히려 남의 눈을 끌어 프란츠를 성나게 하지 않을까 하고 나는 두려웠다. 두 친구들은 처음부터 나 따위는 거들떠보지도 않고 프란츠에게 붙어 있었다.

그들 사이에서 나는 다른 세계의 사람이었다. 그들에게는 나의 옷과 행동부터가 도전적이라는 것을 느꼈다. 라틴 어 학교 학생이며 양가집 자식인 나를 프란츠가 좋아할 리 없었고, 다른 아이들도 일이 벌어지면 곧 나를 거들떠보지도 않으리라는 것을 나는 잘 알고 있었다.

마침내 나도 불안스러운 나머지 이야기를 시작했다. 나는 어마어마한 도둑의 이야기를 꾸며 내고 나를 그 주인공으로 만들었다. 모퉁이 물방앗간 옆에 있는 과수원에서 나는 동급생들과 라이네트와 황금빛 나는 파르메네와 같은 최고 품종의 사과를 훔쳤다고 말했다. 이처럼 이야기를 꾸민 것은 순간적인 위험으로부터 벗어나야겠다는 마음에서였는데, 이야기가 잘되고 말도 술술 흘러나왔다. 혹시 이야기가 빨리 끝나 더욱 곤란한 처지가 될까 봐 나는 온갖 노력을 기울였다. 친구 한 명이 나무에 올라가 사과를 따서 던지는 동안 우리 중의 한 친구는 계속 망을 봐야 했으며, 사과를 담은 부대가 너무 무거워 반은 쏟아 놓고 반 시간쯤 뒤에 다시 와서 그것까지도 모두 가져갔노라고 이야기했다.

내 이야기가 끝났을 때 박수라도 칠 것을 기대했으며, 마지막엔 열이 올라 그 이야기에 스스로 도취되었다. 두 아이는 기대에 차서 침묵하고 있었으나, 프란츠 클로머는 교활하게 실눈을 뜨고 뚫어져라고 나를 쳐다보더니 위협하듯이 물었다.

"정말이냐?"

"물론이지……"

나는 대답했다.

"틀림없는 사실이란 말이지?"

"물론, 사실이야."

하고 나는 고집스럽게 딱 잘라 말했지만, 속으로는 불안으로 숨이 막힐 지경이었다.

"맹세할 수 있니?"

나는 좀 겁이 났지만 곧 그렇다고 대답했다.

"그렇다면 천지 신명에 걸고라고 말해 봐."

"천지 신명에 걸고……"

하고 나는 말했다.

"좋아."

하더니 프란츠는 얼굴을 돌렸다.

이젠 이것으로 모든 일이 다 잘되어 가는구나 생각한 나는 프란츠가 조금 있다가 일어나 집으로 향하자 기뻤다. 우리가 다리 위로 올라왔을 때 나는 이제 집으로 가야 된다고 겁먹은 어조로 말했다.

"그렇게 서두를 건 없잖아."하고 프란츠는 웃으면서 말하고는,

"우리는 가는 길이 같거든."하고 덧붙였다.

그는 천천히 빈들거리며 걷기를 계속했고, 나는 감히 도망치지를 못하고 있었는데, 그는 정말로 우리 집 쪽을 향하여 걷고 있었다. 우리가 집 앞에 다다라서 우리 집 문들과 뭉툭한 놋쇠의 손잡이들과 창문에 비친 햇볕과 어머니 방의 커튼을 보았을 때, 나는 깊이 안도의 한숨을 내쉬었다. 아, 돌아왔구나! 아, 집으로, 밝은 세계로, 티없이 평화로운 세계로 돌아왔구나!

내가 문을 열고 재빨리 들어가 문을 닫으려 할 때 프란츠 클로머가 내 뒤를 따라 억지로 들어왔다. 마당에서밖에 빛이 비치지 않는 차갑고 어둠침침한 타일 복도에서 그는 내 팔을 붙들고 작은 소리로 말했다.

"야, 그렇게 서둘지 마."

놀라서 나는 그를 쳐다보았다. 나의 팔을 움켜잡고 있는 손이 쇠처럼 단단했다. 나는 그가 무엇을 생각하고 있을까, 혹은 나를 괴롭히려는 것이나 아닐까 하고 생각해 봤다.

내가 지금 크게 악을 쓰고 소리친다면, 나를 구하기 위해 누군가가 저 위층에서 빨리 내려올 것인지를 생각했다. 그러나 나는 그것을 포기했다.

"뭐야?" 나는 물었다.

"왜 그래?"

"아무것도 아냐. 네게 단지 무얼 좀 물어볼 게 있어. 다른 애들이 들을 필요는 없지."

"그래? 좋아, 무얼 네게 더 말하란 말이냐? 내가 이층에 올라가야 된다는 걸 알지, 응?"

"넌 알겠지?" 프란츠는 조용히 말했다.

"물방앗간 모퉁이 과수원이 누구네 것인가를……"

"몰라, 난 모른단 말야. 글쎄, 물방앗간 집 것이겠지."

"뭐?"

프란츠가 한쪽 팔로 나를 휘감아 왈칵 끌어당겼기 때문에 나는 바로 코 앞에서 그의 얼굴을 똑바로 쳐다봐야만 했다. 그의 눈은 악의에 가득 차 있었고, 심술궂은 그의 얼굴은 잔인성과 힘으로 넘쳐났다.

"임마, 그것이 누구네 것인지를 분명히 말해 주지. 나는 벌써 오래 전부터 사과를 도둑맞았다는 걸 들었어. 그리고 주인이 누가 사과를 훔쳐갔는지를 말해 주는 사람에게는 2마르크를 준다고 말한 것도 알고 있단 말야."

"뭐…… 뭐라고!"하고 나는 외쳤다.

"그렇지만 넌 그에게 일러바치진 않겠지?"

그의 명예심에 호소하는 따위는 소용없으리라는 것을 나는 느꼈다. 그는 다른 세계에 속해 있었으며, 그에게 있어서 배신쯤은 죄도 아니었다. 나는 그것을 똑똑하게 느꼈다. 이런 일에 있어서 '다른' 세계의 사람들은 우리들과는 같지 않았다.

"말하지 않는다고?"하고 프란츠는 웃었다.

"야! 너는 도대체 내가 위조 지폐범이 되어서, 스스로 2마르크짜리를 만들어 낼 수 있다고 생각하니? 나는 가난한 놈이야, 우리 아버진 너희 아버지처럼 부자가 아니야. 내가 2마르크를 벌 수 있다면 나는 벌어야 된단 말야. 아마 주인은 더 많이 줄지도 몰라."

그는 갑작스레 나를 놓아 주었다. 우리 집의 복도는 이미 더 이상 평화와 안전의 냄새를 풍기지 않았고, 온 세계가 내 주위에서 무너져 내렸다. 그는 나를 밀고할 것이고, 사람들은 그것을 아버지에게 말할 것이고, 어쩌면 경찰마저 올지도 모른다. 모든 무질서한 공포가 나를 위협했고, 모든 흉측스럽고 위험스러운 일들이 나에게 몰려들었다. 내가 도둑질을 하지 않았다는 것은 전혀 문제가 되지 않았다. 거기다가 나는 맹세까지 했다. 하느님이시여! 하느님이시여!

눈물이 나왔다. 나는 대가를 치러서라도 거기에서 벗어나고 싶다고 느껴 절망적으로 주머니 속을 모두 뒤져 보았다. 사과도, 주머니칼도 거기에는 없었다. 그때 시계 생각이 났다. 그것은 낡은 시계였는데 가지는 않지만 그저 지니고 있었다. 그 시계는 할머니가 주신 것이었다. 나는 그걸 재빨리 꺼냈다.

"프란츠……" 나는 말했다.

"애, 고자질은 하지 마. 그렇게 한다고 네게 좋을 것도 없잖아. 내 시계를 줄게, 바로 이거야. 미안하지만 이것밖에는 아무것도 없어서 그래, 이걸 줄게. 은으로 만든 거야. 제품은 좋은 것인데 조금 고장이 났으니 수리만 하면 돼."

그는 엷은 웃음을 띠면서 커다란 손으로 시계를 받았다. 나는 그 손을 보며 그 손이 얼마나 나에게 난폭하고 깊은 적의에 찬 것인가를 느꼈고, 얼마나 내 생애와 평화를 억세게 잡을 것인가를 느꼈다.

"은으로 된 거야……"

하고 나는 겁먹은 소리로 말했다.

"은 같은 건 문제도 아냐. 게다가 네 고물딱지 같은 시계 따위는."

하고 프란츠는 비웃는 투로 말했다.

"너나 가서 고쳐 보렴."

"이봐 프란츠……"

하고 나는 그가 돌아갈까 봐 불안에 떨면서 외쳤다.

"잠깐만 기다려 줘. 시계를 제발 받아 줘. 이건 은시계란 말야, 정말이야, 이것밖에 가진 게 없어서 그래."

그는 멸시하는 듯이 차갑게 나를 바라보았다.

"물론 넌 내가 누구에게 가는지 알겠지. 그렇지 않으면 나는 그까짓거 경찰에라도 연락할 수 있어. 경위를 잘 알고 있으니까."

프란츠는 가려고 돌아섰다. 나는 뒤에서 그의 소매를 잡았다. 그렇게 돌아가게 둘 수는 없었다. 그를 그렇게 돌아가게 한 뒤에 올 일을 겪느니보다는 차라리 죽는 것이 편할 것 같았다.

"프란츠……" 나는 흥분해서 쉰 목소리로 간청했다.

"그런 어리석은 짓은 제발 그만둬, 응? 그건 농담이지?"

"물론 농담이야. 그러나 네게는 그게 좀 비쌀 걸."

"제발 내가 무얼 해야 되는지 말해 줘. 뭐든지 할게."

그는 교활한 눈을 뜨고는 나를 살펴보고 웃었다.

"별것 아니야."

프란츠는 사뭇 친절이라도 베풀 듯이 말했다.

"너도 잘 알겠지만, 나는 2마르크를 벌 수 있어. 그런데 네가 알다시피 나는 그걸 마다할 부자는 아니란 말이야. 그렇지만 넌 부자야. 시계까지 있잖아. 나에게 2마르크만 주면 모든 일은 잘될 거야."

나는 그 이치를 알 수 있었다. 그러나 2마르크라니! 그것은 나에게 있어서 10마르크나 1백 마르크, 또는 1천 마르크나 마찬가지로 거액으로, 구할 수 없는 금액이었다. 나는 돈이 한 푼도 없었다. 어머니 방에 있는 저금통에는 아저씨가 오셨을 때나 그와 비슷한 기회에 생긴 10페니히와 50페니히짜리가 몇 개인가 들어 있긴 했지만 그 밖에 나는 돈이라고는 가지고 있는 것이 없었다. 내 나이에는 따로 용돈을 받지 못했다.

"나는 돈이 없는 걸."하고 나는 슬프게 말했다.

"나는 정말 돈이 없어. 그러나 그 밖의 것은 뭐든지 줄게. 나는 인디언 얘기를 쓴 책과 장난감 군인, 그리고 나침반도 가지고 있어. 그걸 네게 곧 가져다 줄게."

프란츠는 건방지고 심술궂어 보이는 입을 씰룩거리더니 땅에 침을 뱉었다.

"수다 떨지 마." 그는 명령하듯이 말했다.

"그 따위 쓰레기 같은 건 너나 가져. 나침반? 내 비위를 더 거스르지마, 알아들었어? 그 돈만 내란 말야."

"그렇지만 나는 돈이 한 푼도 없는 걸. 또 돈을 얻을 수도 없어. 어쩌면 좋지?"

"그렇다면 내일이라도 좋으니 2마르크 가져와라. 학교가 끝난 다음 저 아래 시장에서 기다리겠다. 이제 얘기는 끝났다. 만약 돈을 가지고 오지 않으면 그땐 각오해."

"알겠어, 그렇지만 어디서 그걸 구하지? 만약 돈을 구하지 못하면 어떡하지?"

"그건 네 사정이다. 너의 집에는 돈이 얼마든지 있잖아. 그럼 내일 학교 끝난 뒤. 한 번 더 말해 두지만, 만약 안 가지고 오면……"
하고 말한 프란츠는 무서운 시선으로 나를 쳐다보고 다시 한번 침을 뱉고 그림자처럼 사라졌다.

나는 계단으로 올라갈 용기가 나지 않았다. 나의 생활은 이제 엉망이 되었다. 나는 집을 나와 다시는 돌아오지 않거나 물에 빠져 죽고 싶다는 생각도 했다. 그렇지만 이런 생각을 뚜렷하게 계획을 세운 것은 아니었다. 나는 어둠 속에서 제일 아래 계단 위에 몸을 웅크리고 앉아서 닥쳐올 불행 때문에 몸을 떨고 있었다. 리나가 바구니를 들고 장작을 가지러 가다가 거기서 울고 있는 나를 발견했다.

나는 리나에게 이층에 가서 아무 말도 하지 말라고 당부하고 나서야 올라갔다. 유리문 곁의 옷걸이에는 아버지의 모자와 어머니의 양산이 걸려 있었다. 이러한 모든 것에서 나의 집이라는 생각과 부드러움이 나에게 홍수처럼 밀어닥쳤다. 탕아가 고향에 돌아와서 옛 고향집의 방을 보고 냄새를 들이마실 때처럼 내 마음을 기원하면서, 또한 감사하면서 그런 물건들에 대해 인사를 했다. 그러나 그 모든 것은 지금에 와서는 내 것이 아니었다. 그 모든 것은 아버지와 어머니의 밝은 세계였다.

나는 깊은 죄에 가득 차서 낯선 물결 속에 가라앉았고, 모험과 죄에 휘말려들어 적에게 위협을 당하고, 위험과 불안과 모욕이 기다리고 있었다. 아버지의 모자와 어머니의 양산, 매끈하고 좋은 자갈로 된 바닥, 현관의 신발장 위의 그림, 안방에서 들려 오는 누나들의 목소리, 이 모든 것은 어느 때보다도 더욱 사랑스럽고 부드럽고 정다웠으나, 더 이상 위로가 되지 못했다. 오히려 그런 것들은 비난을 뜻하는 것일 뿐이었다. 이 모든 것은 더 이상 나의 것이 아니었으며, 나는 그것의 명랑함과 평온함에 참여할 수 없었다. 내가 얼마나 많은 공포를 가졌나 하는 것은, 내가 오늘 이 방에 가지고 온 것에 비하면 그런 것은 하나의 장난거리요 농담에 지나지 않았다. 가까이 다가온 운명 앞에서는 어머니조차 나를 보호할 수 없고, 그것이 무엇인지를 알 수도 없는 손을 나에게 내밀고 있었다. 지금 나의 죄가 도둑질이건 거짓말이건(나는 하느님에 대해 거짓 맹세를 하지 않았던가?)── 그것은 마찬가지였다. 나의 죄는 이것도 저것도 아니고, 내가 악마와 손을 잡은 데 있는 것이다.

왜 나는 그에게 아버지에게 한 것보다 더 복종했던가? 왜 나는 이야기를 거짓으로 꾸며 말했던가? 왜 나는 그것이 영웅적 행위인 듯이 그런 범죄를 뽐냈던가? 지금 악마는 내 손을 꽉 잡고 놓지 않았으며 적은 나의 뒤로 바싹 다가오고 있었다.

잠시 동안 나는 내일에 대한 공포가 아니라 무엇보다도 나의 길은 지금부터 저 아래로, 그리고 어둠 속으로 빠져들게 되었다는 무서운 사실을 느졌다. 나는 확실히 내 잘못에 새로운 잘못이 따르리라는 것과, 나의 형제 자매들 앞에 아무렇지도 않은 것처럼 나타나고 양친에게 인사와 키스를 하더라도 그것은 거짓이라는 것, 또 나의 마음 속에 숨어 있는 운명과 비밀을 지니고 다닌다는 것을 분명하게 느꼈다.

아버지의 모자를 보았을 때, 나의 마음 속에는 신뢰와 희망이 타올랐다. 나는 아버지에게 모든 것을 이야기하고, 아버지의 심판과 형벌을 받고, 아버지를 나의 구원자로 삼으리라고 생각했다. 그것은 단지 내가 가끔 고백했던 것과 같은 하나의 속죄에 불과하지 않은가. 멋적고 거북스런 시간을 보내고 후회하는 모습을 나타내어 용서를 비는 것에 불과한 것이다.

이와 같은 생각이 감미롭게 다가왔고, 내 마음을 유혹했다. 그러나 그것은 소용이 없었다. 나는 내가 그런 일을 하지 않으리라는 걸 알고 있었다. 나는 비밀을 가졌고, 그 비밀을 나 혼자만이 해결할 수밖에 없음을 나는 알고 있었다. 나는 지금 확실히 행악의 기로에 서 있으며, 아마 이 시간부터 영원히 악의 세계에 속하고, 악한 자들과 같은 비밀을 나누고, 그들에게 잡혀서 복종하고, 그들과 같이 악한 자가 되지 않으면 안 될 것이다. 나는 어른의 행동과 영웅의 흉내를 냈고 이제 그 행동의 결과를 나 스스로 수습하는 길밖에는 도리가 없었다.

방 안에 들어갔을 때 아버지께서 젖은 구두에 대해 야단치신 것은 오히려 잘된 일이었다. 그리고 방향을 돌려서, 아버지가 나쁜 일을 눈치채지 못했으므로, 나는 또 속으로 그것을 더 나쁜 일과 관련시킴으로써 아버지의 꾸중을 참을 수가 있었다.

그때 내 마음 속에서 야릇한 새로운 감정이 번쩍 떠올랐다. 그것은 갈고리 같은, 반항으로 충만한, 심술궂은 예리한 감정이었다. 내가 아버지보다 우월하다고 느끼다니! 한동안 아버지가 아무것도 알지 못하는 데 대해 순간적으로 일종의 경멸감을 느꼈고, 젖은 신에 대한 꾸중은 나에게 있어서는 사소한 일로 생각되었다.

'만약 아버지가 이 사실을 아신다면！' 나는 생각했다. 그리고 살인했음을 고백해야 되는데, 훔친 빵을 가지고 심문당하는 범죄자처럼 생각되었다. 그것은 저주스러운 좋지 않은 감정이었으나, 강렬했고 깊은 매력을 가지고 있었다. 그것은 어떤 다른 생각보다도 나를 사슬로 비밀과 죄에 더욱 단단히 묶어 놓고 있었다. 아마 지금쯤 클로머는 경찰서에 가서 나를 고발하고 있을는지도 모른다. 사람들이 여기서는 모두 나를 어린애처럼 보고 있는데, 내 머리 위에서는 뇌우(雷雨)가 일어나고 있는 것이라고 나는 생각했다.

지금까지 이야기한 이 전체의 경험 중에서 이 어린 시절이 가장 중요한 기억으로 뒷날까지 남겨진 것이었다. 이것은 아버지의 성스러운 세계와 나 사이에 생긴 최초의 틈이었고, 나의 어린 시절을 의지하고 있던 기둥에 금이 갔음을 뜻하는 것이었다. 그런 기둥은, 모든 인간이 자기 자신이 되기 위해서는 먼저 파괴 당하지 않으면 안 되었다. 아무도 보지 못한 이러한 경험으로부터 우리들의 운명의 내적이며 본질적인 선이 이루어지는 것이다. 그런 금과 틈은 메워지고 아물고 잊혀지지만, 아무도 모르는 깊은 마음속에는 여전히 살아남아 계속해서 피를 흘리는 것이다.

나 자신은 이 새로운 감정에 대해 공포를 느꼈고, 아버지께 사죄하기 위해서 그의 발 위에 엎드려 키스하고 싶었다. 그러나 본질적인 것은 용서를 비는 일만으로 끝나는 것이 아니다. 이런 것은 삼척동자라도 많은 현인들과 같이 충분히 깊이 느꼈고 잘 알고 있는 것이다.

나는 내 문제를 생각해 보고, 내일에 대한 대비책을 궁리할 필요성을 느끼고 있었다. 그러나 나는 그것을 생각할 수 없었다. 나는 그날 밤 내내, 단지 변화된 우리 집 거실의 분위기에 익숙해진 것이 고작이었다. 벽시계와 책상, 성경과 거울, 책꽂이와 벽의 그림은 마치 나에게 이별을 고하는 것 같았다. 나를 얼어붙은 듯한 심정으로 나의 세계와, 훌륭했고 행복했던 지금까지의 생애가 과거의 것이 되고, 나에게서 분리되어 나가는 것을 보고 있어야만 했다. 나는 빨아들이는 새 뿌리를 갖고자 어둠 속 미지의 세계에 닻을 내리고 고착되어 있다는 것을 느껴야만 했다. 처음으로 나는 죽음을 맛보았다. 그 죽음의 맛은 씁쓰레했다. 왜냐 하면 죽음은 탄생이고, 새 삶에 대한 두려운 불안과 근심 걱정이었기 때문이다.

드디어 침대에 누웠을 때 나는 기뻤다. 그보다 앞서 마지막 시련으로서 기도를 드렸고, 그때 우리가 부른 찬송가는 내가 가장 좋아하는 것 중의 하나였지만 나는 같이 노래를 부를 수 없었다. 모든 음조는 나에게 있어서 쓴디쓴 독이었다.

아버지가 "우리 모두에게 축복을 내려 주옵소서"하고 기도를 끝마쳤을 때, 나는 함께 기도하지 않았으며, 그때 나는 몸에 경련이 일어나기라도 한 듯 가족으로부터 자리를 떠났다. 은총이 깊으신 신은 그들 모두와 함께 있었으나 나와는 이미 함께 있지 않았다. 피곤으로 차가워진 몸을 이끌고 나는 밖으로 나왔다.

침대에 누워 있는 동안은 따뜻함과 안도감이 충만한 사랑으로 나를 감싸 주었다. 그러나 나의 가슴은 다시 불안 속에서 공포에 싸여 불을 찾아 헤매는 부나비처럼 지난 일의 주위를 맴돌았다. 어머니는 언제나처럼 내게 밤인사를 하고 나가셨다. 그런데도 어머니의 발자국 소리가 아직도 들렸으며, 불빛이 문틈으로 비쳐들어왔다. 그때 어머니가 다시 한번 되돌아올 것 같이 느껴졌다. —— 어머니는 나의 일을 눈치채고 나에게 키스를 하시면서 친절하게 부드러운 말씨로 물을 것이다. 그러면 나는 울음을 터뜨리고 내 목에 걸려 있는 망설임들이 녹아내려 어머니를 껴안고 모든 것을 털어놓으리라. 그러면 모든 것이 해결되고 나는 구원을 받으리라! 나는 어두워진 뒤에도 잠시 동안 문틈에 귀를 기울이고 그렇게 되어야 한다고 생각하고 있었다.

그러고 나서 다시 본래대로 되돌아와서 나의 적의 눈을 들여다보았다. 나는 그를 분명히 보았는데 한쪽 눈을 사악하게 뜨고 입은 야비한 웃음을 띠고 있었다. 내가 그를 바라보고 마음 속에 그 피할 수 없는 일을 되씹고 있는 동안 그의 몸집은 점점 커지고 보기 흉하게 되어 갔다. 악의에 찬 그의 눈은 악마처럼 빛났다. 그는 내가 잠들 때까지 내 옆에 꼭 달라붙어 있었으나, 그에 관한 꿈도 오늘 일에 관한 꿈도 꾸지 않았다. 오히려 휴일날 온 가족과 보트를 타고 여행하는 꿈을 꾸었는데, 평화와 광채가 우리를 둘러싸고 있었다. 밤중에 나는 잠에서 깨어나 그때까지도 축복의 여운을 느꼈으며, 햇빛에 빛나는 누나들의 하얀 옷이 눈에 아물거리고 있었다. 그러는 동안 어느덧 낙원으로부터 현실로 되돌아왔고, 나의 적이 심술궂은 눈을 하고 맞은편에 서 있었다.

이튿날 아침, 어머니께서 빠른 걸음으로 들어와 "시간이 너무 늦었잖니!"하시며 왜 아직도 누워 있느냐고 큰 소리로 외쳤을 때, 나는 안색이 좋지 않았다. 어머니가 어디 아프냐고 물었을 때 나는 그만 토하고 말았다.

그러고 나니 다소 편안해진 것 같았다. 나는 대체로 대단치 않은 병에 걸리는 것을 좋아하는 편이었다. 그때는 차나 마시며 오전 내내 누워 있을 수 있어 좋았다. 또 어머니가 집안 청소하는 소리와 리나가 바깥 현관에서 생선 장수와 주고받는 소리를 듣는 것을 좋아했다. 수업을 빼먹는 오전은 무엇인가 매혹적인 것, 옛날 이야기에 나오는 세계와 같은 뭔가가 있었다. 그래서인지 방안에 비치는 햇빛은 학교에서 볕을 막으려고 커튼을 치는 그런 햇빛과는 달랐다. 그러나 그런 것까지도 오늘은 향기가 없었고 웬지 모르게 거짓된 울림 같기만 하였다.

그래, 차라리 내가 죽는다면! 그러나 가끔 그러했듯이 지금 몸이 조금 아픈 것으로는 나의 현실에 아무런 도움이 되지 않았다. 그것은 나를 학교에 가지 않게는 해 주었으나 결코 11시에 시장에서 나를 기다리는 클로머로부터 보호해 주지는 못하였다. 어머니의 친절도 이번에는 위안이 되어주지 않았을 뿐 아니라 오히려 짐스럽고 고통스러웠다. 나는 곧 다시 잠자는 체하며 여러 가지 궁리를 해 보았으나, 모든 것이 소용이 없었다. 11시에는 시장에 가야만 했다. 그래서 10시쯤 천천히 일어나 다시 괜찮아졌다고 말했다. 이런 경우에 이제까지는 침대에 좀더 누워 있다든지, 또는 오후에 학교에 가도 좋았다. 그러나 지금은 학교에 가고 싶다고 말했다. 계획을 세웠기 때문이다.

돈도 없이 클로머에게 갈 수는 없었다. 단지 내 재산이라 할 수 있는 그 작은 저금통을 빼내야만 했다. 그 속에는 충분한 돈이 있지 않다는 것을, 또 클로머에게 가져갈 돈이 되지 않는다는 것을 나는 잘 알고 있었다. 그러나 없는 것보다는 좀 낫고, 액수가 적어도 클로머를 달래 놓기라도 해야만 된다는 기분이었다.

양말을 신은 채 어머니 방에 살금살금 걸어 들어가 책상 위에 있는 내 저금통을 꺼내 올 때 내 마음은 언짢았다. 그러나 그것은 어제 일만큼 기분이 나쁘지는 않았다. 단지 가슴이 뛰고 숨이 막히는 듯했다. 나는 계단 아래층에 내려와서야 비로소 저금통을 살펴보았는데 자물쇠로 잠겨 있음을 알았다. 그러나 잠긴 저금통을 깨뜨리는 것은 매우 쉬워 문제가 되지 않았다. 사각으로 된 얇은 생철통을 잘라내기만 하면 되었다. 그러나 저금통의 생철을 잘라 낸다는 것은 그것으로써 도둑질을 하는 것이기 때문에 고통스러운 일이었다. 이제까지 나는 단지 과자나 과일 따위를 훔쳐먹는 일은 있었다. 그러나 지금은 내 자신의 것이긴 했지만 나는 돈을 훔친 것이다. 이로써 나는 다시금 한 발자국 클로머에게로, 또 그의 세계로 가까이 갔으며, 그것을 차츰차츰 실행해 가고 있다는 것을 느끼고, 그것에 대해 저항하려고 해 보았다. 그러나 지금에 와서 어떤 나쁜 결과로 끝날지라도 되돌아설 수는 없었다. 나는 불안스런 마음과 떨리는 손으로 그 돈을 세어 보았다. 저금통 속에서는 꽉 찬 듯이 요란한 소리가 났는데, 지금 손 안에 든 것은 눈물이 날 정도로 적었다. 66페니히밖에 되지 않았다. 빈 저금통은 아래층 복도에 감추고, 돈만 손에 움켜쥐고 집을 나섰는데, 이제까지 이 문을 드나들 때와는 기분이 아주 달랐다. 위에서 누군가가 나를 부르는 것 같아 급히 달려나왔다.

11시까지는 시간이 좀 남아서 이리저리 길을 돌아, 보통 때와는 다르게 보이는 도시의 골목을 빠져나와 아직 본 적이 없는 멀리 떠 있는 구름 아래서, 나를 보고 있는 것 같은 집 옆을 거쳐, 나를 의심하고 있는 듯한 사람들 옆을 지나갔다. 도중에 나의 학급 친구 하나가 언젠가 시장에서 1달러를 주웠다는 생각이 떠올랐다. 가능하다면 하느님이 기적을 베풀어 주셔서 나도 그런 횡재를 할 수 있도록 해 주십사고 기도드리고 싶었다. 그러나 나는 기도할 자격도 없었다. 기도를 한다 해도 저금통이 다시 본래대로 될 수는 없다고 생각했다.

프란츠 클로머는 멀리서도 나를 알아보았다. 그는 아주 천천히 나를 향해 걸어왔는데 나에게 별로 관심이 없다는 듯한 표정이었다. 가까이 왔을 때, 그는 나에게 자기를 따라오라고 명령하는 듯한 눈짓을 보내고는 한 번도 돌아보지 않고 천천히 걸음을 옮겨 밀짚이 쌓인 좁은 길을 걸어 내려가서, 다리를 건너 변두리의 새로 건축중인 집 앞에서 멈췄다. 오늘은 쉬는지 일을 하고 있지 않았고, 대문과 창문이 없이 벽만 앙상하게 서 있었다. 클로머는 주위를 살핀 다음 문 안으로 들어갔다. 나도 따라 들어갔다. 클로머는 벽 뒤로 가더니, 나에게 눈짓을 하고는 손을 내밀었다.

"돈 가지고 왔니?" 그는 쌀쌀한 말투로 물었다.

나는 꼭 움켜쥔 손을 주머니에서 꺼내 돈을 그의 편편한 손바닥에 쏟아 놓았다. 그는 마지막 5페니히짜리가 아직 소리를 내고 떨어지기 전에 그것을 세기 시작했다.

"65페니히구나." 그는 말하고 나를 바라보았다.

"응……" 나는 멋적고 겁에 질린 표정으로 말했다.

"내가 가진 전부야. 그게 너무 적다는 건 나도 알아. 그렇지만 이것밖에 가진 게 없어."

"좀더 똑똑한 줄 알았더니……"

클로머는 상상 외로 부드럽게 타이르는 말씨로 나를 나무랐다.

"신사들 사이에는 질서가 있어야지. 내가 네게서 옳지 않은 것은 아무것도 받으려 하지 않는다는 것을 너는 알거야. 이 따위 돈 정도라면 필요없어. 다른 사람이 —— 너도 누군지 알겠지만 값을 깎으려고 하진 않을 거야. 그 사람이 지불해 주겠지."

"그렇지만 나는 지금 더 이상 가진 게 없는 걸. 이것은 내가 푼푼이 저금한 돈이야."

"그건 네 사정이야. 난 알 바 아니야. 그러나 나는 너를 불행하게 만들고 싶지는 않아. 너는 나에게 아직도 1마르크 35페니히의 빚이 있어. 언제 그걸 받을 수 있지?"

"응, 꼭 갚아 줄게, 클로머! 지금 당장은 말할 수 없지만 —— 아마 곧 더 구할 수 있을 거야. 내일이나 모레쯤. 내가 이런 일을 우리 아버지에게 말할 수 없다는 것은 너도 알겠지?"

"그건 나와 관계 없는 일이야. 나도 너를 해칠 생각이 있는 건 아냐. 나는 그 나머지 돈을 오전중에 받을 수 있으면 해. 너도 알지만 난 가난해. 너는 좋은 옷을 입었고, 점심때면 나보다 좋은 음식을 먹을 수가 있어. 그러나 더 이상 말하지 않겠어. 좀더 기다려 줄게. 모레 오후에 휘파람을 불 테니 그때 꼭 가져와. 너는 내 휘파람 소리를 알지?"

이렇게 말한 클로머는 내게 휘파람을 불어 보였는데 자주 들어 본 휘파람 소리였다.

"그래."하고 나는 말했다.

"알겠어."

나 같은 것은 자기의 친구가 아니라는 듯이 클로머는 가 버렸다. 우리 둘 사이에는 용무가 있었을 뿐 더 이상 아무것도 없었다.

지금도 갑자기 클로머의 휘파람 소리를 다시 듣게 된다면 깜짝 놀라게 될 것이라고 나는 생각한다. 나는 그때부터 자주 이 휘파람 소리를 들었고, 내내 귓가에 들려 오는 것 같았다. 어떠한 곳에서도, 놀 때도, 생각할 때도 이 휘파람 소리가 따라다니지 않는 곳은 없었다.

나는 이 휘파람 소리의 노예가 되었고, 그것은 이미 나의 운명이었다. 때로 단풍이 든 가을 오후에 내가 대단히 좋아하는 꽃밭이 있는 우리 집 정원에 나와 있으면 나는 이상한 충동에 이끌려 지난 어린 시절에 하던 놀이를 다시 해 보기도 했다. 나는 어느 정도 나보다 나이어린, 아직도 선량하고, 자유롭고, 죄가 없고, 숨김없는 소년이 되어 볼 수가 있었다. 그러나 그 중간에 언제나 얘기한 대로, 엄청나게 흥분시키고 놀라게 하는 클로머의 휘파람 소리가 어디에선가 들려와 놀이를 중단시키고, 상상을 엉망으로 만들어 놓곤 했다.

휘파람 소리가 날 때면 불편한 마음이지만 나는 그를 따라나서야만 했고, 옳지 않고 증오스런 장소로, 지저분한 곳에 이르러 클로머에게 변명을 하고, 돈에 관해 재촉을 받아야만 했다.

이러한 것이 아마 몇 주일 동안 계속되었지만 나에겐 그것이 몇 년이나 되는 것처럼 생각되었다. 때때로 나는 리나가 시장 바구니를 요리대 위에 놓아 두었을 때 거기서 몰래 집어온 5페니히나 1그로짜리 돈을 가지고 갔다. 그럴 때마다 늘 클로머는 나를 나무라며 경멸했다. 나는 그를 속이는 사람이며, 그의 훌륭한 권리를 빼앗으려는 사람이었고, 불행하게 만들려는 사람이었다. 나의 생애에서 그렇게 괴로운 심정에 빠진 적은 없었고, 그보다 더 심하게 희망을 잃고 굴욕감을 느껴 본 적도 없었다.

나는 저금통을 장난감 돈으로 채워서 제자리에 가져다 놓았는데, 거기 대해 아무도 묻지 않았다. 그러나 그것은 언제 발각이 날지 모를 일이었다. 어머니가 조용히 나에게 걸어오실 때면, 어머니가 저금통에 관해서 물으시러 오시는 것은 아니었지만, —— 나는 클로머의 야비한 휘파람 소리보다 어머니를 더욱 두려워하기까지 했다.

그 당시 돈 없이 나갈 때가 거듭될수록 악마 클로머는 나를 다른 방법으로 이용하고 괴롭히기 시작했다. 한 예로 클로머가 자기 아버지한테 받은 심부름을 나는 대신해서 해야만 했다.

그렇지 않으면 무엇인가 다른 어려운 일을 시키든가, 10분간 깨금질을 명령하든가, 아니면 길가는 사람의 웃옷에 종이 조각을 붙이는 일 등을 명령했다.

그래서 밤에 잠잘 때 꿈 속에서도 이와 같은 괴로움이 계속되었고 가위에 눌려 식은땀을 흘렸다.

얼마동안 나는 몸이 아팠다. 때때로 토하였고 으슬으슬 추웠으나, 밤에는 땀과 열에 싸여 누워 있었다. 어머니는 무엇인가 이상하게 느꼈는지 나에게 많은 관심을 기울였으나, 내가 신뢰로써 보답할 수 없었기 때문에 그것이 또 나를 괴롭혔다.

어느 날 밤, 내가 이미 침대에 들었을 때 어머니는 초콜렛 한 개를 가져 왔다. 전에도 어머니는 종종 그랬다. 그것은 내가 낮에 착하게 굴면 잠잘 때 상으로 과자를 받았던 일을 상기시켰다.

어머니는 침대 곁에 서서 나에게 초콜렛을 내밀었다. 나는 너무 마음이 아팠기 때문에 머리를 옆으로 흔들었다. 어머니는 어디가 아프냐고 묻고는 내 머리를 쓰다듬어 주셨다.

“싫어요, 싫어요. 아무것도 먹고 싶지 않아요.”

나는 단지 이렇게 외쳤을 뿐이었다.

어머니는 초콜렛을 머리맡 책상 위에 놓고 나가셨다. 어머니께서 그 후에 그 일에 관해 물으려 할 때, 나는 아무것도 알지 못하는 듯이 행동했다. 어느 날 어머니는 의사를 불러온 일이 있었는데, 그 의사는 진찰을 하더니 아침마다 냉수 마찰을 하도록 나에게 지시했다.

그 무렵의 상태는 일종의 정신 착란이었다. 우리 집의 정돈된 평화로움 속에서 나는 유령처럼 겁을 먹고 고통을 받으며 살았고, 다른 가족들의 생활에 참가하지 못하였고, 한 시간도 나의 불행을 떨쳐 버릴 수가 없었다. 때때로 화가 나셔서 나에게 따져 물으시는 아버지에 대해서 나는 오히려 꽁한 마음과 냉정한 태도를 취했다.

2. 카 인

나의 고민에 대한 구원의 손길은 전혀 생각하지 않았던 방향에서 찾아왔다. 그 구원과 함께 어떤 새로운 것이 나의 생활에 들어와 그것이 오늘날까지도 많은 영향을 끼치고 있다.

최근에 우리 라틴 어 학교에 신입생 하나가 전학해 왔다. 그는 이 도시로 이사온 돈 많은 미망인의 아들로, 가슴에는 아직 상장(喪章)을 달고 있었다. 그는 나보다 상급반으로 나이가 몇 살 위였으나, 다른 학생의 주목의 대상이었으며, 나의 마음에도 들었다. 이 유별난 소년은 보기에는 아주 나이가 든 것 같아서 누가 보아도 그가 학생이란 인상을 주지 않았다. 우리들 사이에서 그는 낯설게, 어른처럼 엄숙하게, 아니, 오히려 신사처럼 행동했다. 그가 특별한 인기가 있는 것은 아니었다. 그는 놀이에도 끼어들지 않았으며 더욱이 싸움을 하는 일은 없었다. 단지 선생님의 질문에 대한 자신 있고 확고한 그의 목소리가 다른 학생들의 마음에 들었다. 그의 이름은 막스 데미안이라고 했다.

우리 학교에서는 간혹 있는 일이지만, 어느 날 어떠한 이유에서인지 넓은 우리 교실에 또 다른 반이 합석을 하였다. 데미안의 학급이었다. 우리 하급생들은 성경 공부를 했고, 상급생들은 작문을 공부했다. 우리가 카인과 아벨에 관한 이야기를 배우고 있는 동안, 나는 자주 나를 독특하게 매혹시켰던 데미안의 얼굴을 바라보았다. 나는 이 영리하고 밝고 보통이 아닌 야무진 얼굴이 주의깊게 온 정신을 모아 공부에 열중하는 것을 보았다. 그는 학과 공부를 하는 학생처럼 보이지 않고, 그 자신의 문제를 추구하는 과학자 같았다.

처음부터 그가 내 마음에 든 것은 아니었다. 오히려 그 반대로, 나는 그에게 무슨 반감 같은 감정을 가졌다. 그는 나보다 우월했고 냉정했으며, 그의 행동은 지나칠 정도로 확고했다. 그의 눈은 어른스러운 표정을 지었는데—— 그런 표정을 아이들은 좋아하지 않았다.—— 그 가운데는 얼마간 슬픈 듯하면서도 장난기가 깃들어 있었다. 그렇지만 나는 줄곧 그를 쳐다봤는데, 그는 나를 좋아하는 것 같기도 하고 싫어하는 것 같기도 했다. 그가 한 번 나에게로 시선을 돌리자 나는 찔끔 놀라 얼른 시선을 돌려 버렸다.

그가 학생으로서 그 당시 어떻게 보였나를 지금 생각해 볼 때, 나는 이렇게 말할 수 있다. 그는 모든 점에 있어서 다른 애들과 달리 아주 특이했고 개성적으로 여겨졌으며, 그것 때문에 눈에 띄었다. 동시에 그는 남의 눈에 띄지 않기 위해 모든 것에 세심한 주의를 기울였다. 농부의 아이들 사이에서 그들과 같이 어울리려고 안간힘을 썼다. 변장한 왕자처럼 옷을 입었고, 또 그렇게 행동했다.

학교에서 돌아오는 길에 그가 내 뒤를 따라왔다. 다른 애들이 뿔뿔이 흩어져 가 버리자 그는 내 뒤를 바싹 따라와 나에게 말을 걸었다. 말소리조차도 학생다운 말투를 흉내냈지만 어른 같았고 아주 점잖았다.

"같이 갈래?" 그는 정답게 물었다.

나는 기뻐서 고개를 끄덕였다. 그런 뒤에 그에게 내가 사는 곳이 어디라는 것을 말해 주었다.

"아, 거기야?" 그는 미소지으면서 말했다.

"거기라면 나는 벌써부터 알고 있지. 너의 집 문에는 아주 묘한 것이 붙어 있더라. 그것을 무척 재미있게 생각했어."

나는 그가 무엇을 말하는지 곧 알 수 있었다. 그리고 그가 우리 집을 나보다 더 잘 알고 있는 것 같아 놀랐다. 아치형 문 위에 부채꼴의 돌로서 일종의 문장(紋章)이 있었는데, 그것은 세월이 흐름에 따라 닳아서 평평해졌고, 때때로 색깔을 다시 칠하고는 했지만, 내가 아는 한, 그것은 우리 집이나 우리 가족과 관계가 없었다.

"난 그것에 대해서는 아는 바가 없어." 나는 주저하면서 그렇게 말했다.

"그것은 아마 새이거나 그와 비슷한 것인데, 아주 오래된 것이야. 우리 집은 옛날 수도원의 소유였다는 얘기도 있어"

"그럴 수 있지." 그는 고개를 끄덕였다.

"언제고 한번 살펴봐. 그런 것은 꽤 흥미가 있거든, 내가 생각하기는 그건 새매 같아."

우리는 계속해서 걸어갔다. 나는 오히려 당황스러웠다. 그런데 갑자기 무엇인가 재미있는 생각이라도 떠오른 듯이 데미안이 웃었다.

"참, 내가 아까 너희들 공부 시간에 같이 있었어."

그는 생기있게 웃었다.

"표적을 이마에 달고 다니는 카인 이야기였지? 그 이야기가 너는 재미있었니?"

나는 마음에 들지 않았다. 우리가 배워야 하는 것치고 그 어떤 것도 마음에 드는 것은 없었다. 그러나 마치 어른과 이야기하는 것 같아서, 사실대로 말할 수가 없었다. 나는 이야기가 아주 마음에 들었다고 말했다.

데미안은 내 어깨를 치며 말했다.

"애! 넌 나에게 조금도 거짓말할 필요가 없어. 그렇지만 그 이야기는 사실 주의할 가치가 있다고 생각해. 수업 시간에 배우는 대부분의 다른 것들보다도 주의할 가치가 있다는 생각이 들었어. 선생님은 물론 거기에 관해선 자세히 이야기를 하지 않았어. 하느님과 죄에 대한, 흔히 있는 이야기만 했을 뿐이야. 그렇지만 내 생각으로는……"

그는 말을 멈추고 웃으며 다시 물었다.

"그런데 이 이야기에 흥미가 있니?"하고 묻고는 그는 말을 계속했다.

"나는 이렇게 생각해. 이 카인의 이야기를 아주 다르게 해석할 수가 있지. 우리가 배우는 것들은 대체로 사실이고 옳지만, 선생님이 우리에게 설명하는 것으로 아주 만족할 수는 없어. 너도 역시 그렇다고 생각했겠지? 누군가 싸우다가 아우를 때려 죽인다는 것은 있을 수 있는 일이고, 그후 그가 불안해하고 걱정이 되는 것도 있을 수 있는 일이지. 그러나 그가 그러한 비겁 때문에 특별히 보호받고, 다른 사람들을 불안으로 몰아넣는 표적으로써 표창받는다는 것은 정말 이상한 이야기야."

"그렇구나."

나는 흥미있게 말했다. 그 이야기가 나를 매혹시키기 시작했다.

"그렇지만 달리 그 이야길 설명할 수 있니?"

그는 내 어깨를 툭 쳤다.

"아주 간단해! 사실 이야기의 발단이 된 것은 그 표적이야. 그런데 다른 사람들을 불안하게 하는 그 무엇인가를 얼굴에 지니고 있는 사람이 하나 있었어. 사람들은 감히 그를 건드리지 못하고, 그와 그의 자식들은 세상 사람들에게 같은 인상을 주게 되었어. 아마도, 아니 확실히 그 표적은 우표의 소인과 같이 실제로 붙어 있는 것은 아냐. 그런 것이 생기는 일은 거의 없지. 오히려 무엇인가 알아볼 수 없는 기분 나쁜 것이 있었고, 눈초리에는 사람들이 늘상 보던 것보다 좀 많은 정신력과 대담성이 번뜩이고 있었지. 그는 힘을 가지고 있고 사람들은 그를 무서워했지. 그는 '표적'을 가지고 있었던 거야. 우리들은 이것을 하고 싶은 대로 설명할 수가 있어. '인간'이란 항상 자기 형편에 맞도록 정당성을 주장하는 존재야. 사람들은 카인의 후예를 두려워해. 그들은 그 '표적'을 가졌지. 그러니까 그 표적을 사실 자체로서, 하나의 특성으로서가 아니라 그 반대로 설명한 것이지. 이 표적을 가진 사람은 흉측한 놈들이라고 사람들은 말했지. 옳아, 용기와 특성이 있는 사람들은 다른 사람들을 항상 겁나게 하거든. 두려움을 모르는 무서운 자들이 돌아다닌다는 것은 매우 불안한 일이야. 그래서 그들에게 복수하고, 자기들이 견디어 낸 공포를 조금이라도 보상받기 위해 그들에게 별명과 지어낸 이야기가 덧붙여지는 거야, 알겠니?"

"알겠어. 그렇다면 카인은 악한 사람이 아니었구나? 그럼 성경 속의 이야기는 원래 사실이 아닌 거니?"

"그렇기도 하고 아니기도 하지. 그렇게 옛날 옛적 이야기는 항상 정말이지만, 그것이 사실대로 기록되고 그것이 그 옳은 대로 설명되지는 않아. 간단히 말해서 카인은 훌륭한 사람이라고 생각해. 사람들이 그에게 불안을 느꼈기 때문에 그에게 그런 이야길 지어 붙인 거야. 그런 이야기는 단순히 소문이야. 사람들이 돌아다니며 떠드는 소문과 같지. 카인과 그의 후예들이 참말로 일종의 '표적'을 가지고 있으며, 대부분의 사람들과 다르다는 점에 있어서는 그 이야기는 사실이야."

"그렇다면 너는 때려서 죽게 만들었다는 것까지 정말 믿니?"

나는 몹시 놀라고 감동이 되어 물었다.

"응!── 물론, 확실히 그것은 사실이야. 강한 자가 약한 자를 때려 죽였던 거야. 그게 정말로 자기 형제인지 어떤지는 의문이야. 그렇지만 그건 중요하지 않아. 결국 인간은 누구나 형제야. 어쨌든 약한 자들은 그만 불에 휩싸여 한탄하고, 만약 누군가 그들에게 '왜 당신은 그 강한 자를 간단히 죽여 버리지 않느냐?'고 물으면, '우리는 그럴 만한 용기가 없어'라고 말하지 않고 '그럴 수는 없지. 그는 표적을 가지고 있거든. 하느님이 그에게 표시해 주었다! '라고 말하지. 아마 이렇게 해서 그런 속임수는 생기는 걸 거야.── 참 너무 시간이 많이 지났구나. 그럼 잘 가라."

그는 알테 골목으로 꺾어 들어갔다. 혼자 남게 된 나는 누구한테 매맞은 사람처럼 정신이 멍해 있었다. 그가 사라지자 그가 말한 모든 것이 전혀 믿을 수 없는 것처럼 생각되었다. 카인은 고귀한 사람이고, 아벨은 겁쟁이라고! 카인의 표적은 하나의 특성이라고! 그것은 불합리했고, 신을 모독하는 것이고, 사악한 것이었다. 그렇다면 도대체 하느님은 어디 계셨는가?── 하느님은 아벨의 제물을 받으시고 아벨을 사랑하시지 않으셨던가?── 아니다, 엉터리 같은 소리다. 데미안은 나를 조롱하고, 골탕을 먹이려고 그랬을 거야. 나는 그렇게 생각했다. 그는 굉장히 총명하고 말을 잘하긴 하지만.

어쨌든 나는 지금까지 성서의 어떤 이야기나 다른 이야기를 그렇게 숙고해 본 적이 없었다. 그리고 오래 전부터 그 프란츠 클로머를 그렇게 완전히 몇 시간 동안── 온 저녁 내내 잊어 본 적도 없었다. 집에 와서 나는 다시 한번 성서의 그 이야기가 씌어져 있는 곳을 통독했는데 그것은 간단하고 분명해서, 거기서 어떤 특별한 주관적인 의미를 찾아 내려는 것은 미친 짓이었다. 그렇다면 사람을 때려 죽인 자는 누구나 자기를 하느님의 총아라고 설명할 수 있을 것이다. 아니! 엉터리 같은 소리다. 그러나 그런 일을 그렇게 쉽게, 마치 당연한 이야기를 하듯이 이야기할 수 있는 데미안의 태도……, 게다가 그의 눈은 몹시 매혹적이었다.

물론 나 자신에게는 질서가 안 잡혔을 뿐만 아니라 아주 무질서한 어떤 것이 있었다. 나는 밝고 깨끗한 세계에 살고 있었으며 일종의 아벨이었다. 그리고 나는 지금 대단히 깊게 '다른' 세계 속에 빠져들어 떨어지고 가라앉았다. 그렇지만 근본적으로 거기에 대해 그렇게 많이 마음이 내킨 건 아니다. 어떻게 그렇게 되었던가? 그렇다, 지금 하나의 추억이 나에게 떠올랐는데 그것은 잠시 동안 나를 질식시켰다. 나의 지금의 비참이 시작된 바로 그 저주스러운 밤에 아버지에 대해 그런 생각을 했었다. 나는 한순간 아버지와 아버지의 밝은 세계와 예지를 한번에 꿰뚫어보고는 경멸했었다. 그렇다! 그때 카인이 되어 표적을 가졌던 나 자신은 수치가 아니라 그것이 남보다 월등하다는 표시이고, 나는 사악함과 불행을 통하여 나의 아버지보다도 더 위대하고, 착한 사람이나 경건한 사람들보다도 위대하다고 생각했었다.

그 당시 내가 경험한 것은 이와 같이 분명한 사고의 형태는 아니었으나, 이 모든 것이 그 속에 포함되어 있었다.

그것은 단지 나를 괴롭히고, 그러면서도 사랑을 가지고 나를 채워 줬던 감정과 이상하게 타오르는 흥분의 불길이었다.

생각해 볼 때——두려움을 모르는 사람과 비겁한 자에 대해서 데미안은 얼마나 이상하게 해석했던가! 즉, 카인의 이마의 표적만 보더라도 말이다. 그때 그의 눈, 어른 같은 독특한 그의 눈은 어떻게 빛났던가! 그리고 그것은 내 머리에 불명료하게 스쳐갔다. 그 자신, 데미안 자신이 일종의 카인이 아닐까 하는 생각이……. 그가 카인을 닮지 않았다면 왜 그를 변호하는 것인가? 왜 그는 '다른 사람들', 즉 본래는 경건한 사람들이고 신의 마음에 드는 사람들인, 두려워하는 사람들을 그렇게 경멸했던가!

이런 생각을 하니까 끝이 없었다. 그것은 샘 위에 떨어진 돌멩이였으며, 그 샘은 다름 아닌 내 어린 영혼이었다. 그리고 카인, 고의적인 살인, 표적을 내포한 문제 등은 정말 오랜 기간 동안 인식과 의혹과 비평에 대한 나의 탐구에 있어서 출발점이 되었다.

나는 다른 학생들도 데미안에 대해 마음을 두고 있다는 것을 알았다. 카인에 대한 이야기를 나는 아무에게도 말하지 않았으나, 다른 아이들도 그에게 흥미를 느끼고 있는 것 같았다. 적어도 이 신입생에 대한 소문이 여러 가지 떠돌았다. 내가 만일 그 소문을 모두 알았다면 그에 대한 모든 것이 밝혀지고 분명해졌을 것이다. 나는 단지 데미안의 어머니가 대단히 부자라는 소문만을 알고 있었다. 그의 어머니는 교회에 가지 않고, 그도 역시 가지 않는다는 소문이 있었다. 그들이 유대인이라고 말하는 사람도 있었다. 그들은 표면에 내세우지 않는 회교도일지도 모른다. 그 밖의 소문은 막스 데미안의 힘에 관한 것이었다. 어느 날 데미안이 학급에서 제일 힘센 애가 그에게 싸움을 걸어왔을 때 거절하자, 그를 비겁자라고 불렀던 그 애를 여지없이 굴복시켰다는 것은 사실이다. 거기 있던 아이들에 의하면, 데미안이 단지 그를 한 손으로 목덜미를 잡고 꽉 눌렀을 뿐인데, 그 소년은 겁을 집어먹고 뺑소니를 쳤으며, 그 후 하루종일 팔을 쓸 수가 없었다고 말했다. 어느 날 밤에는 그 소년이 죽었다는 소문까지 떠돌았다. 얼마 동안은 여러 가지 이야기가 사실화되었고, 또 믿기도 했다. 모든 것이 흥분을 자아냈고, 놀라웠다. 얼마 동안 우리는 그것으로 만족했다. 얼마 되지 않아 우리 학생들 사이에, 데미안이 어느 소녀와 친하게 교제를 하고 있으며, '모든 것을 알고 있다'는 새로운 소문이 떠돌았다.

그러는 동안에도 프란츠 클로머와 나는 어쩔 수 없는 길을 계속해서 가고 있었다. 나는 그에게서 헤어날 수가 없었다. 왜냐 하면 그가 나를 며칠 동안 편안히 내버려 둔다 해도 나는 그에게 얽매여 있었다. 꿈 속에서 그는 그림자처럼 같이 살았으며, 그가 나에게 실제로 가하지 않는 것을 꿈 속에서 나의 환상이 그에게 행하도록 시켰다. 그 꿈 속에서 나는 완전 무결한 그의 노예였다. 나는 현실에서보다 꿈 속에서 —— 나는 늘 아주 강렬한 꿈을 꾸는 사람이었다. —— 더 많이 살았고 힘과 생활을 이 그늘 때문에 잃어버렸다. 다른 꿈 속에서는 가끔 클로머가 나를 학대하고, 나에게 침을 뱉고, 나를 올라탔고, 더욱 나쁜 것은 그의 힘있는 영향력으로 억눌러서 무서운 범행을 저지르도록 나를 유혹하는 꿈을 꾼다는 것이었다.

내가 반쯤 정신이 나가서 깨어난 가장 무서운 꿈은 나의 아버지를 살해하는 발작적인 것을 내용으로 하고 있었다. 클로머는 칼을 갈아서 내 손에 쥐어 주었으며, 우리는 어떤 골목의 나무 뒤에 서서 누군가를 노리고 있었는데, 나는 그게 누군가를 알지 못했다. 그러나 어떤 사람이 나타났을 때 클로머가 나의 팔을 잡아당기며 저 자가 찔러 죽여야 될 작자라는 것을 말하였다. 그는 나의 아버지였다. 그리고 깨어났다.

이런 일에 관련해서 나는 카인과 아벨의 일을 곧잘 생각하게 되었다. 데미안에 관해선 이제는 거의 생각하지 않았다. 그가 나에게 다시 가까이 온 것은 이상하게도 역시 꿈 속이었다. 나는 학대와 폭행당하는 꿈을 다시 꾸었는데, 이번에는 내 몸에 올라탄 것은 클로머 대신 데미안이었다. 그리고 그것은 새로이 깊은 인상을 주었다.── 내가 클로머로부터 고통과 반항으로 당했던 모든 것을 나는 데미안으로부터 기꺼이, 그리고 불안과 동시에 황홀한 감정을 가지고 견디어 냈던 것이다. 이런 꿈을 두 번 꾼 후에 클로머가 다시 제위치로 돌아왔다.

이렇듯 꿈 속에서 경험한 것과 현실에서 경험한 것을 나는 오랫동안 아주 분명히 구분할 수가 없었다. 그러나 어쨌든 클로머와의 좋지 않은 관계는 계속되었고, 내가 살짝살짝 나쁜 손버릇질을 해서 빚진 돈 전부를 그에게 다 갚아 주었을 때도 그와의 관계는 끝나지 않았다.

아니, 그는 내가 행한 도둑질을 알고 있었다. 왜냐 하면 항상 이 돈이 어디서 생겼느냐고 물었기 때문이다. 어느 때보다도 나는 그의 손아귀 속에 더욱 깊게 사로잡혀 있었다. 때때로 그는 나의 아버지에게 말하겠다고 위협을 했는데, 그럴 때면 스스로가 애초부터 그 일을 저지르지 않았더라면 하는 후회스런 마음이 나의 불안감을 더하곤 했다. 그동안 나는 내 행동에 비참하였지만, 이미 저질러진 일에 후회하지는 않았다. 때때로 만사는 이렇게 되어야 한다는 느낌이 들었다. 하나의 운명이 내 위에 덮여 있었고,

그것을 깨려는 것은 소용없는 일이었다.

아마도 나의 양친은 이런 상태 때문에 많은 고통을 받으셨으리라. 낯선 영혼이 나에게 덮쳐 와서 나는 그렇게 친밀했던 우리 집안의 일원으로 이미 어울릴 수가 없었고, 그것에 대해서 마치 실락원에 대해서와 같이 가끔 격렬한 향수가 엄습했다. 특히, 어머니로부터는 악동으로보다 환자로 취급을 받았으나, 실제의 상태가 어떤가 하는 것은 나의 두 누나들의 행동으로 잘 알 수가 있었다. 건강을 돌봐 주었으나, 나에게 끝없이 비참한 생각을 불러일으키게 했던 그들의 행동은, 내가 일종의 마귀에 홀렸다고 생각하고 있다는 것을 분명하게 보여 주었다. 이런 자들은 그 상태에 대해 꾸중을 하느니보다는 동정을 해 주어야 하며, 이들의 내부에는 지금 악이 자리잡고 있다는 것이었다. 나는 모두가 나를 위해 기도하는 것을 느꼈고, 이런 기도가 소용없으리라는 것도 느꼈다. 짐을 벗고 가볍게 되고 싶은 소망과 참마음으로 고해하고픈 갈망을 나는 가끔 불타오르듯 느꼈으나, 아버지에게도 어머니에게도 모든 것을 올바르게 말하고 설명할 수 없으리라는 것도 이미 느꼈다. 사람들은 자애롭게 그것을 받아 주고, 나를 잘 보살펴 주고, 참 안 되었다고는 생각하지만 나를 완전히 이해할 수는 없을 것이다. 그리고 그것이 나의 운명인데도 일종의 탈선으로 생각되리라는 것을 나는 알고 있었다.

나는 많은 사람들이 아직 열한 살도 안 된 어린애가 이렇게 느끼리라고는 믿지 않는다는 것을 알고 있었다. 그들에게 내 신상에 일어난 일을 이야기하고 있는 것이 아니다. 나는 인간을 좀더 잘 아는 사람들에게 이야기하는 것이다. 자기의 감정의 일부분을 사상으로 바꿀 수 있는 어른들은 어린애에게 이런 생각이 있음을 알지 못하며, 경험까지도 없다고 생각할 것이다. 그러나 나의 생애에 있어서 그 당시처럼 그렇게 깊게 경험하고 괴로워한 적도 없었다.

어느 비오는 날, 나를 억압하여 고통스럽게 하는 클로머는 나에게 광장으로 나오라고 명령했다. 나는 지금 막 광장에 도착하여 클로머를 기다리면서 빗물에 젖은 밤나무 잎을 발로 뒤적이고 있었다. 나뭇잎들은 똑똑 물방울을 떨어뜨리고 있는 검은 나무에서 쉴새없이 떨어지고 있었다. 돈을 가져오지 못했지만 클로머에게 적어도 무엇인가를 줄 수 있도록 두 조각의 과자를 주머니에 넣어 가지고 왔다. 나는 오랫동안 이렇게 모퉁이의 어느 곳에 서서 때로는 오랜 시간 동안 그를 기다리는 데 익숙해 있었다. 나는 인간들이 어쩔 수 없는 것을 감수하듯이 그것을 감수했다.

이윽고 클로머가 왔다. 그는 이날은 오래 머무르지 않았다. 그는 내 가슴을 주먹으로 몇 차례 치더니, 웃으며 과자를 받았다. 내가 받지는 않았지만 젖은 담배 한 개비를 내밀기까지 했고, 보통 때보다 한층 더 친절했다.

"참……" 헤어지려 할 때 그가 말했다.

"잊지 않게 미리 말해 두겠는데 —— 다음 번에는 네 큰누나를 데리고 나와. 이름이 뭐지?"

나는 이해할 수 없어서 대답하지 않았다. 다만 놀라서 그를 쳐다볼 뿐이었다.

"알아듣지 못하겠니? 네 누나를 데려오란 말이야."

"알았어, 클로머. 그러나 그것은 안 돼. 나는 그렇게 할 수 없어. 누나도 함께 올 리가 없겠지만……"

나는 그것이 또다시 하나의 술책이요, 구실이란 것을 알아챘다. 그는 이따금 그러했다. 어떤 불가능한 일을 요구하여 나를 궁지에 빠지게 하고, 내 기를 죽이고 나서는 서서히 행동해 갔다. 그러면 나는 돈이나 다른 물건을 주어서 그로부터 헤어나지 않으면 안 되었다.

이번엔 아주 달랐다. 내가 거절했는데도 전혀 화를 내지 않았다.

"그럼 좋다." 그는 얼버무리며 대답했다.

"다시 생각해 봐. 나는 네 누나와 사귀고 싶단 말이야. 훗날 틀림없이 잘될 때가 있겠지. 넌 누나를 데리고 산보를 나오기만 하면 돼. 내가 그리로 갈 테니까. 내일 내가 휘파람을 불 테니, 그때 다시 한번 그것에 대해 말해보자."

그가 사라진 뒤 그가 요구하는 것이 어떤 것이라는 게 나에게 희미하게 짐작되었다. 나는 아직 철부지 어린애였으나 소년 소녀들이 좀 나이가 들면 비밀을 갖고 서로 추잡하고 금지된 짓을 한다는 것에 관해 주워들은 소리로 알고 있었기 때문이다. 그런데 지금—— 그것이 얼마나 엄청난 일인가 하는 것이 갑자기 내게 명백해졌다. 그런 일은 안 하리라는 나의 결심은 곧 확고해졌다. 그러나 그 다음에 어떤 일이 일어날 것이며, 클로머가 나에게 어떻게 복수를 할 것인가에 대해 나는 감히 생각할 수가 없었다. 새로운 고민이 시작되었는데, 그것은 아직도 끝난 것이 아니었다.

절망적으로 손을 주머니에 찌르고 나는 텅 빈 광장을 서성거렸다. 나는 새로운 고통과 새로운 상태에 젖어들었다.

그때 시원스럽고 마음 속 깊은 데에서 울려 나오는, 나직하나마 또렷하게 나를 부르는 소리가 들렸다. 나는 가슴이 섬뜩해서 뛰기 시작했다. 그러나 목소리의 주인공은 내 뒤를 쫓아와서는 뒤에서 내 어깨를 부드럽게 잡았다. 막스 데미안이었다. 나는 잡힌 대로 내버려 두었다.

"너였니?" 나는 의심스러운 듯 말했다.

"나를 그렇게 놀라게 하다니!"

그는 나를 바라보았다. 이때만큼 그의 시선이 어른스럽고 자신에 넘쳐 있으며, 상대의 마음을 꿰뚫어보는 사람의 눈초리 같았던 적은 없었다. 우리는 오랫동안 서로 입을 떼지 않았다.

"미안하다." 그는 다정하고 그러면서도 단호한 태도로 말했다.

"그러나 그렇게 놀랄 것 없잖아."

"그래, 그렇지만 놀랄 수도 있지."

"그럴는지도 몰라. 그러나 알아 둬. 네게 아무 일도 하지 않은 사람 앞에 서까지 그렇게 위축된다면 그 사람은 왜 그럴까 하고 생각해 보기 시작하지. 이상스러운 생각이 들고 호기심이 나거든. 그 사람은 네가 유별나게 놀라기를 잘 한다고 생각하고, 사람은 누구나 불안을 가질 때에만 놀란다는 생각을 하겠지. 내 생각에 너는 본래부터 비겁한 자가 아니었지? 물론 영웅도 아니지만. 넌 두려워하는 것이 있어. 또, 두려워하는 사람도 있다. 그 따위 감정을 결코 가져선 안 돼. 사람 앞에선 절대로 두려움을 가져선 안 돼. 넌 나를 두려워하지 않겠지? 어때?"

"아니야, 전혀 그렇지 않아."

"그걸 봐! 그러나 네게 두려워하는 사람이 있지?"

"나는 모르겠는데…… 제발 나를 내버려 둬. 날 도대체 어쩌려는 거지?"

그는 나와 함께 걸었다.── 나는 도망칠 생각을 가지고 더욱 빨리 걸었다.── 나는 그의 시선이 옆에 있는 것을 느꼈다.

"내가 너에게 호의를 가지고 있다고 가정해 보자."

그는 다시 말을 이었다.

"어쨌든 넌 나 때문에 불안을 가질 필요는 없어. 나는 네게 한 가지 실험을 해 보고 싶다. 그것은 재미있고, 너도 거기서 대단히 유익한 것을 배울 수가 있지. 주의해 들어. 때때로 나는 사람들이 독심술(讀心術)이라 부르는 기술을 연구해. 그것은 마법은 아니야. 그렇지만 독심술이 무엇인지를 알지 못하는 사람에게는 아주 독특하게 보이거든. 사람들을 아주 놀라게 할 수 있어.── 자, 우리 한번 시험해 보자. 나는 너를 좋아하거나 네게 흥미를 가지고 있다. 나는 지금 네 마음 속이 어떤가를 알아 내고 싶어. 거기 대해서 나는 첫 한 발자국을 벌써 내디뎠지. 나는 너를 놀라게 했거든.──

— 너는 놀라기를 잘한다. 그러니까 네가 두려워하고 있는 사람이나 물건이 있는 거야. 왜 그렇게 되었을까? 우리는 어느 누구에 대해서도 두려워할 필요가 없어. 만약 누군가를 두려워한다면, 그 사람에게 뜻대로 할 수 있는 힘을 주었기 때문이야. 예를 들면, 나쁜 일을 했는데 다른 사람이 알고 있다고 치자.── 그러면 그는 너를 뜻대로 할 수 있게 되는 거야, 알겠니? 그건 분명한 일이 아니니?"

나는 어떻게 해야 좋을지 몰라서 데미안의 얼굴만 쳐다보고 있었다. 그의 얼굴은 여느 때와 마찬가지로 진지하고, 영리해 보였으며, 호의에 차 있었으나 다정스러운 면이라고는 털끝만큼도 없고 오히려 엄숙해 보일 정도로 표정이 굳어 있었다. 그 속에는 정의감 같은 것이 있었다. 나는 내게 어떤 일이 일어났는지 영문을 몰랐다. 그는 마술사처럼 내 앞에 서 있었다.

"너는 알겠지?" 그는 또 한 번 내게 물었다.

나는 고개를 끄덕일 뿐 아무 말도 할 수 없었다.

"나는 물론 그 독심술이란 게 좀 괴상하게 보인다고 말했지만, 그것은 아주 자연스럽게 되는 거야. 예컨대, 내가 전에 너에게 카인과 아벨에 관해서 이야기했을 때, 네가 나를 어떻게 생각했는지를 꽤 자세히 말할 수 있어. 그것은 지금 일에 관계된 것이 아니지만…… 나는 언젠가 네가 내 꿈을 꾸었으리라는 건 있음직한 일이라고 생각해. 그러나 이 얘긴 그만두자! 대부분의 녀석들은 멍텅구리인데, 너는 아주 총명한 애야. 나는 믿을 수 있는 영리한 소년들과 때때로 즐겨 이야기하지. 그건 너도 싫지 않겠지?"

"오, 그래. 나는 이해하지 못하지만……"

"우리 한번 재미있는 실험을 계속해 보자. 우리는 다음과 같은 걸 알게 된다. 그 소년은 잘 놀란다.── 그는 누군가를 두려워하고 있다.── 그는 확실히 이 다른 누구와 몹시 마음에 꺼림칙한 비밀을 가지고 있다. 어때, 이 말이 맞니?"

나는 꿈 속에서처럼 그의 목소리와 감화력에 굴복하였다. 나는 다만 고개를 끄덕였다. 나 자신의 마음 속에서만 나올 수 있는 목소리로 그는 이야기하지 않는가? 그는 모든 것을 다 알고 있다.──그가 나 자신보다 더 잘, 더 분명히 모든 것을 알고 있단 말인가?

힘있게 데미안은 내 등을 두드렸다.

"역시 내 말대로군. 나는 그런 줄 알았어. 그럼 몇 마디 더 묻겠어. 아까 저쪽으로 사라진 녀석 이름이 뭔지 너는 알지?"

나는 몹시 놀랐다. 데미안이 눈치챈 그 비밀이 세상에 드러나는게 싫어서 내 속에서 고통스럽게 꿈틀거리고 있었다.

"누구? 나밖에 아무도 없었는데……"

그는 웃었다.

"그의 이름이 뭔지 말해 봐."

나는 나지막한 소리로 말했다.

"프란츠 클로머 말이냐?"

알고 있는 듯한 얼굴로 그는 나에게 고개를 끄덕였다.

"됐어, 이제. 우리는 앞으로 더욱 친하게 될 거야. 그렇지만 지금 너에게 이야기를 해 둬야겠어. 클로머인가 뭔가 하는 놈은 나쁜 놈이야. 나는 그의 얼굴만 보고도 그가 불량배라는 것을 알았지! 네 생각은 어때?"

"응, 맞았어!" 나는 한숨을 내쉬었다.

"그는 나쁜 놈이야! 그렇지만 그가 이런 것을 알아서는 안 돼! 절대로 안 돼! 그에게 아무 말도 하지 마. 너는 그를 아니? 그도 너를 알고 있고?"

"진정해! 그는 지금 없어. 그리고 그는 나를 몰라.── 아직은 몰라. 그러나 난 그 놈을 알고 싶은데, 국민학교 학생이니?"

"응."

"몇 학년?"

"5학년이야.── 그러나 그에게는 아무 말도 하지 말아 줘. 제발 아무것도 말하지 않겠다고 말해줘!"

"염려 마라. 너에게는 아무 일도 생기지 않아. 아마 너는 나에게 이 클로머에 관해 좀더 이야기해 줄 생각이 없는 모양이지?"

"할 수 없어! 안 돼. 이제 그만 나를 내버려 둬."

그는 한동안 침묵을 지켰다.

"섭섭한데."하고 그는 말하였다.

"실험을 좀더 계속 하려던 참이었는데. 그러나 난 너를 괴롭힐 생각은 없어. 그렇지만 그를 두려워하는 것은 전혀 옳지 않다는 걸 너는 알고 있겠지? 그런 것에서 벗어나야 돼. 만일 네가 올바른 사람이 되려 한다면 넌 거기서 벗어나야 돼. 알아듣겠니?"

"맞아, 네가 말한 대로야…… 그러나 그렇게 되지 않는 걸. 너는 정말 몰라……"

"너는 네가 생각했던 것보다 더 많은 것을 내가 알고 있다는 걸 알았겠지? 너는 그에게 혹시 빚을 졌니?"

"응, 빚도 졌지. 그러나 그것이 큰 문제는 아니야. 난 그걸 말할 수 없어. 말할 수 없단 말이야!"

"내가 그에게 빚진 만큼의 돈을 네게 주어도 아무 소용이 없을까?── 그 정도는 충분히 내가 네게 줄 수 있는데."

"아냐, 아냐, 그게 아냐. 거기 관해서 아무에게도 말하지 말아 줘, 아무 말도! 넌 나를 더 불행하게 만들지도 몰라."

"싱클레어, 나를 믿어, 너는 먼 훗날 언젠가는 내게 네 비밀을 말하게 될 거야.── "

"아니야, 절대로 그럴 리 없어."하며 나는 펄쩍 뛰며 소리쳤다.

"너 하고 싶은 대로 해. 나는 그저 네가 언젠가는 이야기해 주리라고 생각해, 네 스스로 말이야. 설마! 내가 클로머처럼 행동하리라고는 생각하지 않겠지?"

"물론 그래!—— 그러나 너는 그 일에 관해선 전혀 아무것도 모르잖아?"

"그래, 아무것도 몰라. 나는 단지 거기에 대해 열심히 생각하고 있을 뿐이야. 그리고 클로머가 했던 것과 같은 그런 일은 절대 없다는 것을 믿어 줘. 또 너는 나에게 아무것도 빚진 것이 없잖아."

우리들은 잠시 침묵을 지켰다. 나는 좀 마음이 가라앉았다. 그러나 데미안이 알고 있는 것들이 내게는 더 수수께끼였다.

"나는 그만 집으로 가야겠어."

그는 말하고는 빗속에서 거친 마직물 외투를 더욱 꼭 여미었다.

"우리가 벌써 여기까지 이야기를 나누었으니, 네게 꼭 한 가지만 더 말하고 싶어.—— 너는 클로머의 손에서 벗어나야 돼! 만약 좋은 방법이 없다면 그를 죽여 버려! 네가 그렇게 행동하면 나는 감명을 받게 되고, 내 마음에 들게 될 거야. 난 물론 너를 도와 줄 수 있어"

나는 다시 불안해졌다. 카인의 이야기가 갑자기 다시 생각났다. 나는 조용히 울기 시작했다. 내 주위에 있는 너무 많은 일들이 모두가 마땅치 않게만 여겨졌다.

"자, 됐어!"하고 막스 데미안은 미소를 지었다.

"집으로 돌아가라! 우리들은 틀림없이 그 일을 잘 끝낼 거야. 물론 때려 죽이는 것이 가장 간단하긴 하지만. 그런 일에 있어선 가장 간단한 방법이 가장 좋은 방법이야. 너와 클로머와의 관계는 좋은 교제가 아냐."

나는 집으로 돌아왔다. 1년 동안이나 집을 떠나 있었던 것처럼 느껴졌다. 모든 것이 다르게 보였다. 나와 데미안 사이에는 무언가 미래와 같은,

희망과 같은 것이 있었다.

나는 이제 외톨이가 아니다! 그리고 지금에서야 나는 몇 주 동안이나 비밀을 간직한 채 얼마나 몸서리쳐지는 고립 상태로 지냈던가 하는 것을 깨달았다. 그리고 곧 내가 여러 번 생각했던 일이 머리에 떠올랐다. 나의 양친 앞에서 고해하는 것이 내 마음을 가볍게 해주는 것은 사실이지만, 나를 완전히 구원할 수는 없으리라는 생각이었다. 그리고 지금 나는 양친이 아닌 다른 사람에게 모든 비밀을 고백하고 말았다. 그런데 구원에 대한 예감이 강렬한 향기처럼 나를 향하여 날아오는 느낌이었다.

어쨌든 오랫동안 나의 불안은 극복되지 않았고, 나는 앞으로도 클로머와의 두려운 대결을 각오했었다. 그런데 모든 일이 그렇게 고요하게, 그렇게 완전하게 살짝 아무 일 없었다는 듯이 지나간 것에 대해 나는 더 두려움이 앞섰다.

클로머의 휘파람 소리가 우리 집 앞에서 하루, 이틀, 사흘, 그리고 1주일이 지나도록 들리지 않았다. 나는 감히 그것을 믿을 수가 없어서 예기치 않을 때 갑자기 나타나지 않을까 하는 생각이 내 마음 속에 숨어 있었다. 그러나 그는 멀리 사라져 갔다! 이 새로운 자유를 믿을 수가 없어서, 나는 여전히 거기에 대해 의혹을 품었다. 그러던 어느 날, 자일러 골목에서 나를 향해 똑바로 내려오고 있던 프란츠 클로머와 맞부딪쳤다. 그는 나를 보자 흠칫 놀라는 태도로 얼굴을 찡그리며 나를 피해 홱 돌아서 가 버렸다.

그것은 내가 이제껏 당해 보지 못한 일이었다. 나의 적이 나를 보고 도망치다니 말이다. 나의 악마가 나를 두려워한 것이다! 기쁨과 경이가 내 몸을 휘감았다.

그럴 즈음에, 어느 날 나는 데미안을 만났다. 그는 학교 앞에서 나를 기다리고 있었다.

"안녕" 나는 말했다.

"잘 있었어, 싱클레어? 나는 네가 어떻게 지내나 꼭 한 번 보고 싶었어. 그 클로머란 놈은 이젠 너한테 집적대지 않지?"

"네가 그랬구나? 하지만 대관절 어떻게? 어떤 방법으로 했니? 나는 그걸 통 알 수 없어. 그는 전혀 내 앞에 나타나지 않아."

"그거 잘됐다. 내 생각으로는 그애는 앞으로 절대 나타나지 못할 거야. 그러나 그앤 진짜 철면피니까 모르지. 만약 다시 오거든——그땐 그애에게 그저, '데미안을 생각해 봐.'라고만 말하면 돼."

"그런데 무슨 일이 있었니? 너는 그와 싸워서 그를 호되게 갈겨 주었니?"

"아니, 나는 싸움을 그렇게 좋아하지 않아. 나는 단지 너와 이야기했던 것처럼, 그와 이야기하고 그가 너를 편안히 놔 두어야 그 자신에게 이익이 된다는 것을 분명히 말해 주었을 뿐이야."

"설마, 그에게 돈을 주진 않았겠지?"

"아니, 너도 그런 방법은 이미 경험해 보았잖니?"

아무리 그에게 캐물으려고 했지만 그는 아무렇지도 않다는 듯 가 버렸다. 나는 감사와 부끄러움, 놀라움과 불안, 애착과 내적 반항이 뒤엉킨 채 꺼림칙한 감정을 가지고 서 있었다.

나는 곧 데미안을 다시 만나려고 결심했다. 그리고 그때 나는 그와 함께 그 모든 것에 관해서, 카인의 문제에 관해서까지도 좀더 이야기해 보고 싶었다. 그러나 좀처럼 기회가 오지 않았다.

나는 은혜를 느낀다는 것은 믿지 않는 편이다. 특히 아이들에게 그것을 요구하는 것은 잘못된 생각이라고까지 생각하고 있었다. 그래서 내가 막스 데미안에게 보인 내 자신의 완전한 배은망덕에 대해서도 아무렇지도 않게 여겼다.

내가 오늘날 확신하고 있는 바는 만일 그가 나를 클로머의 발톱으로부터 해방시켜 주지 않았다면, 나는 일생 동안 병들고 타락했으리라는 것이다. 그때만 하더라도 나는 클로머의 손아귀에서 벗어난 것을 그때까지의 나의 인생 가운데서 가장 큰 체험이라고 느끼고 있었다.── 기적이 일어난 순간 나는 그 기적을 달성시킨 장본인을 완전히 무시하고 있었다.

배은망덕이란, 앞에서도 말한 것처럼 나에게는 이상한 것이, 단지 내가 이상하게 느낀 것은 내가 조금도 호기심을 일으키지 않았다는 점이다. 도대체 어떻게 해서, 데미안 덕분에 조금은 알 수 있었던 그 여러 가지 비밀을 자세히 알아보지도 않고 전과 같은 생활을 태평스럽게 계속할 수가 있었을까? 카인, 클로머, 독심술 따위에 관해서 더 물어보고 싶은 호기심을 어떻게 억제할 수가 있었을까?

이해할 수 없는 일이지만 그것은 사실이었다. 나는 갑자기 내가 악마의 그물로부터 벗어났음을 알았고, 세상이 다시 내 앞에 밝고 즐겁게 놓여 있음을 알았으며, 더 이상 불안의 발작이나 목을 죄는 듯이 가슴이 뛰는 일에도 굴복당하지 않았다.

금령(禁令) 위반의 벌은 끝났고, 나는 더 이상 괴로움을 받는 죄인이 아니다. 나는 다시 예전과 같은 학생이 되었다. 나의 본성은 될 수 있는 대로 빨리 본래의 균형과 휴식으로 돌아오려고 했으며, 여러 가지 증오스런 것과 위협적인 일들을 밀어 내서 그것을 잊으려고 온갖 노력을 다했다. 눈에 보이는 어떤 상처나 인상을 남기지도 않고, 나의 죄와 불안의 아주 오랜 역사는 놀랍게도 빨리 나의 기억에서 떨어져 나갔다.

다른 한편으로는 나의 조력자, 구원자를 마찬가지로 빨리 잊으려고 노력한 것도 지금의 나에게는 이해가 간다. 나는 저주받은 한탄스런 골짜기로부터, 또는 클로머에 대한 무서운 예속 상태로부터 모든 힘을 다하여 전에 행복하고 즐거웠던 곳으로 도망쳤다. 즉 다시 열린 잃어버렸던 낙원으로,

아버지와 어머니의 밝은 세계로, 누나들에게로, 순수한 향기로, 신의 총애를 받는 아벨의 세계로…….

데미안과 짧은 대화를 나누고 난 바로 다음날, 되찾은 자유가 정말이라는 것을 완전히 확신하고 다시는 더 이상 두려워하지 않아도 된다는 것을 알았을 때, 나는 이제까지 꼭 그렇게 해 보리라고 갈망하며 바라던 그 일 —— 즉 고해를 했다. 어머니에게로 가서 자물쇠가 부서지고, 돈 대신 장난감 돈으로 채워진 저금통을 내보이고, 오랫동안 나 자신의 죄 때문에 사악한 괴로움을 주는 자에게 묶여 있었다는 이야기를 했다. 어머니는 모든 것을 이해하지는 못했으나 저금통과 나의 달라진 시선을 보고는, 그리고 달라진 음성을 듣고는 내가 회복이 되어 다시 어머니에게 돌아왔다고 느꼈다.

그리고 뒤이어 홀가분한 기분으로, 내가 다시 가족 곁으로 돌아온 축하 잔치 —— 방탕한 아들이 돌아온 잔치 —— 를 베풀었다. 어머니는 나를 아버지에게로 데리고 가 그 이야기를 다시 반복하자, 질문과 놀라움의 환호성이 몰려들었고, 양친은 내 머리를 쓰다듬어 주셨다. 그리고 긴 압박감에서 해방된 한숨을 쉬셨다. 모든 것이 굉장했고, 동화 같고, 놀라운 조화 속에 융화되어 갔다. 이 조화 속으로 나는 다시 진실한 정열을 가지고 뛰어들어갔다. 내가 다시 평화와 아버지의 신뢰를 얻었다는 데 대해 아무리 만족해도 충분하지 않았다.

나는 가정적인 모범 소년이 되었고, 이전보다도 더욱 누나들과 잘 놀았다. 기도를 드릴 때에는 구원을 받은 자와 개심자의 마음을 가지고 좋아하는 옛 노래를 불렀다. 그 모든 것이 마음 속으로부터 우러나온 것이며, 거기에는 어떤 거짓도 없었다.

그렇지만 만사가 다 질서 속에 있었던 것은 아니었다. 그리고 여기에 내가 데미안을 잊어버린 것을 참되게 설명해 줄 수 있는 것은 하나도 없었다. 나는 그에게 모든 것을 털어 놓고 회개했어야 했다. 그 회개는 양친에게 한 것에 비한다면 더 화려하지도, 감동적이 되지도 못했겠지만, 나에게 많은 유익한 결과를 가져왔을 것이다.

지금 나는 사방팔방으로 뿌리를 뻗쳐 예전의 낙원과 작은 세계에 달라붙었으며, 귀향을 했고, 관대하게 받아들여졌다. 그러나 데미안은 절대로 이 세계에 속하지 않고, 이 세계에 어울리지 않았다. 또한 그는 유혹자이며, 나를 제2의 세계, 사악하고 나쁜 세계로 연결시켰다.

그 세계에 관해서는 나는 지금 더 이상 아무것도 알고 싶지 않았다. 나 자신 막 다시 아벨이 된 지금, 아벨을 포기하고 카인을 찬미하는 일을 도울 수도 없었고, 도우려 하지도 않았다.

외면적인 관계는 이상과 같았다. 그러나 내면적인 관계는 좀더 달랐다. 나는 클로머와 악마의 손으로부터 구원되었으나 그것은 나 자신의 힘과 행동에 의한 것이 아니었다. 나는 세계의 오솔길을 걸으려고 노력했다. 그러나 그것은 나에게 너무나 미끄러웠다. 다행히 우정에 찬 손이 나를 잡아서 구원해 준 지금, 나는 더 이상 한눈을 팔지 않고 어머니의 품으로, 울타리 둘러친 경건한 유년 시절의 안전 속으로 되돌아왔다. 나는 실제보다 더 어리고, 더 종속적이고, 어린애같이 행동했다. 클로머에 대한 종속을 새로운 종속으로 대체해야만 했다. 왜냐 하면 나는 혼자서는 세상을 살아갈 수가 없었기 때문이다. 그래서 나는 맹목적으로 아버지와 어머니의 예속을, 옛날에 사랑하던 '밝은 세계'의 예속을 선택했다. 그렇지만 나는 그 세계가 유일의 세계가 아니라는 것을 알고 있었다. 만약, 내가 그렇게 하지 않았다면 나는 데미안을 의식하고 자신을 그에게 의지해야만 했을 것이다. 내가 그렇게 하지 않은 것은, 그 당시 그의 이상한 사고에 대해 불신을 가진 나로서는 그것이 올바른 일로 생각되었기 때문이었다. 실제로 그것은 불안 이외의 아무것도 아니었다. 데미안은 양친들의 요구보다 더 많은 것을, 훨씬 더 많은 것을 요구했을 것이고, 나를 자극과 충고로써, 조롱과 웃음으로써 더욱 자주적인 사람이 되도록 만들려고 노력했을 것이다. 아, 이제야 나는 다음과 같은 사실을 알았다. 인간에게 있어서, 이 세상에 자기 자신에게 이르는 길을 가는 것보다 더 장애가 많은 일은 아무것도 없다는 것을!

그렇지만 한 반 년 뒤 유혹을 이겨 낼 수 없어서, 산책 중에 아버지에게 많은 사람들이 카인을 아벨보다 더 좋다고 하는 사람들이 있는 데 대해 어떻게 생각하시는가를 여쭈어 보았다.

아버지는 매우 놀라시면서 그것은 새로운 점이 없는 해석이라고 나에게 설명하셨다. 이런 해석은 이미 원시 기독교 시대에 떠돌았으며, 그렇게 주장하는 여러 종파도 있었는데, 그 중 한 종파는 '카인 파'라고 불린다고 말씀하셨다. 그러나 이러한 이단의 교파는 우리의 믿음을 파괴하려는 것이며, 악마의 유혹 이외의 아무것도 아니라고 하셨다.

왜냐 하면, 사람들이 카인이 올바르고 아벨이 부당하다고 믿는다면, 하느님은 잘못을 저지른 것이 되며, 따라서 성서의 하느님은 오직 하나의 올바른 하느님이 아니라 가짜 하느님이란 결과를 초래할 것이라고 하셨다. 실제로 카인파들은 역시 그런 유사한 것을 설교했을 것이며, 이런 사교(邪敎)는 오래 전에 인류 속에서 자취를 감추었다고 하셨다. 그리고 아버지는 나의 학교 친구 하나가 거기에 대해 무엇인가를 알고 있다는 것이 놀랍다고 말씀하셨다.

어쨌든 아버지는 나에게 이런 생각을 버리라고 엄하게 경고하셨다.

3. 죄　인

　나의 유년 시절에 관해서, 그리고 부모님 곁에서의 안온한 생활에 관해서, 자식의 사랑에 관해서, 온화하고 그리운 밝은 환경 속에서 충족된 유희적인 한가로운 생활에 관해서 이야기할 만한 아름다운 점, 미묘한 점, 좋은 점도 있을 것이다. 그러나 나에게 있어서는 나 자신에게 도달하기 위해 내가 일생 동안 걸었던 발걸음만이 흥미를 끄는 것이다. 아름다운 휴식처와 행복의 섬과 낙원 등의 매력을 모르는 바는 아니지만, 그런 것은 모두 먼 과거의 광채 속에 남겨 둘 뿐, 다시 그곳에 발을 들여놓을 생각은 없다.

　그러므로 나의 소년 시절에 관한 한, 나는 내가 겪었던 새로운 일과 나를 앞으로 이끌어 준 것에 관해서만 이야기하겠다.

　이런 충격은 '다른 세계'에서 왔으며 불안과 강요와 양심의 가책을 함께 가져다 주었다. 그것은 항상 혁명적이었기 때문에 그 속에서 내가 즐거이 누리고 싶었던 평화를 위태롭게 했다.

　몇 년 동안이나 나는 천하 공인의 밝은 세계에서는 도망쳐 숨지 않을 수 없는 근원적인 충동이 싹트고 있음을 몇 번이고 발견했다. 난 그때마다 인식을 달리하지 않을 수 없었다. 모든 사람이 그러하듯이 나도 천천히 깨어나는 성(性)에 대한 감정에 사로잡혔는데 그 감정은 적으로서, 파괴자로서, 금지된 것으로서, 죄악으로서 엄습해 왔다.

나의 호기심이 찾아 헤매던 것, 꿈이나 쾌감, 불안의 원인이 되었던 것, 즉 사춘기의 나에게 다가온 큼직한 이 비밀은 울타리로 둘러싸인 나의 소년 시절의 평화라는 행복에는 어울리지 않았다. 나는 모든 사람들이 하는 것과 같이 행동했다. 즉 이미 어린애가 아닌 소년들이 하는 이중 생활을 해 나갔다. 나의 의식은 가정적인 분위기와 허용된 세계 속에서 살며 겨우 들기 시작한 새로운 세계를 부인했다. 그러나 그 반면 나는 의식의 세계에서는 추방되어 있는 것 같은 종류의 꿈이나 충동이나 소망 가운데서 살고 있었다. 왜냐 하면, 나의 내부에서 유년 시대가 붕괴했기 때문이다. 그리고 의식은 더욱 더 큰 불안을 느끼면서 그것을 피해 가려고 애썼다. 거의 모든 부모들이 그러하듯이 나의 부모들도 말할 수 없는 것에 눈을 뜨기 시작한 생명력의 충동을 돕지는 못했다. 오히려 그것을 묵살했다. 아버지나 어머니가 해 준 것이라면 눈앞에 실제로 존재하고 있는 것을 부정하는 것과 마침내 현실성이 희박해지고 거짓이 많은 것으로 되어 가고 있는 어린이의 세계에 계속 안주하려는 나의 의도를 헤아릴 수 없을 정도의 세심한 주의를 기울여서 도우려는 것뿐이었다. 양친이라는 존재가 이 점에 대해서 대단한 힘이 되어 줄 수 있는지 어떤지 나는 알 수 없다. 따라서 나는 내 부모에 대해서 비난할 생각은 없다. 나를 완성하고, 나의 길을 발견하는 것은 나 자신의 일이었다. 나는 좋은 환경에서 자란 대부분의 아이들이 그러하듯이, 나의 일을 자신있게 처리할 수 없었다.

사람은 누구나 이 어려움을 겪고 사는 것이다. 범인에게는 이것은 자신의 생명의 요구가 주위의 세계와의 가장 극단에 빠지는 생애의 한 점이며, 앞으로 나아갈 길을 가장 치열하게 싸워 얻어야 되는 생애의 한 점이었다. 어린 시절이 부패하고 붕괴하여 모든 사랑스러운 것이 우리를 떠나려 하고, 우리가 갑자기 주위에 우주 공간의 고독과 죽음과 같은 차가움을 느낄 때, 많은 사람들이 인생에서 단 한 번 우리들의 운명인 죽음과 재생을 경

험하는 것이다. 그리고 아주 많은 사람들은 영원히 이 암초에 걸려 그들의
전 생애를 고통스럽게도 되돌아오지 않는 과거에 집착한다. 모든 꿈 중에
서 가장 사악하고 살인적인 꿈인 실락원의 꿈에 달라붙는 것이다.

내 이야기로 되돌아가자. 나에게 소년 시절의 종말을 고해 준 감정과 헛
된 꿈은 이야기해야 할 만큼 중요하지는 않다. 중요한 것은 그 '어두운 세
계', '다른 세계'가 다시 생겼다는 것이다. 일찍이 프란츠 클로머였던 것이
지금은 나 자신의 내부에 들어박혀 있었다. 그런 까닭에 외부의 다른 세계
는 다시금 내 자신을 지배하게 되었다.

클로머와의 사건 이래 몇 해가 흘러 갔다. 내 생애의 그 극적이고 죄악
에 찬 시절은 아주 멀리 가 버려 마치 흔적도 남아 있지 않은 것 같았다.
프란츠 클로머는 오래 전에 나의 생활로부터 사라져 버렸다. 가끔 그와 마
주치는 일이 있어도 나는 아무렇지도 않았다. 그러나 나의 비극의 다른 중
요한 인물은 막스 데미안으로, 그는 내 주위에서 완전히 사라져 버리지 않
았다. 그렇지만 오랫동안 먼 변두리에 서 있었기 때문에 볼 수는 있었으나
영향을 미치지는 않았다. 그런데 점차 그가 가까이 와서 다시금 힘과 영향
력을 발휘하기 시작하였다.

나는 내가 그 당시 데미안에 관해서 알고 있던 것을 회상해 본다. 나는
1년 동안, 어쩌면 훨씬 오랫동안 단 한 번도 그와 이야기하지 않았는지 모
른다. 나는 그를 피했고, 그는 절대로 강제로는 접근하려 하지 않았다. 언
젠가 한 번 만났을 때, 그는 나에게 그저 고개만 끄덕일 뿐이었다. 그리고
나서는 때때로 그의 우정 속에는 냉소와 어떤 비난의 미묘한 울림이 있는
것 같았으나 그것은 억측이었는지도 모른다. 그와 함께 경험했던 사건과
그 당시 그가 나에게 작용했던 그 이상한 영향력은 내가 그렇듯이 그도 망
각한 것 같았다.

나는 당시의 그의 모습을 찾아 보고 내가 그를 생각해 보는 지금, 역시

그가 거기에 있어서 주위를 끌고 있었다는 생각이 든다. 나는 그가 큰 학생들 틈에 끼어서 학교에 가는 것을 보며, 이상한 태도로 고독하고 조용히, 자기 자신의 공기에 둘러싸여 자기의 법칙에 따라 사는 것을 느꼈다. 누구도 그를 사랑하지 않고 그를 신뢰하지 않았다. 단지 그의 어머니만이 그를 사랑하고 신뢰하며, 그는 또한 어머니와도 어린애처럼이 아니라 성인처럼 교제하는 것 같았다.

선생님은 가능한 한 그를 간섭하지 않았다. 그는 훌륭한 학생이었다. 그러나 그는 누구에게도 마음에 들려고 노력하지 않았다. 가끔 우리는 소문에 그가 선생님을 향해 말했다는 쌀쌀한 도전이나 조롱으로밖에는 생각될 수 없는 말이나 항의에 관해 들었다.

나는 눈을 감고 생각해 본다. 그의 모습이 떠오르는 것을 본다. 어딜까? 그렇다. 그것도 다시 생각난다. 우리 집 앞 골목이었다. 어느 날 나는 그곳에서 메모 노트를 손에 들고 스케치하는 그를 보았다. 그는 우리 집 문 위의 새가 새겨진 옛 문장의 모양을 스케치하고 있었다. 나는 창가에 서 있었고, 커튼 뒤에 숨어서 그를 바라다보았다. 나는 깊은 놀라움을 가지고 문장을 향하고 있는 그의 주의깊고 침착하고 밝은 얼굴을 보았다. 그것은 어른의 얼굴이며, 탐구자나 예술가의 얼굴이며, 자신감과 의지에 충만해 있었다. 또한 그는 특별히 밝고 냉정하며 학구적인 눈을 가지고 있었다.

그리고 얼마 뒤에 나는 다시 그를 거리에서 만났다. 학교로부터 돌아오면서 우리들 모두는 쓰러진 말 주위에 서 있었다. 그 말은 아직도 멍에를 메고 농부의 마차 옆에 있었으며, 콧구멍을 벌름거리며 무엇을 구하는 듯이, 애원하는 듯이 하늘로 콧숨을 내쉬고 있었다. 어딘가 다친 듯했으며, 말의 옆구리에 묻은 흰 먼지는 거무스레 피로 물들어 있었다. 내가 기분이 좋지 않아 그 광경으로부터 얼굴을 돌렸을 때, 데미안의 얼굴이 눈에 띄었다.

그는 앞으로 밀고 나오지 않고 가장 뒤쪽에, 언제나처럼 편안히 아주 고상하게 서 있었다. 그의 시선은 말의 머리 쪽을 향하고 있는 듯했다. 그는 또한 깊고도 조용한, 거의 환상적인, 그러나 정열을 잃지 않은 신중성을 가지고 있었다. 나는 그를 오랫동안 바라보아야만 했고, 그 당시 아직 의식에 떠오른 건 아니지만 무엇인가 대단히 독특한 것을 느꼈다. 나는 데미안의 얼굴을 보고 있었다. 단지 그가 소년의 얼굴을 가진 것이 아니라 어른의 얼굴을 가졌다는 것만을 본 것은 아니었다. 나는 더 많은 것을 보았으며, 그의 얼굴이 어른의 얼굴이 아니고 어떤 다른 것이라는 걸 보고 느꼈다고 믿었다. 그 속에는 여자의 얼굴과 같은 그 무엇도 있는 것 같고, 특히 잠시 동안은 그 얼굴은 나에게 어른 같지도 않고, 늙지도 젊지도 않고, 어쩌면 천 살 먹은, 어쩌면 시간을 초월한, 우리들이 살고 있는 것과는 다른 시간의 경과에 의해서 도장 찍혀진 얼굴처럼 생각되었다. 동물이라면 그렇게 보일 수가 있다. 나무들과 별들도—— 내가 지금 어른이 되어서 거기에 대해 말할 수 있는 것을 그때는 알지 못했고, 정확히 느끼지도 못했으나, 무엇인가 그와 비슷한 것을 알고 느꼈었다. 아마도 그는 아름다웠는지도, 내 마음에 들었는지도, 어떤 때는 반감을 일으켰는지도 모른다. 그것조차도 분간할 수가 없었다. 나는 단지 그가 우리와는 다르고, 하나의 동물 같지 않으면 영혼 같거나 환상 같기도 하다는 것을 알았다. 나는 그의 실제가 어떤가를 알지 못했으나, 그가 우리 모두와는 생각할 수 없을 정도로 다르다는 것은 알았다.

그와의 추억은 이것뿐이다. 그리고 아마 이것까지도 부분적으로는 그 뒤의 인상으로 미루어 만들어졌을지도 모른다.

나는 몇 살을 더 먹은 뒤에야 비로소 다시 그와 가까운 접촉을 하게 되었다. 데미안은 관례에 따라 그와 같은 나이의 애들과 함께 교회에서 견진성사를 받지 않았다. 거기에 곧 소문이 따랐다. 다시 학교에서 그는 원래 유대 교도이거나 아니면 이교도일 거라고들 말했고, 다른 애들은 그가 어머니와 함께 아무 종교도 믿지 않거나 어떤 터무니없는 사악한 종파에 속한 것으로 믿고 있었다.

그것과 관련하여 그가 마치 애인처럼 그의 어머니와 살고 있다고 들은 기억이 난다. 추측컨대 그는 지금까지 신앙도 없이 교육되었고, 이것이 그의 장래에 대해서 불리한 점이 될까 두려워졌던 것 같다. 어쨌든 그의 어머니는 같은 나이의 그의 친구보다도 2년 늦게 그가 견진 성사를 받을 수 있도록 했다. 덕분에 그가 한 달간의 견진 성사를 준비하는 동안 나는 그의 동무가 되었다.

얼마 동안 나는 그에게 접근하지 않았다. 나는 그와 상관하지 않으려고 했다. 그는 너무나 소문과 비밀에 둘러싸여 있었고, 특히 클로머의 사건 이래 내 마음 속에 남겨졌던 부채가 나를 꺼림칙하게 했다. 그 당시 나는 나 자신의 비밀을 궁리하기에 여념이 없었다. 내게 있어서 견진 성사 준비 시기는 성(性) 문제에 관한 결정적인 눈뜸과 일치했다. 나의 관심도 그것 때문에 방해를 받았다.

신부님이 말하는 일들은 나에게서 멀리 떨어져 고요하고 성스러운 비현실 속에 놓여 있었다. 그것은 아마도 대단히 아름답고 가치 있는 것 같았지만, 절대로 현실적이고 자극적인 것처럼 보이지 않았다. 그 밖의 모든 일들은 아주 현실적이고 자극적이었다.

이런 상태가 수업에 대한 내 성의를 무관심하게 하면 할수록 나의 관심은 다시금 막스 데미안에게 쏠렸다. 그 무엇인가가 우리를 결합해 주는 것 같았다. 가능한 한 정확하게 이야기의 실마리를 따라가야만 한다. 내가 생각할 수 있는 한, 그것은 아직도 교실의 불이 켜져 있었던 이른 아침 어떤 시간에서부터 시작되었다. 우리 신부 선생님은 마침 카인과 아벨에 관해서 이야기하는 참이었다. 나는 졸려서 그 이야기를 거의 듣고 있지 않았다. 그

때 마침 신부님은 높은 목소리로 박력 있게 카인의 표적에 관한 이야기를 펼치기 시작했다. 이 순간에 나는 일종의 감동과 경고 같은 것을 느꼈고, 순간적으로 앞쪽 걸상의 옆으로부터 데미안의 얼굴이 밝게 말하는 듯한 표정으로 나에게로 향하는 것을 느꼈다. 그의 인상은 진지하면서도 조소가 섞여 있었다. 그가 나를 지켜본 것은 한순간뿐이었다. 나는 갑자기 긴장하여 신부님의 말에 귀를 기울여, 카인과 그 표적에 관한 그의 이야기를 들었다. 그리고 그가 가르치는 대로만이 아니라, 사람은 누구나 그것을 역시 다르게 볼 수 있고, 거기에 관해 비평할 수가 있다는 생각이 내 마음 깊이 느껴졌다.

이 순간에 데미안과 나 사이에 다시 연결이 이루어졌다.

그리고 특히—— 같은 영역에 두 영혼이 함께 속하고 있다는 공감을 느끼자마자, 마술처럼 그것이 공간적인 것으로 옮겨져 갔다. 나는 내가 스스로 그렇게 할 수 있었는지, 아니면 그것이 순전히 우연이었는지 알 수 없다.—— 며칠 뒤에 데미안은 갑자기 자기의 자리를 바꾸고 바로 내 앞자리에 앉았다(교실에 가득 찬, 비참하게 가난한 농부의 집 같은 공기 가운데서 내가 아침마다 그의 목덜미에서 풍기는 부드러운 비누 냄새를 들이마시기를 얼마나 좋아했는지를 나는 아직도 기억한다). 그리고 며칠 후에 그는 다시 자리를 바꿔 내 옆에 앉았고, 그 해 겨울과 이듬해 봄까지 같이 앉았다.

아침 수업 시간의 분위기는 아주 달라졌다. 그 시간은 더 이상 졸리거나 권태롭지 않았다. 나는 그 시간을 기뻐했다. 때때로 우리들은 굉장한 주의력을 가지고 신부님의 말에 귀를 기울였고, 내 옆에 앉은 그의 시선 하나로 주목할 만한 이야기나 이상한 말에 내 주의를 환기시키기에는 충분했다. 그리고 그로부터의 다른, 아주 확고한 시선은 나를 경고하고, 비판과 의혹을 내 마음 속에 불러일으키기에 충분했다.

그러나 자주 우리는 공부에 충실하지 못하여 아무 가르침도 듣지 않는 때도 많았다. 데미안은 선생님이나 반 아이들에 대해 상냥했다. 나는 그가 다른 학생처럼 어리석은 짓을 하는 것을 보지 못했다. 아무도 그가 크게 웃거나 잡담하거나 선생님의 꾸중을 듣는 것을 보지 못했다. 속삭이는 말이라기보다는 무슨 표시와 눈짓으로 나를 그 자신의 일에 참가하도록 하는 방법을 그는 알고 있었다. 이것은 어느 정도 아주 기묘한 방법에 의한 것이었다.

이를테면 그는 학생 중에 누가 그의 흥미를 끌게 하고 어떤 방법으로 그들을 연구하는지를 말했다. 그는 많은 학생을 아주 자세히 알고 있었다. 그는 수업 전에 내게 말했다.

"만약 엄지손가락으로 너에게 손짓을 하면, 저 애하고 저 애가 우리를 돌아보거나 목을 긁거나, 또는 그 밖에 무슨 짓을 할 거다."

그리고 공부 시간 중에 내가 그 일에 관해 거의 생각하지 않았을 때, 막스가 갑자기 눈에 띄는 몸짓으로 자기의 엄지를 나에게 향했다. 나는 재빨리 지적된 학생을 바라보았고, 나는 매번 상대가 사슬에 끌리는 듯 요구된 행동을 하는 것을 보았다. 나는 막스에게 선생님도 한 번 시험해 볼 것을 졸랐으나 들어 주지 않았다. 어느 때 내가 수업에 들어가서 그에게 오늘 내가 숙제를 안했기 때문에 신부님이 나에게 질문하지 않기를 바란다고 했더니 그는 나를 도와 주었다. 신부님이 교리 문답의 한 구절을 외우게 할 학생을 찾고 있었는데, 그의 두리번거리던 시선이 죄진 듯한 내 얼굴 위에서 머물렀다. 천천히 내게로 다가와서는 나를 손가락으로 가리켰고 곧 내 이름이 그의 입에서 나오려고 했다. 그러다가 선생은 혼란과 불안에 빠진 듯이 목의 칼라를 만지작거리며 자기 얼굴을 뚫어져라 하고 쳐다보고 있는 데미안에게로 갔다. 그리고는 그에게 무엇인가 물으려고 하는 것 같더니 갑자기 뒤돌아서서 잠시 헛기침을 한 후 다른 학생을 지명했다.

나는 이 장난이 나에게 재미있는 반면, 내 친구가 나에게도 때때로 이와 같은 장난을 하고 있다는 것을 후에 알게 되었다. 학교 가는 길에 갑자기 데미안이 좀 떨어져 내 뒤에서 오고 있다는 생각이 들었다. 그래서 돌아보면 정말로 그는 거기에 있었다.

"너는 정말로 네가 원하는 바를 다른 사람이 생각하지 않으면 안 되게 할 수 있니?" 나는 그에게 물었다.

그는 침착하고 요령 있게 어른과 같은 태도로 기꺼이 설명을 했다.

"아니." 그는 말했다.

"그런 일은 할 수 없어. 비록 신부님이 그렇다고 하지만 사람은 자유 의지를 갖지 못했어. 내가 원하는 바를 다른 사람이 생각할 수도 없고, 내가 원하는 바를 다른 사람에게 생각하게 만들 수도 없어. 그러나 어떤 사람을 잘 관찰할 수는 있을 거야. 그러면 그가 무슨 생각을 하고, 무엇을 느끼는지를 제법 자세하게 말할 수가 있고, 그가 다음 순간에 무슨 일을 할 것인지를 대부분 예측할 수도 있지. 그것은 아주 간단해. 단지 사람들이 그것을 모르고 있을 뿐이야. 물론 그것은 연습이 필요하지. 예컨대 나방 중에는 암컷이 수컷보다 아주 드문 어떤 종류의 불나방이 있어. 이 불나방도 모든 동물과 아주 똑같이 번식하지. 수컷이 암컷에게 수정시킨 다음 암컷이 알을 낳아. 만약 네가 지금 이 불나방 중에서 한 마리의 암컷을 가졌다면 —— 이것은 자연 과학자가 때때로 시험하는 일인데 —— 밤에 이 암컷에게 수컷들이 날아와. 물론 몇 시간씩 걸리는 먼 곳에서도! 몇 시간씩 걸리는 먼 곳을 생각해 봐! 몇 킬로미터 떨어진 곳에 있는 모든 수컷은 그 일대에 있는 단 한 마리의 암컷을 알아 내는 거야. 학자들은 그것을 설명하려고 하지만 그것은 어려운 일이야. 훌륭한 사냥개가 눈에 보이지 않는 발자국을 발견하여 뒤쫓아갈 수 있는 것처럼, 그것은 일종의 후각이거나, 혹은 그와 같은 것임에 틀림없어, 알겠니? 나비도 그런 거야. 자연에는 이런 일이 얼마든지 있어. 그리고 아무도 그것들을 설명할 수 없어. 그러나 지금 나는 다음과 같이 말하고 싶어. 만약 나방 중에 암컷이 수컷만큼 흔하다면 수컷들은 그 날카로운 후각을 가지고 있지 않을 거야. 그것들은 단지 거기에 훈련되었기 때문에 날카로운 후각을 갖게 되었던 거야. 동물이나 사람이나 그의 온 주의력과 의지를 하나의 일정한 사물에 돌린다면, 그것들도 가능하지. 그것이 전부야. 그리고 이것은 네가 생각하는 바와 똑같아. 네가 어떤 사람을 아주 자세히 살펴본다면 너는 그 자신보다 그에 관해서 더 많이 알게 돼."

하마터면 '독심술'이라는 말을 입 밖에 내어, 지금은 먼 과거의 일이 된 클로머와의 관계를 상기시킬 뻔했다. 이것도 우리 두 사람 사이만의 묘한 합의 사항이었다. 즉, 그가 몇 년 전에 나의 생활에 그토록 진지하게 개입했던 것을 조금이라도 내비치는 그런 일은 그나 나나 결코 하지 않았다. 우리 사이에는 이전에 아무 일도 없었던 것 같았다. 혹은 우리 두 사람이 다 상대방이 그것을 잊어버렸기를 굳게 기대하고 있는 것 같았다.

한두 번 우리가 같이 길거리를 가다가 프란츠 클로머를 만난 일도 있었지만, 우리는 시선을 교환하지도 않고 그에 관해서 한 마디도 말하지 않았다.

"그러면 의지는 어떻게 되지?"하고 나는 물었다.

"너는 인간들이 자유 의지를 갖지 못했다고 말했으면서도 다시 의지를 집중시킨다면 사람들은 목적에 도달한다고 말했어! 그 말은 일치가 안 되는데! 내가 만약 나의 의지를 지배할 수 없다면 그땐 난 의지를 이곳 저곳으로 돌릴 수 없어."

그는 내 어깨를 두드렸다. 내가 그를 기쁘게 했을 때면 언제나 그는 그렇게 했다.

"좋은 질문이야."하고 데미안은 웃으며 말했다.

"사람은 항상 질문하고 의심해야 돼. 그러나 문제는 간단해. 예를 들어,

아까 말한 불나방이 자기 의지를 별이나 그 밖의 어떤 곳으로 향하게 한다 해도 그렇게는 될 수 없어. 단지 —— 불나방은 그런 일을 절대로 시도하지 않아. 불나방는 자기에게 있어 의미 있고 가치 있는 것, 자기에게 소용되는 것, 없어서는 절대로 안 되는 것만을 찾아. 바로 그럴 때에 믿을 수 없는 일까지도 달성할 수 있는 거야.—— 그들은 그들 외의 다른 동물들이 가지지 못한 불가사의한 육감을 발달시키는 거야. 인간은 더 많은 활동의 범위와 확실히 동물보다 더 많은 흥미를 가지고 있어. 그러나 우리도 비교적 아주 좁은 범위에 묶여 있으며, 그 이상으로 벗어날 수는 없어. 나는 이것 저것을 공상할 수 있고, 무슨 수를 써서라도 북극에 가고 싶다든가, 아무튼 온갖 공상을 다 할 수 있어. 그러나 그 소망이 나 자신 속에 잘 자리잡고, 나의 존재가 그 소망으로 충만되어 있을 때에만 그것을 실행할 수 있고 충분하고 강하게 원할 수 있어. 그런 경우라면 너의 내심에서 우러나오는 명령을 시험하려고 하자마자, 그것은 곧 성취될 것이고, 너의 의지를 잘 훈련된 말[馬]을 다루듯이 구사할 수가 있어. 만약, 내가 우리 신부님이 앞으로 안경을 더 이상 쓰지 못하도록 해 달라고 기도한다면 그것은 단순한 하나의 장난이야. 그러나 저 앞 내 의자로 자리를 옮기려는 확고한 의지를 내가 가졌을 때에는 그것은 아주 잘 되지. 생각해 봐. 지난 가을에 자리를 바꾸었으면 하고 의지를 가졌을 때 아주 제대로 되었어. 그때는 갑자기 알파벳 순으로 내 앞이 되는, 병을 앓고 있던 한 애가 나왔어. 누군가가 그에게 자리를 내 주어야 하는데, 내가 내 자리를 양보했지. 왜냐 하면 내 의지가 곧 기회를 잡을 준비가 되어 있었으니까."

"그래"하고 나는 말했다.

"그 당시 그게 나에겐 아주 이상했어. 우리가 서로 흥미를 가졌던 그 순간부터 너는 내 자리로 점점 가까이 왔어. 그런데 그것은 어떻게 된거지? 처음에 너는 바로 내 곁에 앉지 않고 두세 번 내 앞의 의자에 앉았지? 왜 그랬어?"

"그것은 사실 내가 나의 처음 자리를 떠나려고 했을 때 내가 어디로 가고 싶은지 스스로도 잘 알지 못했어. 나는 단지 내가 좀 뒤로 가고 싶다는 것만 알고 있었어. 네게 가는 것이 나의 의지였지만 그것을 아직 나는 의식하지 못했지. 동시에 너 자신의 의지가 나를 끌어 주고 나를 도왔어. 내가 네 앞에 앉았을 때 비로소 나의 소망이 반쯤 채워졌다고 생각했어. 나는 본래부터 네 옆에 앉는 것 외엔 다른 자리를 바라지 않았다는 걸 알았어."

"그러나 그때는 새로 들어온 학생은 없었는 걸."

"없었어. 그러나 나는 내가 원하는 바를 간단하게 했어. 그리고 손쉽게 네 옆으로 자리를 옮겼지. 나하고 자리를 바꾼 그 아이는 그저 이상하게 생각했을 뿐 나 하는 대로 내버려 뒀어. 그리고 신부님은 거기에 뭔가 달라졌다는 걸 느꼈을 거야.── 어쨌든 그가 나에게 무슨 볼일이 있을 때마다 무엇인가가 속에서 그를 괴롭혔지. 즉 신부님은 데미안이라는 이름 첫머리에 D자를 가진 내가, 뒤쪽 S자 사이에 앉아 있다는 게 어울리지 않는다는 걸 아셨지! 그러나 그것은 그의 의식에까지 밀고 나오지 못했어. 왜냐 하면, 나의 의지가 그것에 대항했고 자꾸만 그것을 방해했기 때문이야. 그 마음씨 좋으신 선생님은 다시 또 한 번 무엇인가 어울리지 않는다는 것을 느끼고는 나를 연구하기 시작했지. 나는 그러나 그때 간단한 수단이 있었어. 나는 매번 선생님의 눈을 아주 똑바로 바라보았지. 거의 대부분의 사람들은 그것을 견디지 못하지. 사람들은 모두 불안해져. 만약 네가 누구에게 무엇인가를 하려고 한다면, 갑자기 그의 눈을 응시해 보고 그가 전혀 불안해하지 않으면 그 일을 포기하게 돼. 그런 경우에는 아무것도 할 수가 없는 거야! 그러나 그것은 대단히 드문 일이야. 나는 사실 그 방법이 소용없는 사람을 하나 알지."

"그게 누구야?" 나는 재빨리 물었다.

언제나 생각에 잠길 때 하듯이 그는 살며시 실눈을 뜨고 나를 바라보았다. 그 다음에 시선을 돌리고 대답을 하지 않았다. 나는 강렬한 호기심을 느꼈지만, 그 질문을 반복할 수는 없었다. 그러나 나는 그때 그의 어머니에 관해서 이야기했으리라고 믿는다.── 어머니와 함께 그는 매우 친밀하게 살고 있는 것 같았으나 나에게 어머니에 관해서는 한 마디도 하지 않았으며, 자기 집에 나를 데리고 가지도 않았다. 나는 그의 어머니가 어떤 분인지 거의 알지 못했다.

그 당시 나는 자주 그와 똑같이 행동을 해서, 내 의지를 그렇게 함께 모아서, 그것을 이루고자 시도하여 보았다. 그것은 내게는 간절한 소망이었다. 그러나 아무것도 이루어지지 않았고 성공하지 못했다. 그것에 관해 데미안과 말할 필요는 없었다. 그리고 그도 또한 묻지 않았다.

그러는 동안에 종교 문제에 관한 나의 신앙심에는 많은 틈이 생겼다. 어디까지나 데미안으로부터 받은 영향 때문에 나는 급우들의 생각과 아주 달랐다. 완전한 무신앙자임을 보여 주는 애들이 몇몇 있었는데 그들은 때때로 하나의 신을 믿는 것은 우스운 일이고, 인간답지 못하며, 삼위 일체나 예수의 동정 탄생에 관한 이야기는 단지 웃음거리이고, 사람들이 오늘날까지도 이런 부질없는 것을 쳐들고 다닌다는 것은 창피한 일이라는 따위의 말을 들려 주었다. 나는 절대로 그렇게는 생각하지 않았다. 설사 회의를 느꼈다고 할지라도 나는 나의 어린 시절의 온갖 경험에 비추어 나의 양친이 살아가시는 것과 같은 경건한 생활이 현실적으로 존재하고 있다는 것과, 또 이것은 가치 없는 것도 아니고 위선적인 것도 아니라는 것을 알고 있었다. 오히려 종교적인 것에 대하여 여전히 매우 깊은 경외감을 가졌다.

단지 데미안만이 내가 이야기와 교리를 더욱 자유롭고 개인적이고 유희적이고 환상에 가득 차게 보고 설명하는 일에 익숙하게 되었을 따름이다.

적어도 그가 나에게 알게 한 설명을 나는 항상 기쁘게 만족을 가지고 따랐다. 많은 것이 나에게 너무도 뚜렷한 것 같았다. 카인에 대한 문제까지 그랬다. 그리고 한 번은 견진 성사 수업중에 대담한 해석을 해서 나를 놀라게 했다. 선생님은 골고다에 관해서 말씀하셨다. 구세주의 고난과 죽음에 관한 성경의 보고는 아주 옛날부터 나에게 깊은 인상을 주었다. 내가 어렸을 때 때때로 성 금요일(예수 수난일) 같은 때에 아버지가 고난의 이야기를 낭독하신 뒤에는 진정으로 감동이 되어, 고난이 가득 찼으며, 아름답고 창백하고 유령 같으나 굉장히 활기에 찬 세계에서, 즉 겟세마네나 골고다에서 나는 살고 있는 듯했다. 바흐의 '마태 수난곡'을 들을 때에는 이 비밀에 가득 찬 세계의 어둡고 힘찬 고난의 광채가 모든 신비한 전율을 가지고 넘쳐흘렀다. 나는 오늘날도 이 음악 속에서 그리고 '비극적 행동' 속에서, 모든 시와 예술적 표현의 정수를 발견한다. 그런데 데미안은 그 시간이 끝났을 때 명상에 잠겨 나에게 다음과 같이 말했다.

"무엇인가 내 마음에 들지 않는 점이 있어, 싱클레어. 다시 한번 그 이야기를 읽고 입 속에서 음미해 보면 거기에는 김빠진 맛이 나는 무엇인가가 있어. 바로 두 도둑에 대한 일 말이야. 세 개의 십자가가 언덕 위에 나란히 서 있다는 것은 굉장해! 그러나 이 정직한 도둑에 대한 감상적인 성경 이야기를 좀 봐! 맨 처음에는 그는 범죄인이었고, 수치스러운 짓을 범했다는 걸 모르는 사람이었는데, 지금 그 말 한 마디에 녹아나서 별안간 착하게 되어 후회한다는 그 따위 일이 어디 있어! 무덤을 단 두 발 앞둔 곳에서의 그런 후회가 무슨 의미를 가지고 있지? 그것은 달콤하고 부정직하고 감동적인 면과 기껏해야 교화적인 배경을 갖는 신부님 이야기 이외에 아무것도 아냐. 만약 나에게 그 도둑 중의 하나를 친구로 고르지 않으면 안 되거나 둘 중 어느 한쪽에 신뢰를 줄 수 있다고 한다면, 그것은 절대로 울기 잘하는 개종자는 아니야. 절대로 다른 도둑을 택했을 거야. 그는 사나이답고, 개성이 있는 도둑이야. 그는 자기의 위치에서 단지 아름다운 이야기일 수밖에 없는 개종 따위는 문제삼지 않고, 제 갈 길을 끝까지 가며, 마지막에 가서 그를 그때까지 도와 줬던 악마에게 비겁하게 설교한다거나 하지 않는단 말이야. 그는 개성이 있는 자야. 개성이 있는 사람은 성경 이야기에선 손해를 보지. 아마 그도 카인의 후예일지 몰라. 너는 그렇게 생각하지 않니?"

나는 몹시 당황했다. 나는 이 십자가 고행의 이야기에 대해서는 아주 잘 안다고 믿었는데, 이제 비로소 얼마나 틀에 박힌 태도로, 그리고 얼마나 빈약한 상상력과 환상으로 그것을 듣고 읽었는가 하는 것을 알았다. 데미안의 새로운 사상은 내게는 치명적이었다. 그것은 진리라고 믿어 왔던 이제까지의 생각을 단번에 뒤엎으려고 나를 위협했다. 그러나 나는, 절대로 모든 것을, 더구나 가장 신성한 것까지 농락당할 수는 없었다.

그는 언제나처럼 아직 내가 미처 입을 열고 말하기도 전에 나의 저항감을 곧 알아챘다.

"알고 있어." 그는 체념한 듯 말했다.

"그것은 옛날 이야기야. 너무 심각하게 생각하지 마! 그러나 네게 말하고 싶은 게 있어. 이 종교의 결점을 뚜렷하게 볼 수 있는 점이 여기에 있다는 거야. 구약 성서와 신약 성서에서 보이는 하느님은 완벽하고 훌륭하지만 그것은 원래 하느님의 모습은 아니라는 것이 문제의 초점이야. 하느님은 선한 것, 고귀한 것, 아버지와 같은 것, 아름다운 것, 그리고 높고 감상적인 것이기도 하지.── 옳은 말이야! 그러나 세상은 다른 것으로도 구성되어 있어. 그런데 그것을 모두 악마의 세계로만 취급해 버렸기 때문에 세상의 그런 부분의 전체, 그 절반 전체가 은폐당하고 또 묵살되고 있어. 그들은 하느님을 생명의 아버지로서 찬양하면서 그 생명의 근원을 이루는 모든 성적 생활을 간단하게 묵살하고, 가능하면 악마의 것으로, 그리고 죄악으로 설명하고 있단 말이야! 나는 사람들이 이 여호와 신을 숭배하는 것에 대해 반대는 하지 않아, 추호도. 우리는 모든 것을 숭배하고 마땅히 신성시해야 된다고 생각해. 단지 인위적으로 분리한 공인된 반쪽 세상만이 아니라 온 세상을! 그러니까 우리는 신에게 봉사함과 동시에 악마에게도 봉사해야 돼. 나는 그게 옳다고 생각해. 그렇지 않으면 사람들은 악마까지도 자기 속에 내포하고 있는 하느님을 창조해야 돼. 그 하느님 앞에서는 세상에서 가장 자연스런 일이 일어날 때 눈을 감을 필요가 없을 거야."

그는 그답지 않게 거의 격렬하게 말했으나, 곧 다시 미소를 되찾고, 더 이상 나에게 강요하지 않았다.

그러나 이 이야기는 내 마음 속에서 언제나 떠나지 않았다. 그것은 누구에게도 한 마디 말한 일이 없는 바로 나의 소년 시절의 수수께끼였기 때문이다. 데미안이 그때 하느님과 악마에 대해서, 그리고 신적이며 공인된 세계와 묵살된 악마적인 세계에 관해 이야기한 것은 바로 나 자신의 생각이었고 신화였으며, 또한 두 개의 세계, 혹은 세계의 반쪽—— 밝은 쪽과 어두운 쪽—— 에 관한 생각 바로 그것이었다.

나 개인의 문제가 모든 사람의 문제이며, 인생과 사색의 문제라는 판단이 갑자기 성스러운 그림자처럼 나를 스쳐 지나갔다. 그리고 나 자신의 개인적인 생활이나 사상이 위대한 이념의 영원한 흐름 위에 얼마나 깊이 참여하고 있는가 하는 것을 느꼈을 때, 갑자기 불안하면서도 경건함이 나를 엄습했다. 그 깨달음은 물론 무엇인가 확인해 주고 행복하게 해 주었지만 기쁘지는 않았다. 왜냐 하면 그 속에는 책임과 더 이상 어린애일 수가 없고 독립적으로 살아가야 된다는 소리가 깃들어 있었기 때문이다.

나는 난생 처음으로 유독히 유년 시절 이래 품어 온 '두 개의 세계'에 대한 나의 생각에 관해서 내 친구에게 털어 놓았다. 내 말을 들은 그는 내 마음 깊숙이 자리한 감정이 그와 통하여 이렇게 털어놓고 있다는 것을 곧 알아차렸다. 그러나 그와 같은 것을 이용하려고 하지는 않았다. 그는 일찍이 내게 기울였던 적이 없는 깊은 주의를 가지고 귀를 기울였다. 그리고 내 눈을 들여다보았기 때문에 나는 눈을 피하지 않을 수 없었다. 나는 그의 시선 속에서 이상한, 동물적인 시간의 초월과 상상할 수도 없는 연령을 보았기 때문이다.

"우리 이 문제에 대해서는 다음에 더 이야기해 보자."

그는 아껴 주는 듯 진심으로 말했다.

"나는 네가 어떤 사람에게 말할 수 있는 것보다 훨씬 깊이 생각하고 있는 애라는 것을 알아. 만약 그렇다면 너는 네가 생각하는 것 전부를 결코 생활해 보지 못했다는 걸 알 거야. 그건 좋은 일은 아냐. 너는 너의 '허용된 세계'가 단지 세계의 절반밖에 안 된다는 것도 알고 있어. 그리고 너는 신부님이나 선생님이 하듯, 그 나머지 반쪽을 은폐하려고 노력했어. 하지만 잘 되지 않았을 거야! 일단 사색하기 시작한 사람에겐 누구에게도 그건 마찬가지야."

이 말은 내 마음에 깊이 와 닿았다.

"그렇지만……" 나는 외치다시피 물었다.

"하지만 사실상 실제로는 금지된 증오할 만한 일이 있다는 걸 너도 부정할 수는 없겠지! 그것들이 금지되어 있는 이상 우리는 그것을 단념하지 않을 수 없어. 살인과 모든 부도덕한 일이 존재한다는 것을 알아. 그러나 그런 것이 존재한다고 해서 우리도 휘말려들어가 범죄자가 되어야 할 이유는 없잖아?"

"지금 당장 결론이 나올 수는 없어." 그는 나를 위로했다.

"너는 확실히 살인을 하거나 소녀를 강간해서는 안 돼. 그러나 사실 너는 아직 '허용된 것'과 '금지된 것'이라 불리는 것을 분별할 수 있는 데까진 이르지 못했어. 너는 아직 진리의 한 조각을 감지했을 뿐이야. 다른 것도 차츰 알게 될 거야. 그것을 기대해 ! 이를테면 넌 지금 한 1년 전부터 네 속에 다른 어떤 것보다 더욱 강한 하나의 충동을 가지고 있어. 그것은 금지된 일이라고 생각되는 거야. 그리스 인들과 많은 다른 민족들은 반대로 이 충동을 하나의 신적인 것으로 받들어 대축제를 베풀며 그것을 숭배했어. 그러므로 '금지된 것'이 영원한 것은 아니야. 그것은 변할 수가 있어. 누구나 여자와 신부에게 가서 결혼하면 오늘이라도 곧 그 여자와 사는 것을 허락받는 것은 물론이야. 다른 민족에 있어서는 달라, 오늘날에 있어서도. 그러니까 우리들 각자는 무엇이 허락되어 있고, 무엇이 금지되었나를 —— 자신에게 금지된 것을 —— 스스로가 찾아야 돼. 사람은 금지된 것을 전혀 범하지 않고서도 동시에 악한이 될 수가 있어. 또한 그 반대의 경우도 있지.—— 사실 그건 편의상의 문제야 ! 너무 게으른 사람은 스스로 생각하거나 자기의 재판관이 되지 못하는데, 그런 사람은 이때까지 있어 온 것과 같은 금제에 복종하게 마련이지. 그렇게 하는 것이 속이 편하니까. 다른 사람들은 스스로 그들 내부에서 계명을 느끼기 때문에 신사들이 매일같이 하는 일이 그들에게 금지되어 있기도 하고, 보통의 경우 엄금된 다른 일들이 허용되기도 하는 거야. 모든 사람은 자기 자신에 대해 책임을 지지 않으면 안 돼."

그는 갑자기 너무 많이 이야기한 것을 후회하는 듯 말을 멈췄다. 그 당시 나는 이미 그가 무엇을 느끼고 있는가 하는 것을 눈치로써 어느 정도 파악할 수 있었다. 즉, 그는 자기의 생각을 기분 좋게, 그리고 겉보기에는 피상적으로 말하지만, 언젠가 그가 말한 대로 '단지 말하기 위한 이야기'는 한사코 싫어했다. 내가 진정한 흥미 이외에 다분히 장난기와 재담의 기쁨, 혹은 그 밖의 무엇을 너무 많이 가지고 있다는 것을, 요컨대 완전한 진지성이 결여되어 있다는 것을 그는 느꼈던 것이다.

내가 지금 막 쓴 —— '완전한 진지성의 결여'란 말을 다시 읽으니, 또 하나의 장면이 갑자기 나에게 떠오른다. 그 장면은 가장 인상 깊은 것이었다. 아직 반쪽은 어린애였던 그 시절에 막스 데미안과 함께 경험한 것이다.

우리의 견진 성사일이 가까워졌다. 종교 수업의 마지막 몇 시간은 최후의 만찬에 관한 것이었다. 신부님께서는 매우 진지하고 아주 열심이었다. 신성한 그 무엇과 분위기를 이 시간 동안에 잘 느낄 수 있었다. 그러나 바로 이 마지막 두서너 시간 중에 내 생각은 다른 곳에, 즉 내 친구에 대해서 얽매여 있었다. 우리에게 교회라는 사회의 엄숙한 입문이라고 설명되는 견진 성사를 기다리는 동안의 약 반 년간의 종교 교육의 가치는 내게 있어서는 여기서 배운 데 있는 것이 아니라, 데미안의 옆에 있으면서 그의 영향을 받은 데에 있다는 피할 수 없는 생각에 사로잡혔다. 나는 지금 입교를 위한 것이 아니고, 무엇인가 아주 다른 사상과 개성 있는 단체에 들어갈 준비가 되어 있으며, 그것은 이 지상 어딘가에 존재하여야 하고, 그 대표자나 사도가 내 친구임을 나는 느꼈다.

나는 이 생각을 뿌리치려고 노력했다.

모든 장애에도 불구하고 견진 성사 의식을 어떤 품위를 가지고 경험해야겠다는 것을 나는 진지하게 생각했다. 이 의식은 나의 새로운 생각과는 거의 조화되지 않는 듯했다. 내가 아무리 애써도 나의 새로운 사상은 역시 변하지 않고 있었다. 그것은 점차로 가까워 오는 교회의 의식에 대한 생각에 연결되었다.

나는 다른 태도로 의식을 마칠 각오를 했다. 그것은 나에게 있어서 내가 데미안에 의해서 알게 된 하나의 사상 세계를 향한 입문을 의미했다.

그 당시 나는 다시금 그와 활발하게 토론했다. 바로 수업 시간 전이었다. 내 친구는 말이 없었고, 아마도 좀 건방지고 점잔을 빼는 듯한 내 이야기를 좋아하지 않았다.

"우리는 너무 많이 지껄였어." 그는 전에 없이 진지하게 말했다.

"재치있는 말은 아무 가치도 없어, 전혀 없어. 단지 자기 자신에게서 떠나갈 뿐이야. 자신에게서 떠나가는 것은 죄악이야. 사람은 거북이처럼 자기 자신 속으로 완전히 숨어 버릴 수 있지 않으면 안 돼."

그리고 우리는 교실로 들어갔다. 수업이 시작되었다. 나는 주의를 기울이려고 노력했다.

잠시 후에 나는 내 옆에 앉아 있는 그의 자리 쪽에 무엇인가 독특한 것, 공허랄까 냉기랄까, 또는 마치 그 자리가 텅 비어 있는 것과 같은 것을 느끼기 시작했다. 그 느낌이 압박해 오자 나는 돌아다보았다.

거기에 내 친구는 여느 때와 같이 꼿꼿한 자세로 앉아 있었다. 그렇지만 그는 여느 때와는 아주 다르게 보였다. 내가 알 수 없는 무엇인가가 그로부터 나왔고, 그를 에워쌌다. 나는 그가 눈을 감았다고 믿었으나 자세히 보니 눈은 뜬 채였다.

그러나 그 눈은 아무것도 보고 있지 않았다. 두 눈은 꼼짝 않고 내면으로 향해 있었고, 아주 먼 곳으로 향해 있었다. 꼼짝도 않고 그는 거기에 앉아 있었고, 숨조차 쉬는 것 같지 않았으며, 그의 입은 나무나 돌로 조각된 것 같았다. 그의 얼굴은 창백했고 굳어져 핏기가 없었다. 그의 갈색 머리칼만이 뚜렷이 살아 있는 듯하였다. 손은 앞에 있는 의자 위에 돌이나 과일 같은 물체처럼 꼼짝 않고 놓여 있었는데, 무척 창백해 보였다. 그렇다고 해서 축 늘어지지 않았고, 감춰진 강인한 생명을 감싼 견고하고 질 좋은 껍질과 같은 것이었다.

이 광경을 본 나는 몸을 부르르 떨었다. 그는 죽었구나 하고 생각하고 거의 큰 소리로 말할 뻔했다. 그러나 곧 나는 그가 죽지 않았다는 걸 알았다. 나는 곤혹에 찬 시선으로 그의 얼굴, 그의 창백한 굳은 얼굴을 쳐다보았다. 그리고 이것이야말로 데미안이라고 느꼈다.

나와 걷고 이야기하던 여느 때의 그는 때때로 연기를 하고, 순응하고,

친절로써 협조했던 반쪽에 불과했다. 그러나 진짜 데미안은 이처럼 무정하고 태고적이며, 동물 같고, 돌과 같으며, 아름답고, 차갑고, 죽어 있는 동시에 은밀히 이제까지 없었던 생명력에 충만된 것처럼 보였다. 그리고 그의 주위를 이와 같은 적막한 공허와 영기(靈氣)와 고독한 죽음이 에워싸고 있었다!

지금 그는 완전히 자기 속에 몰입해 있는 것이다. 나는 몸을 부르르 떨며 그렇게 느꼈다. 나는 이렇게 고독해 본 적이 없었다. 나는 그와 관계가 없고, 그는 나에게도 말할 수가 없으며, 세상에서 가장 먼 섬 위에 있는 듯이 나에게는 멀어 보였다.

나 외에는 아무도 그것을 보는 사람이 없다는 것을 이해할 수가 없었다. 모두가 이쪽을 봐야 하고, 모두가 전율을 느끼지 않으면 안 된다! 그는 조각처럼 앉아 있었다. 그리고 우상처럼 꼿꼿하다고 나는 생각하지 않을 수 없었다. 파리 한 마리가 그의 이마에 앉아서 천천히 코를 거쳐 입술로 기어다녔다.── 그러나 그는 눈 하나 깜짝하지 않았다.

도대체 그는 어디에 있는가? 그는 무엇을 생각하고, 무엇을 느끼는가? 그는 천국에 있는가? 지옥에 있는가?

그 점에 관해서 그에게 묻는 것은 불가능했다. 시간이 끝나서 그가 다시 살아서 숨쉬는 것을 보았을 때, 그리고 그의 시선이 내 시선과 마주쳤을 때, 그는 다시 전과 같았다.

어디에서 그는 돌아왔는가? 그는 어디에 있었는가? 그는 피로한 것 같았다. 그의 얼굴은 다시 화색이 돌고 그의 손은 다시 움직였다. 그러나 이제는 그의 갈색 머리카락은 광채를 잃고 지친 것 같았다.

그후 며칠 동안 나는 나의 침실에서 여러 번 하나의 새로운 연습에 몰두했다. 즉, 의자 위에 꼿꼿이 앉아 눈을 딱 고정시키고 전혀 움직이지 않고 얼마나 오랫동안 이것을 지속할 수 있으며, 동시에 무엇을 느끼게 되는가를 기다리고 있었다. 그렇지만 나는 단지 피로만 느낄 뿐이고, 눈이 빙빙 돌았다.

얼마 후에 곧 견진 성사의 날이 왔다. 그것에 대해서는 별다른 추억도 남아 있지 않다.

그 후 모든 것은 변했다. 소년 시절은 내 주위에서 폐허가 되었다. 양친들은 어쩐지 나를 안타까운 심정을 품고 바라다보았다. 누나들은 나에게 아주 낯설어졌다.

꿈에서 깨어남으로써 지금까지 익숙했던 감정과 기쁨은 변조되고 빛바랜 것이 되었다. 정원은 향기가 없었다. 숲은 유혹하지 않았고, 세상은 내 주위에서 고물상처럼 김빠져 매력이 없었다. 책은 종이 조각이었고, 음악은 소음에 불과했다. 가을날 나무 주위에 나뭇잎이 떨어져도 나무는 그것을 느끼지 않는다. 나무 위에 비가 내리고, 햇볕과 서리가 내린다. 그리고 나무 속에서 생명은 서서히 맨 안쪽의 답답한 곳으로 들어가 버린다. 그러나 나무는 죽지 않는다. 기다리고 있는 것이다.

방학이 끝나면 나는 다른 학교로 진학하기 위해 처음으로 집을 떠나기로 결정되어 있었다.

때때로 어머니가 아주 정답게 나에게 가까이 오셔서 미리 이별을 말하고, 사랑과 향수와 잊을 수 없는 것들을 내 가슴 속에 새겨 주려고 하셨다. 데미안은 여행을 떠났다. 나는 혼자 남게 되었다.

4. 베아트리체

   내 친구(데미안)를 다시 보지 못한 채 방학이 끝나자 나는 장크트 ××시라는 곳을 향해 떠났다. 양친이 함께 오셔서 이모저모로 뒷바라지를 해 주고 나를 고등학교 선생님이 감독하는 기숙사에 맡기셨다. 만약, 부모님들이 이곳의 생활이 어떤 것인가를 아셨다면 놀라신 나머지 온몸이 마비된 듯 굳어졌을 것이다.

   시간이 흐름에 따라 나도 착한 아들이 되고, 쓸모 있는 시민이 되든가, 그렇지 않으면 내 천성이 그것과는 동떨어진 길로 나아갈 것인가 하는 문제는 여전히 남아 있었다. 아버지의 집과 아버지의 정신, 그런 그늘 속에서 행복하고 싶은 나의 마지막 노력은 오랫동안 계속되었고, 때때로 성공하기도 했다. 그러나 결국은 완전히 실패로 돌아가고 말았다.

   견진 성사 뒤의 방학 동안 처음으로 느껴 본 이상한 공허와 고독은(이 공허와 희박한 공기를 후에 나는 얼마나 맛보게 되었던가!) 그렇게 빨리 지나가지는 않았다. 고향을 이별하는 것은 아주 쉬웠다. 나는 사실 내가 가슴 아프지 않은 것을 부끄러워했다. 누나들은 정신없이 울었지만 나는 눈물이 나오지 않았다. 나는 나 자신에 대해서 놀랐다. 항상 나는 감정이 풍부한 어린애였고, 근본에 있어 아주 선량한 아이였다. 그러나 지금 나는 아주 변했다. 나는 외부 세계에 대해 전혀 무관심한 태도를 취하고, 온종일 나의 내부에 귀를 기울이고, 내 마음 속 깊이 흐르는 금지된 어두운 강물 소리를 듣는 데에만 몰두했다. 이 반 년 동안에 나는 갑자기 성장했으며, 키가 크고 야위었다. 몸은 아직 성숙하지 않았으나 세상을 보는 눈은 달라졌다. 소년의 상냥함도 나에게서 사라졌다. 나는 사람들이 나를 사랑할 수 없으리라는 것을 느꼈다. 나 자신도 나를 결코 사랑하지 않았다. 막스 데미안에 대해서 나는 때때로 말할 수 없는 그리움을 가졌다. 그러나 나는 또한 그를 싫어했고, 정신적으로 메말라 가는 내 생활의 책임을 그에게 돌렸다.

기숙사 학생들 사이에서 처음에 나는 사랑을 받지도 못했고, 주의를 끌지도 못했다. 동료들은 처음엔 나를 조롱했고 이윽고는 나를 멀리했다. 그들은 나를 위선자이며, 기분 나쁜 괴짜라고 생각했다. 그런데 그런 대접이 마음에 들었기 때문에 나는 한층 더 그 태도를 과장했다. 나는 남몰래 슬픔과 그리고 가끔 발작하는 절망에 지쳐 있으면서, 겉보기에는 남자답게 세상을 멸시하는 듯한 표정을 가졌다. 그리고는 고독 속으로 말려들어가는 자신을 저주했다. 나는 학교에서, 집에서 쌓아올린 지식을 파먹으며 보냈다. 이 학급은 나의 이전 학급(라틴 어 학교)에 비해 좀 뒤떨어져 있었다. 그리고 나는 내 나이 또래 아이들을 어린애 취급을 하고 업신여기는 버릇이 생겼다.

1년 동안이나, 아니 그 이상을 이렇게 지냈다. 방학 때마다 집에 와도 새로운 변화를 가져오게 하지 않았다. 나는 다시 학교로 돌아왔다.

11월 초순이었다. 나는 생각에 잠겨 가벼운 산책을 하곤 했다. 산책 도중에 나는 가끔 일종의 황홀감과 우울함, 세상에 대한 일종의 멸시와 자기 멸시가 가득 찬 황홀감을 맛보았다. 나는 어느 날 저녁, 습기 차고 안개 낀, 땅거미가 질 무렵의 도시 주위를 거닐고 있었다. 공원의 넓은 가로수길은 완전히 비어 있었고 나를 유혹했다. 길은 나뭇잎이 흩어져 쌓여 있었다. 나는 야릇한 쾌감을 느끼면서 그 나뭇잎을 발로 파헤쳤다. 습하고 쓴 냄새가 올라왔다. 안개 속에서 먼 곳의 나무들이 마치 유령처럼 큰 영상과 그림자를 던져 주었다.

가로수 끝에까지 온 나는 무심코 걸음을 멈추어 서서 거무스레한 낙엽을 바라보며 풍화되고 죽어 버린 습기 찬 향기를 욕심스레 들이마셨다. 아! 인생이란 얼마나 무의미한 것인가!

그 때 옆길에서 깃 달린 외투를 바람에 나부끼며 한 사람이 다가왔다. 내가 막 돌아가려고 하는 순간 그가 나를 불렀다.

"얘! 싱클레어!"

그는 내게로 다가왔다. 우리 기숙사에서 가장 나이가 많은 알폰스 벡이었다. 나는 언제나 그에게 호감을 가지고 있었다. 나이 어린 다른 아이들에 대해서와 마찬가지로 나에 대해서도 늘 짓궂고 점잖은 티를 내는 것을 제외하고는 그에 대해 나는 조금도 반감을 갖지 않았다. 몹시 주먹이 센 것으로 알려져 있어서 기숙사의 사감 선생까지도 완전히 눌러 지낸다는 이야기가 떠돌고, 학생들 사이에 여러 가지 소문이 분분한 주인공이었다.

"아니, 이런 데서 도대체 뭘 하니?" 그는 여느 어른들에게 겸손하게 대할 때의 말투로 상냥하게 말했다.

"이봐, 내가 말해 볼까? 너 시를 짓고 있지?"

"아니, 그런 생각 안했어."

나는 무뚝뚝하게 말했다.

그는 큰 소리로 웃더니 나와 나란히 걸으면서 지껄여댔는데, 그의 말들은 전혀 나와 관계가 먼 것들이었다.

"싱클레어, 내가 그것을 알아차렸다고 불안해할 필요는 없어. 이렇게 저녁 안개 속을 거닐며 가을의 상념에 잠겨 있을 때는 무엇인가가 있거든. 그럴 땐 시를 짓기를 좋아하는 걸 난 알고 있어. 물론 죽어 가는 자연에 관해서, 그리고 그와 더불어 사라져 가는 청춘에 관해서 시를 짓단 말이야,

하인리히 하이네처럼."

"난 그렇게 감상적인 사람이 아니야."하고 나는 퉁명스럽게 말했다.

"그래, 어떻든 좋아. 그러나 이런 날씨엔 포도주 한 잔쯤 마실 수 있는 조용한 장소를 찾아가는 것이 근사하다고 내겐 생각돼. 같이 가지 않을 래? 마침 나도 혼자야.── 싫으냐? 네가 모범생이 되어야 한다면 굳이 너를 유혹하고 싶진 않아."

얼마 후 우리는 교외에 있는 조그만 술집에 앉아 이상한 포도주를 들며, 두꺼운 잔을 서로 부딪쳤다. 어쨌든 무엇인가 새로운 기분이 났다. 그러나 나는 술에 익숙하지 않아서 곧 취하여 많이 떠벌리기 시작했다. 내 속에서 하나의 창문이 열리는 것 같았다. 세계가 그 안으로 비쳐들어왔다.── 오 랫동안, 굉장히 오랫동안 나는 마음 속으로부터 아무것도 이야기하지 않았 다. 나는 환상 속으로 들어갔다. 그동안 나는 카인과 아벨의 이야기를 아 주 훌륭하게 했다.

벡은 만족스럽게 내 이야기를 들었다.── 드디어 나는 무엇인가를 이야 기할 수 있는 사람을 만났다. 그는 내 어깨를 치고는 굉장한 놈이라고 했 다. 이야기하고 말하고 싶은 데 대한 막혔던 욕구를 마음껏 충족시킬 수 있었다는 것, 인정을 받았다는 것, 그리고 연장자에게 무엇인가 중요시되 었다는 것 때문에 내 가슴은 기뻐서 크게 부풀어올랐다. 그가 나를 천재적 인 놈이라고 불렀을 때, 그 말은 달콤하고 독한 술처럼 내 마음 속으로 흘 러들었다. 세상은 새로운 빛깔로 번쩍이고, 생각은 수백 개의 콸콸 솟는 샘에서 흘러내리고, 불꽃이 마음 속에서 타올랐다. 우리는 선생님과 동급 생에 대해서 이야기했다. 나에겐 우리가 서로를 많이 이해하고 있는 것 같 았다. 우리는 그리스도와 이교도에 대해서도 이야기했다. 그리고 벡은 어 떻게 해서든지 내 연애 경험을 고백시키려고 했다. 그래서 나는 이야기를 계속할 수가 없게 되었다. 나는 이야깃거리가 될 만한 연애를 경험하지 못했기 때문이다. 내 마음 속에서 느낀 것, 꾸며 낸 것, 상상한 것은 내 속에서 불타오르고 있었으나, 술김을 빌어서도 풀려지지 않았고, 속을 터놓게도 되지 않았다.

여자들에 대해서 벡은 많은 것을 알고 있었다. 나는 그 이야기에 열심히 귀를 기울였다. 믿을 수 없는 이야기도 있었다. 절대로 불가능하다고 생각된 일이 평범한 사실로 드러났고, 당연한 일로 보였다. 알폰스 벡은 18세쯤 되었는데, 벌써 많은 경험을 쌓았다. 그에 의하면 여자애들이란 기분을 맞춰 주고 친절하게 대하는 것밖에는 아무것도 원하지 않는 존재라는 것이다. 그러나 그것은 참으로 근사하게 보이지만 진실은 아니다. 그보다 부인들에게 더 많은 효과를 바랄 수 있다. 부인들은 훨씬 영리하다. 이를테면 노트나 연필을 파는 가게의 야켈트 부인—— 그녀와 얼마든지 통할 수 있다고 했다. 그 여자네 카운터 뒤에서 일어났던 여러 가지 일은 누구한테도 말할 수 없는 것이라고 했다.

나는 깊이 매혹되었으며 정신을 빼앗기고 앉아 있었다. 확실히 나는 야켈트 부인을 사랑할 수는 없을 것이다.—— 어쨌든 그런 일은 들어 본 적도 없었다. 적어도 어른들의 세계에는 내가 한 번도 꿈꾸어 본 일이 없는 샘이 흐르고 있는 것 같았다. 사실 거기에는 과장된 울림도 있었다. 그리고 그것 모두는 내가 생각했던 사랑의 맛보다는 훨씬 덜했고 평범했다.—— 그러나 어쨌든 그것은 사실이었고, 생활이었고 모험이었다. 그리고 그것을 경험했고, 그것을 당연하다고 생각하는 사람이 내 앞에 앉아 있었다.

우리의 대화는 좀 저속했고, 의미를 찾아 볼 수도 없었다. 나는 지금 더 이상 천재적인 작은 놈도 아니고, 단지 어른의 말을 귀담아 듣는 작은 소년이었다. 그러나 아직도 지난 몇달 간의 내 생활에 비해 보면 이것은 값진 일이었고, 낙원과 같은 것이었다. 그러나 나는 차츰 술집에 앉아 있다는 것과 우리가 이야기하고 있는 모든 것은 아주 엄하게 금지되어 있는 사항이라는 것을 느끼기 시작했다. 아무튼 나는 그속에서 살아 있는 감정과 혁명적인 기분을 맛보았다.

나는 그날 밤의 일을 아주 똑똑하게 기억하고 있다. 밤도 이슥해서 희미하게 타오르는 가스등 옆을 지나, 차갑고 눅눅한 밤공기 속에서 우리가 집을 향했을 때, 나는 생전 처음으로 술에 취해 있었다.

그것은 즐겁기는커녕 몹시 고통스러웠으나, 그래도 무엇인가 매력적이고 달콤한 것을 지니고 있었는데 반항과 광태였으며, 생명과 정신이었다.

벡은 나를 철부지 같은 풋내기라고 욕을 했지만, 나를 부지런히 돌보아 주었다. 그가 나를 반쯤 안다시피하여서 기숙사로 데리고 왔다. 거기서 둘은 열린 채로 있는 복도의 창문으로 살짝 숨어들어가는 데 성공했다.

그러나 내가 죽은 듯이 잠을 잔 뒤 고통에 못 이겨 잠을 깼을 때는 이미 취기는 가셔 있었고, 미칠 듯한 슬픔이 나를 엄습해 왔다. 침대에 일어나 앉았다. 나는 아직도 낮에 입었던 셔츠를 입고 있었고, 옷과 신발은 바닥에 여기저기 흩어져 있었다. 담배 냄새와 토한 음식 냄새가 났다. 그리고 두통과 구토와 미칠 듯한 갈증 사이에서 내가 오랫동안 보지 못했던 하나의 광경이 내 마음 속에 떠올랐다. 나는 고향과 양친의 집을, 아버지와 어머니를, 누나와 정원을 보았다. 나의 고요하고 고향 냄새가 나는 침대를 보았고, 학교와 시장을 보았고, 데미안과 견진 성사 수업을 보았다.── 이 모든 것은 밝았고, 광채로 둘러싸여 있었고, 놀라웠고, 신성하고 깨끗했다. 그리고 모든 것은── 지금에서야 내가 그렇다는 것을 알았지만── 어제까지도, 아니 몇 시간 전까지도 나에게 속해 있었으며, 나를 기다리고 있었다.

그런데 바로 지금 이 시각 그것들은 가라앉았고, 저주받았으며, 더 이상 나에게 속해 있지 않았으며, 나를 추방했고, 더러운 듯이 나를 바라보고 있었다! 가장 행복했던, 훨씬 예전의 유년 시절 이후 이제까지 끊임없이 받아 오던 양친의 사랑과 자비의 일체 —— 어머니의 키스, 해마다의 크리스마스, 집에서 지내는 경건하고 밝았던 주일날 아침, 정원의 모든 꽃—— 이 모든 것은 황폐하게 변하고 말았다. 나는 두 발로 모든 것을 밟아 버렸다. 만약 지금 경찰이 와서 나를 묶는다 해도, 그리고 불량배로서, 신전을 모독한 놈으로서 교수대로 끌려간다고 해도 나는 기꺼이 끌려가며, 그것이 옳고 당연하다고 생각할 것이다. 나는 나 자신을 한심하게 보지 않을 수 없었다. 떠돌아다니고, 세상을 경멸한 나! 오만한 정신으로 데미안의 생각에 공명했던 나! 내던져지고 음탕하며, 무서운 충동의 습격을 받아 술취했고, 더럽고 메스껍고, 속되고 방종한 놈으로밖에는 보이지 않았다. 모든 것이 순수하고 광채와 사랑스런 부드러움이 가득 찬 정원 속에 묻혀 있던 나, 바흐의 음악과 아름다운 시를 사랑했던 내가 이 꼴이 된 것이다. 나는 메스껍고 분노에 넘쳐 자신의 조소를 들었다. 술에 취했고, 자제할 수 없고, 경련적으로 어리석게 터져나오는 울음 소리를……. 이것이 나의 전부였다.

그러나 이런 감정에도 불구하고, 이처럼 고통받는 것이 내게는 또한 쾌락이 되기도 했다. 너무 오랫동안 나는 맹목적으로 무감각하게 기어다녔고, 너무 오랫동안 침묵한 채 초라하게 한쪽 구석에 도사리고 있었기 때문에, 내 마음은 이와 같은 자기 탄식과 공포와 무서운 감정에까지도 환영의 손을 들었던 것이다. 그렇지만 그런 속에서도 감정은 있었고, 불꽃은 타올랐으며, 심장은 움직였다! 비참한 가운데서 나는 어수선하게 자유와 봄과 같은 무엇을 느꼈다.

외관상으로 나는 그동안 몹시 타락해 갔다. 최초로 술에 취했던 것은 곧 그것만으로 그치지 않았다. 우리 학교에는 폭주와 난행이 성행했는데 나는 그 패거리 가운데서 가장 나이 어린 축의 하나였다. 그들에게 끌려다니거나 하는 어린애가 아니라, 인솔자였고 중심 인물이었으며 대담하게 술집을 찾아가는 단골 손님이었다.

　나는 다시 한번 어두운 세계에, 그리고 악마의 패거리에 속하게 되었다. 그리고 나는 그 세계에서는 누구나가 알아 주게끔 되었다. 동시에 내 마음은 비참한 감정으로 가득 찼다. 나는 자기를 파괴하는 방탕 속에서 살아가고 있었기 때문이다. 패거리들에게서 굉장한 놈이며, 대단히 과단성있고 기지있는 놈이라고 일컬어지는 반면, 내 가슴 속 깊은 곳에는 근심에 가득 차 불안한 마음이 나부끼고 있었다. 어느 일요일 아침에 술집을 나와 거리에서 어린애들이 깨끗하게 머리를 빗고 일요일의 옷차림을 하고 밝고 즐겁게 놀고 있는 것을 보았을 때, 눈물이 흘러내렸던 것을 아직도 나는 기억한다. 술집의 더러운 식탁을 끼고 앉아 거품이 넘치는 맥주를 마시면서 대단한 독설로써 친구들을 즐겁게 하고 때때로 놀라게 하며 지냈으나, 남모르는 나의 가슴 속에서는 반대로 내가 비웃었던 모든 것을 존경해 오고 있었다. 마음 속으로는 울면서 나는 나의 영혼 앞에, 나의 과거 앞에, 어머니와 하느님 앞에 무릎을 꿇고 앉았다.

　내가 결코 다른 친구들과 일체가 되지 않았다는 것, 내가 그들 사이에서 고독했고, 그래서 이렇게 괴로워하게 된 것에는 충분한 근거가 있었다. 가장 무모한 자들의 생각에 따르면 나는 술집의 영웅이요, 독설가였다. 나는 선생님과 학교, 양친과 교회 등에 대해서 대담하고 그럴 듯한 착상을 말하든가, 여자 이야기에서도 재치와 용기를 보여 주었다. —— 나는 음담 패설에도 아무렇지도 않았고 때로는 나 자신이 그런 이야기를 하는 수도 있었다. 그러나 내 친구들이 여자에게 갈 때에는 절대로 함께 가지 않았다. 나는 고독했고 사랑에 대해 불붙는 동경과 절망적인 그리움에 차 있었다. 나는 냉담한 향락자인 척했지만 나보다 더 상처받기 쉽고 수줍어한 사람은 아무도 없었다.

　그리고 때때로 내 앞을 지나가는 아름답고 깨끗하고 밝고 우아한 소녀를 볼 때마다 나는 굉장히 순결한 꿈을 가졌다. 그 소녀들은 나보다 천 배나 선량하고 결백한 듯 보였다. 한동안 나는 야켈트 부인의 문방구에는 가지 않았다. 그 여자를 보면 알폰스 벡이 그 여자에 관해 한 이야기가 생각나서 얼굴이 붉어졌기 때문이다.

나는 새 친구들 사이에서까지 언제나 고독하고, 이질감으로 괴로워하는 일이 쌓이면 쌓일수록 더욱 더 그들로부터 벗어나기가 어렵게 되었다. 폭음과 호언장담이 정말로 나에게 만족을 준 때가 있었는지는 사실 모르겠다. 나는 술을 먹는 것에 익숙하지 않았기 때문에 매번 고통스러운 결과를 느껴야만 했다. 모든 것이 충동을 받아서 어쩔 수 없이 일어나는 것 같았다. 나는 그렇게라도 하지 않으면 어떻게 자신을 다루어야 할지 알 수 없었으며 충동에 의해 행했던 것이다. 혼자 오래 있으면 나는 공포를 느꼈다. 그리고는 끊임없이 느껴지는 부드럽고 부끄러운 내적 발작에 대해 불안을 가졌다. 나는 또한 그렇게 자주 찾아오는 부드러운 사랑의 생각에 불안을 느꼈다.

나에게 가장 부족했던 것은 친구였다. 내가 친하게 지내는 세 명의 동급생들이 있었다. 그러나 그들은 얌전한 애들이었다. 그리고 품행이 나쁜 내 행동은 오래 전부터 파다하게 소문이 나서 누구나 알고 있었다. 모두들 나를 근본이 되어 있지 않고 희망없는 놈이라고 생각했다. 선생님은 나에 관하여 많은 것을 알고 있었다. 나는 여러 번 엄하게 벌을 받았다. 결국은 내가 퇴학을 당하고 말리라는 것은 모두들 예측하고 있는 일이었다. 나 자신도 그것을 알고 있었다. 사실 나는 오래 전부터 선량한 학생은 아니었기 때문에 더 이상 계속되지 않으리라는 것을 느끼면서, 어물어물 속여 가며 가까스로 모면해 나가고 있었다.

하느님이 우리를 고독하게 만들어 놓고는, 우리 자신에게로 인도하는 길은 여러 가지가 있다. 그 당시 하느님은 나와 함께 그런 길을 걸어갔다. 그것은 마치 악몽과도 같았다. 더럽고 끈적끈적한 것 너머로, 그리고 깨어진 맥주잔과 독설로 지새운 밤들을 지나 쉬지 않고 괴로워하며, 무섭고 더러운 길을 기어다니는 추방된 몽유병자인 나를 본다. 어떤 사람이 공주에게 가다가 악취와 오물이 가득 찬 뒷골목 진창 속에 빠졌다는 그런 꿈 이야기가 있다. 내 경우가 그러했다. 이런 좋지 않은 방식으로 해서 나는 고독하게 되고, 지금의 나와 어린 시절 사이에 닫힌 에덴 동산의 문에는 자비심이 없는, 험상궂은 문지기들이 있었다. 이것은 나 자신에 대한 향수의 시작이었고 깨달음이었다.

사감 선생님의 경고 편지를 받고 아버지가 처음으로 장크트 ××시에 오셔서, 예고도 없이 불시에 나에게 나타나셨을 때 나는 너무 놀랐고, 몸이 움츠러들었다. 그해 겨울이 끝날 무렵, 두 번째로 아버님이 오셨을 때의 나는 이미 마음이 비뚤어져서 손쓸 수 없게 되어 아버지가 꾸짖으시기도 하고 간청하기도 하고 어머니 생각을 해 달라고 해도, 별로 개의치 않았다. 아버지도 끝내는 몹시 화가 나서, 만약 내가 마음을 고쳐 먹지 않는다면 모욕적이고 불명예스럽지만 퇴학을 시켜 감화원에 넣겠다고 말씀하셨다. '마음대로 하시라지!' 아버지가 떠나셨을 때 나는 그런 배짱이었다. 그러나 아버지는 아무 성과도 얻지 못했고, 나에게로 통하는 어떤 길도 발견하지 못했다. 그리고 얼마 동안 그렇게 된 것은 당연하다고 느꼈다.

내가 무엇이 되든 나로서는 아무래도 좋았다. 술집에 앉아 누군가를 꾸짖는 듯한 태도를 취하며, 이상하고 아름답지 못한 방식으로 나는 세상과 싸웠다. 이것이 내가 항의하는 형식이었다. 그렇게 해서 나 자신을 이겨 나갔다. 세상이 나 같은 사람을 쓸 수 없다면, 나와 같은 사람들은 파멸할 것이며, 그로 인해 세상이 어떤 손해를 입어도 하는 수 없는 일이라는 생각이 때때로 들곤 했다.

그해 크리스마스 휴가는 참으로 우울했다. 내가 고향으로 돌아가자 어머니는 한순간 눈이 휘둥그래졌다. 나는 훨씬 키가 자랐으며, 볼이 홀쭉해진 얼굴은 눈꺼풀이 처지고, 표정이 어둡고 흙빛을 띠어 볼품없이 되어 있었다. 게다가 겨우 돋아나기 시작한 입 언저리의 수염과 얼마 전부터 쓰기 시작한 안경은 어머니의 눈에 나를 더욱 낯선 사람처럼 보이게 했다. 누나들은 뒤로 물러나 킥킥대고 웃었다. 그저 모든 것이 불유쾌할 뿐이었다. 아버님과 서재에서 대화할 때도 기분이 언짢았으며 쓴맛이 났다. 몇몇 친척들의 인사도 불유쾌했고, 무엇보다도 크리스마스 이브는 더욱 그러했다. 내가 기억하고 있는 한 크리스마스는 우리 집에서는 굉장한 날로 되어 있었다. 축하와 사랑과 감사의 밤이었으며, 양친과 나와의 유대를 새롭게 해주는 밤이었다. 그런데 이번 크리스마스는 모든 것이 어처구니없게 되어버리고, 안절부절 못하게 했다. 전과 같이 아버지는 "그들은 이 땅에서 무리를 지켜 주셨으며……"하는 들판의 목자에 대한 복음서를 읽으셨고, 누나들은 전과 같이 눈을 빛내면서 그들의 선물이 놓인 테이블 앞에 서 있었다. 그러나 아버지의 목소리는 즐겁게 울리지 않았으며, 그의 얼굴은 늙고 작아진 것 같았고 어머니는 슬퍼보였다. 나에게 있어서는 모든 것이 고통스럽고 귀찮았다. 선물과 축하의 인사, 성경과 불켜진 크리스마스 트리조차도. 꿀과 호도로 만든 과자에서는 달콤한 냄새가 났고, 감미로운 추억의 짙은 구름이 밀려들게 했다. 전나무는 향기를 풍기고 이미 지나간 일을 이야기해 주는 것 같았다. 나는 크리스마스 이브인 축제의 날이 어서 지나가기를 바랐다.

겨우내 이런 상태가 계속되었다. 바로 얼마 전까지만 해도 나는 직원회의로부터 엄중한 경고를 받았고, 경우에 따라서는 퇴학 처분을 당할지도 모른다는 위협을 받고 있었다. 그런 생활은 오래 가지는 않을 것이다. 나는 자포자기의 심정이었다.

나는 막스 데미안에 대해서 특별한 원한을 품고 있었다. 나는 벌써 오랫동안 한 번도 그를 보지 못했다. 나는 장크트 ××시의 학교 시절 초기에 그에게 두 번 편지를 했지만 답장을 받지 못했다. 그러므로 나는 이 방학 동안에도 그를 찾아가지 않았다.

가시나무 울타리에서 푸른 빛을 띠기 시작한 봄, 전 해 가을에 알폰스 벡을 만났던 그 공원에서 한 소녀의 모습이 내 눈에 띄었다. 나의 건강은 나빠졌고, 계속 빚에 쪼들리고 있었기 때문에 나는 불쾌한 생각과 근심에 가득 차서 혼자서 산보하고 있었다. 친구들에게 빚을 졌고, 많은 가게에는 담배값 같은 외상값이 쌓여 가고 있었기 때문에 집에서 얼마라도 얻어 내기 위해 필요한 거짓말을 생각해 내지 않으면 안 되었다. 하지만 이 근심이 아주 심각했던 것은 아니다.── 만약에 머지않아 나의 이곳 생활이 끝장이 나게 되어 강물에 투신하거나 감화원에 끌려가게 된다면, 이와 같은 몇 가지 사소한 일은 결코 문제가 되지 않으리라. 그러나 나는 아직도 그런 아름답지 못한 일들과 얼굴을 맞대고 살아야 하고, 그것 때문에 고통을 받고 있었다.

그러던 어느 봄날, 나는 공원에서 한 젊은 여자를 만나게 되었고 첫눈에 마음이 끌렸다. 그 여자는 키가 크고 날씬했으며, 우아한 옷을 입었고 영리한 얼굴을 하고 있었으며, 내가 좋아하는 형이었기 때문에 그녀는 곧 내 마음에 들었다.

그녀에 대해 나는 여러 가지로 공상해 보았다. 나보다 그다지 나이도 많은 것 같지 않았으나 훨씬 성숙했고, 우아하며, 얼굴 윤곽이 뚜렷한 거의 완전한 처녀티가 났다. 그리고 표정에는 조금도 겁을 내는 듯한 기가 없이 발랄한 사내아이와 같은 모습이 엿보여서 그것이 또한 나에게는 견딜 수 없는 매력이었다.

이제까지 나는 내가 좋아하는 여자에게 쉽사리 접근하는 데 성공한 예가 한 번도 없었고 이 소녀의 경우도 예외는 아니었다. 그러나 지난날의 어떤 소녀들에 대해서보다도 더욱 인상이 깊었다. 이 짝사랑이 내 생활에 끼친 영향력은 굉장했다.

갑자기 한 모습이 내 앞에 서 있는 것을 보았다. 내가 흠모하던 키가 큰 모습—— 아, 내 마음 속의 어떤 욕망이나 어떤 충동도 이 존경과 흠모의 욕망보다 더 강하고 깊은 것은 없었다. 나는 그 여자에게 베아트리체라는 이름을 붙였다. 단테의 작품을 읽지는 않았지만 베아트리체라는 어떤 영국 화가의 작품을 복사판을 통해서 알고 있었기 때문이다. 그림에 그려져 있던 베아트리체는 영국의 라파엘 전파의 소녀의 모습으로 손발이 지나치게 길고 날씬한 몸매에 얼굴은 갸름하고 손과 얼굴의 표정에는 이 세상의 것이 아닌 듯싶은 정취가 감돌고 있었다. 나의 연인이 된 젊고 아름다운 소녀도 역시 내가 좋아하는 그런 날씬한 몸매와 어린 소녀다운 모습을 하고 있었고, 얼굴에도 이 세상에서 찾아 볼 수 없는 어떤 영화된 정취가 깃들어 있었다. 그렇다고 그 그림의 베아트리체와 완전히 닮았다고 할 수는 없었다.

나는 베아트리체와 단 한 마디도 말을 한 적이 없었다. 그러면서도 그 여자는 그 당시 내게 가장 깊은 영향력을 끼치고 있었다. 그 여자는 내 앞에 자기 모습을 뚜렷이 보였고, 성스러운 영역으로 가는 문으로 나를 인도해 갔다. 그리고 나로 하여금 교회에서 기도하는 사람으로 만들었다. 나는 술집과 밤거리의 방황을 점점 멀리하였다. 나는 다시 혼자 있을 수 있었고, 다시 독서를 좋아하게 되었다. 다시 산책을 즐겼다. 갑자기 달라졌기 때문에 나는 주위로부터 사정없이 놀림을 받았다. 그러나 지금의 나에게는 사랑과 존경의 대상이 있었고, 다시 이상을 가지게 되었으며, 생은 다시 예감과 형형색색의 신비스러운 어둠으로 가득 차게 되었다.—— 그래서 나는 개의치 않을 수 있었던 것이다. 나는 다시 내 본질 속에 있었다. 숭배하는 모습의 노예와 하인으로서.

당시의 일을 생각하면 나는 어떤 종류의 감동을 억제할 수가 없다. 나는 다시 절실한 노력으로 파괴된 생의 한 시대의 잔해로부터 '밝은 세계'를 세우려고 노력했다. 나는 다시 나의 내부로부터 암흑과 악을 제거하고 신 앞에 무릎을 꿇고 완전히 밝음 속에 있으려는 유일한 갈망 속에 살고 있었다. 그러나 현재의 이 '밝은 세계'는 어느 정도 내 자신의 창조물이었다. 그것은 이미 더 이상 어머니에게로, 또는 무책임한 보호 속으로 도피해 가거나 기어들어가는 것이 아니었다. 그것은 책임과 자기 규율을 가지고 발견되고 요구된 새로운 봉사였다. 나를 괴롭혔고, 내가 언제나 그것을 피해 달아나고 있었던 성의 문제는, 이제는 이 성스러운 불길에 의해서 정신과 명상으로 승화되어야만 했다. 어두운 것, 추악한 것, 신음 속에서 지샌 밤, 부도덕한 그림을 보았을 때의 심장의 두근거림, 금단의 문 앞에서 귀를 기울이는 것, 음탕함 같은 것은 더 이상 있어서는 안 되었다. 이 모든 것 대신에 나는 내 제단을 세웠다. 베아트리체의 모습을 가지고……. 그리고 나를 그 여자에게 바침으로써 정신과 신에게 나를 바쳤다. 내가 어두운 힘으로부터 끌어 냈던 생의 어떤 부분은 나로 하여금 밝은 힘을 희생시킨 것이다. 쾌락이 나의 목적이 아니라 순결이 나의 목적이었다. 행복이 나의 목적이 아니라 미와 정신이 나의 목적이었다.

이와 같은 베아트리체에 대한 숭배에 의하여 나의 생활은 완전히 바뀌고 말았다. 어제까지만 해도 냉소적인 조숙한 소년이었던 내가 이제는 장차 성자가 될 것을 목표로 하고 있는 성당지기였다. 나는 습관화되어 있던 좋지 않은 생활을 버렸을 뿐 아니라, 모든 것을 새롭게 하려고 마음먹고 모든 것 속에 순결과 고귀와 품위를 가져오려고 노력했다. 음식, 언어, 의복에 이르기까지 나는 노력했다. 나의 아침은 냉수욕으로부터 시작되었다. 처음에는 이것을 억지로 계속하기가 여간 괴로운 일이 아니었다. 나는 성실하고 점잖은 태도를 취했고, 똑바로 섰고, 천천히, 위엄있게 걸음을 걸었다. 남들은 이상하게 보았을지도 모른다.—— 그러나 나의 내부는 신에 대한 봉사로 가득 차 있었다.

내가 자신의 새로운 각성을 찾으려고 노력한 이 모든 새로운 수련 중에는 나에게 있어서 큰 뜻을 지니게 된 것이 있었다. 즉 나는 그림을 그리기 시작한 것이다. 내가 가지고 있는 영국 사람이 그린 베아트리체의 그림이 나의 소녀와 충분히 닮지 않았다는 것이 이 작업의 출발이었다. 나는 나를 위해서 그 여자를 그리고 싶었다. 완전히 새로운 환희와 희망을 가지고 나는 내 방 속에—— 나는 얼마 전부터 나 자신의 방을 가지고 있었다.—— 좋은 종이와 물감과 붓을 모아 놓고, 팔레트와 컵과 사기 접시와 연필을 챙겨 놓았다. 내가 산 작은 튜브에 들어 있는 템페라의 물감은 내 마음에 몹시 들었다. 그 중에는 선명한 연두색도 있었는데 그것을 처음으로 작은 접시에 담았을 때 나는 그런 색을 생전 처음 보는 듯한 느낌을 가졌다.

나는 조심스럽게 시작했다. 얼굴을 그리는 것은 어려웠다. 그래서 처음에는 다른 것을 그려 보려고 했다. 나는 장식 무늬 꽃, 작고 환상적인 풍경화, 교회당 옆에 서 있는 한 그루 나무, 사이프러스 나무가 있는 로마의 다리를 그렸다. 때때로 나는 이 유희적인 작업에 골몰했고, 물감 상자를 가진 어린애처럼 행복했다. 나는 마침내 베아트리체를 그리기 시작했다.

몇 장은 아주 실패했으므로 내버렸다. 내가 여러 번 길에서 만난 그 소녀의 얼굴을 생각해 내려고 애쓰면 애쓸수록 점점 더 떠오르지가 않았다. 마침내 나는 그 모습을 생각해 내는 일을 포기하고, 이미 공상으로 그리기 시작한 그림에서, 물감과 붓이 움직여지는 데 따라 그저 어떤 얼굴을 하나 그리기 시작했다. 그리하여 완성된 것은 공상적인 얼굴이었고, 나는 그것에 적잖이 만족했다. 그러나 나는 그 시도를 곧 다시 계속했으며, 새 종이마다 더욱 뚜렷하게 윤곽이 드러났다. 실물과 같지는 않았으나 그 소녀의 모습과 비슷하기는 했다.

더욱 열중한 나는 꿈 속에서와 같이 붓을 놀렸다. 끊임없이 선을 긋거나 도형을 마구 그렸는데 거기에는 달리 모델이 없었고 반 장난으로 모색하는 동안 무의식적으로 어떤 형태가 떠올랐다. 마침내 나는 어느 날 거의 무의 식적으로 어떤 얼굴을 그렸다. 그 얼굴은 전에 그린 어느 것보다 훨씬 강하게 나에게 호소하는 듯했다. 그것은 물론 그 소녀의 얼굴은 아니었다. 그것은 다른 무엇, 비현실적인 무엇이었으며, 그와 똑같은 가치를 가지고 있었다. 그것은 소녀의 얼굴이기보다는 소년의 얼굴처럼 보였다. 머리카락은 나의 아름다운 소녀의 머리처럼 밝은 금발이 아니고 불그스름한 갈색이었다. 턱은 강직하고 딱딱했으나, 입술은 붉게 타고 있었다. 전체적으로 약간 뻣뻣하고 가면 같은 인상이었으나 강한 느낌을 주었고, 신비한 생명에 넘쳐 있었다.

완성된 그림 앞에 앉았을 때 나는 기묘한 감명을 받았다. 무엇인가 하느님의 상이, 신성한 가면과 같이 남성을 닮기도 했는가 하면 여성과 같기도 했고, 나이도 없이 강한 의지를 나타내면서 몽상적이고 무뚝뚝한 반면에 은근한 생기가 넘쳐흐르기도 했다.

이 얼굴은 나에게 무엇인가 말을 하는 듯싶었고, 나에게 속하고 나에게 여러 가지 요구를 해 왔다. 그리고 그것은 누군가와 닮은 듯도 싶었으나, 그것이 누구인지는 확실하지 않았다. 이리하여 이 그림은 얼마 동안 나의 모든 공상 세계에서 놀았고 나와 생활을 함께 했다. 나는 그것을 서랍 속에 감춰 두었다. 아무도 그것을 몰래 보고 나를 조롱할 수 없도록. 그러나 내 방에 혼자 있을 때면 그 그림을 꺼내서 그것과 사귀었다. 밤에는 그것을 침대 발치의 벽에 핀으로 꽂아 놓고는 잠들 때까지 바라보았으며, 아침이면 첫 시선을 그곳에 보내곤 했다. 이와 거의 때를 같이하여 나는 어렸을 때에 언제나 그랬던 것처럼 꿈을 많이 꾸기 시작했다. 나는 몇 해 동안 꿈을 전혀 모르고 지냈던 것 같다. 꿈은 완전히 새로운 종류의 그림처럼 되어 내게 다가왔다. 더욱이 내가 그린 그림은 꿈 속에 자주 모습을 보였다. 그 그림은 살아서 애기를 했고, 나에게 다정하게 대했다. 그러다가 때로는 적의를 품었는지 얼굴을 보기 싫게 찡그리기도 했으며, 때로는 한없이 아름답고 조화에 넘쳤고 고귀해 보였다.

어느 날 아침, 내가 그런 꿈에서 깨어났을 때 나는 갑자기 그것의 정체를 알 수 있었다. 그림은 나를 그처럼 낮익은 얼굴로 바라보았고, 나의 이름을 부르는 것같이 보였다. 그것은 마치 어머니처럼 나를 아는 것 같았고, 옛날부터 나를 향해 있는 것처럼 보였다. 나는 가슴을 두근거리면서 그 그림을 보았다. 숱이 많은 갈색 머리, 반은 여성적인 입, 이상스러운 밝음이 깃들어 있는 높은 이마(종이는 저절로 말라 있었다.)를 나는 보았다. 나는 점점 가까이 다가가서 천천히 살펴보았다. 낮이 익다, 전에 만난 일이 있다, 아는 사람이다 하는 생각이 점점 확실해지기 시작했다.

나는 침대에서 벌떡 일어나 그림 앞에 서서 움직이지 않는 초록빛 눈 속을 들여다보았다. 오른쪽 눈이 왼쪽 눈보다 약간 치켜떠져 있었다. 그리고 갑자기 오른쪽 눈이 섬세하게 그러나 틀림없이 꿈틀거렸다. 그리고 이 꿈틀거림으로 나는 그 사람을 알아본 것이다. …… 어째서 이렇게 늦게야 알았던가! 그것은 데미안의 얼굴이었다.

그 후에 나는 몇 번이나 그림을 내 기억에 남아 있는 실제의 데미안의 표정과 비교해 보았다. 닮기는 했으나 똑같지는 않았다. 그러나 그것은 틀림없이 데미안이었다.

어느 초여름의 저녁 무렵, 태양이 붉게 서창으로 비스듬히 비쳐들고 있었다. 방 안은 어둑어둑했다. 그때 나는 문득 생각이 떠올라서 베아트리체 혹은 데미안이라고 해도 좋을 그림을 유리창 창살에 핀으로 꽂고, 엷게 스며드는 저녁 햇살을 통하여 그림의 모양을 보려는 생각이 떠올랐다. 얼굴은 윤곽을 잃고 흐려져 있으나 붉은 눈언저리, 밝은 이마, 강렬하게 붉은 입술은 화면으로부터 깊고 사납게 불타올랐다. 나는 천천히 그 그림과 마주앉았다. 불길은 이미 꺼진 뒤였다. 그때 점점 그것이 베아트리체도, 데미안도 아니고── 나 자신이라는 느낌이 솟아올랐다. 그 그림은 물론 나와 닮지 않았다. 또 그럴 리도 없다는 것을 나는 느꼈다.── 그러나 그것은 내 생활을 이루고 있는 무엇이며, 나의 내면, 나의 운명, 나의 악마였다. 내가 다시 친구를 발견할 수 있게 된다면 내 친구는 이런 얼굴을 하고 있을 것이고, 내가 언젠가 연인을 가지게 된다면 그 연인 역시 이런 얼굴을 하고 있을 것이다. 나의 생도, 나의 죽음도 이러한 모습을 하고 있을 것이다. 이것은 내 운명의 음향이고 리듬이었다.

그 몇 주일 동안에 나는 어떤 책을 읽기 시작했는데, 이제까지 읽은 어느 책보다도 깊은 감명을 받았다. 아마 유일하게 니체를 제외하고는 그 이후에도 그처럼 감명깊게 느껴본 책은 거의 없었다.

그것은 노발리스가 지은 저작집으로 서한문이나 격언도 들어 있으며, 격언 가운데는 알지 못할 것도 많이 있었지만 그 하나하나가 뭐라고 말할 수 없는 매력으로 나를 사로잡고 말았다. 그 내용 중의 한 구절이 지금 생각났다. 나는 그 말을 펜으로 그림 밑에 썼다. '운명과 심정은 동일 개념에 붙여진 두 개의 이름이다.' 그 말을 나는 이제야 이해할 수 있었다.

내가 멋대로 베아트리체라고 불렀던 소녀는 요즘도 이따금 거리에서 마주쳤다. 나는 이미 조금도 동요를 느끼지는 않았으나, 언제나 부드러운 일치감과 감정에 넘친 예감을 느꼈었다. 즉 너는 나와 연결되어 있다. 그러나 네 자신이 아니고 너의 그림이다. 그러므로 너는 내 운명의 일부분이다.

막스 데미안에 대한 나의 그리움은 다시 강렬해졌다. 나는 몇 년 동안이나 그의 소식을 몰랐다. 나는 방학 동안에 꼭 한 번 그를 만난 일이 있었다. 내가 이 짧은 해후를 내 수기 속에서 은폐한 것을 깨달았다. 그리고 그것이 수치심과 허영심에서 일어난 것임을 안다. 나는 그것을 여기서 뒤늦게나마 써야겠다.

그러니까 방학 동안에 내가 술집 출입을 즐기던 시절, 언제나 좀 건방진 얼굴을 하고 지팡이를 흔들면서, 늙고 변함없는 속물들 속에 끼어 내가 경멸하는 얼굴을 하면서 내 고향 도시를 배회하고 있을 때의 어느 날 그 옛날 친구가 나를 향해 다가오고 있는 것을 보았다. 나는 흠칫 놀랐다. 번개처럼 빨리, 프란츠 클로머를 생각하지 않을 수 없었다. 부디 데미안이 그 사건을 잊어 주었으면! 그에 대해서 그런 은의를 입게 되었다는 것은 정말로 불쾌한 일이었다. 사실 그것은 어리석은 어린애들의 사건에 불과했다. 그러나 은의는 은의였다.

데미안은 내가 먼저 말을 걸기를 기다리고 있는 것 같았다. 내가 될 수 있는 대로 태연한 표정을 짓고 인사를 하자 손을 내밀었다. 오랜만의 데미안과의 악수—— 굳고 따뜻하며 동시에 냉담하고 사내다운—— 였다.

그는 내 얼굴을 차근차근 바라본 뒤 말했다.

"많이 컸군, 싱클레어."

그 자신은 조금도 달라지지 않은 것같이 보였고, 언제나 똑같은 나이로 똑같이 젊어 보였다.

그는 나와 함께 걸었다. 우리는 산보를 하면서 대수롭지 않은 일들에 관해서만 얘기를 했고, 당시의 일에 관해선 조금도 얘기하지 않았다. 나는 그에게 여러 번 편지를 부쳤으나 회답을 받지 못했던 일이 생각났다. 그가 그것까지도 잊어버려 주었으면! 그 어리석디 어리석은 편지들! 그는 편지에 관해서 언급하지 않았다. 그 당시에는 아직 베아트리체도 그림도 없었고, 나는 황폐한 시내의 한복판에 있었다. 도시 변두리에서 나는 그에게 술집에 같이 가자고 권했다. 그는 같이 갔다. 나는 자랑스럽게 한 병의 포도주를 주문하고, 술잔에 따르고, 그의 잔과 부딪치고, 학생들이 술 마실 때의 버릇에 내가 얼마나 능숙한가를 보이면서 첫잔을 단숨에 비웠다.

"술집에 자주 가니?"

그는 물었다.

"그럼."

나는 느릿느릿하게 말했다.

"그렇지 않으면 뭐 할 일이 있어야지? 그것이 결국 언제나 제일 재미있는 일이야."

"그렇게 생각해? 그럴지도 모르지. 아주 아름다운 것도 그 중에는 있어. —— 도취, 그리고 쾌락적인 것! 그러나 나의 생각으로는 술집에 자주 가는 대부분의 사람들에겐 그런 요소가 완전히 상실되어 버린 것 같아. 술집에 가는 거야말로 정말이지 속물 같아. 물론 하룻밤 동안 모닥불을 피워 놓고 술을 마시며, 정말이지 멋지게 취해 보는 맛도 좋긴 해! 하지만 언제까지나 날마다 술만 마시고 지낸다니, 그것이 참된 생활일 수는 없어. 예를 들어 밤마다 단골 술집에서 죽치고 앉아 있는 파우스트는 상상도 할 수 없지 않아?"

나는 술잔을 들어 쭉 들이키고 나서 적의에 찬 눈초리로 그를 바라다보았다.

"있고말고. 누구나 다 파우스트는 아니니까."

나는 짧게 말했다.

그는 참으로 어처구니없다는 듯한 표정으로 나를 바라보았다. 그리고 그는 옛날과 똑같은 신선함과 자신에 찬 음성으로 웃었다.

"그런 것으로 논쟁할 필요는 없겠지. 어쨌든 주정뱅이나 탕아의 생활이 어쩌면 나무랄 데 없는 시민의 생활보다는 생기가 있는 것일 테니까. 그리고 —— 언젠가 읽은 일이 있는데 탕아의 생활이야말로 신비주의자가 될 최초의 준비 단계란다. 언제나 그런 사람들이 있었어. 예언자가 된 성 아우구스티누스와 같이. 그도 전에는 향락주의자였고 탕아였어."

나는 데미안을 의심스러운 눈으로 바라보면서 절대로 그에게 말려들지 않으리라고 생각하고 있었다. 그리하여 나는 툭 쏘아붙이듯이 건방지게 말했다.

"그래, 사람에겐 누구나 자기 나름대로의 취미가 있는 법이니까. 솔직히 말해서 나는 조금도 예언자라든지 뭐가 되려는 생각은 꿈에도 없어."

데미안은 지그시 눈을 내리깐 채 알았다는 듯이 나를 보았다.

"싱클레어."

하고 그는 천천히 말했다.

"너에게 불쾌한 말을 할 생각은 아니었어. 그뿐 아니라 어떤 목적으로 네가 지금 술을 마시는지 우리 둘이 다 모르고 있는 거야. 그러나 네 속에 있는 것, 너의 생활을 이루고 있는 것은 이미 그것을 알고 있어. 우리의 내부에 모든 것을 알고, 모든 것을 원하고, 모든 것을 우리 자신이 하는 것보다 더 잘하는 무엇인가가 들어 있다는 것을 아는 것은 좋은 일이야. 이만 실례하겠어. 집에 가야 해."

우리들은 곧 헤어졌다. 나는 매우 불쾌한 기분으로 앉아 있었다. 남은 포도주를 완전히 다 마시고 나서 돌아가려고 계산을 하려 했다. 그러나 이미 데미안이 치른 뒤였다. 이 일로 내 기분은 더욱 상했다.

나의 생각은 지금 다시 사소한 사건에서 멈추어 섰다. 내 생각은 데미안으로 가득 차 있었다. 그리고 그가 변두리 술집에서 나에게 한 말들이 이상하리만큼 내 기억 속에 선명하게 다시 떠올랐다.

"우리의 내부에는 무엇인가가 있어서 그것이 모든 것을 알고 있지. 그것을 아는 것은 아주 좋은 일이야."

나는 창문에 달아 둔 그림을 쳐다보았다. 이제는 거의 보이지 않았다. 그러나 내 머릿속에서는 그 불타는 듯이 빛나던 눈이 아직 타오르고 있었다. 그것은 데미안의 눈이었다. 게다가 내 속에 있으면서 모든 것을 알고 있는 그 무엇인가의 눈이었다.

데미안을 만나고 싶다는 생각은 더욱 쌓여 갔다. 그러나 데미안이 지금 무엇을 하고 지내는지 알지 못하는 나는 어떻게 하면 그를 만날 수 있을지 알 길이 없었다. 내가 알고 있는 것은 그가 어느 대학에 있으리라는 것, 고등학교를 나온 뒤 어머니와 함께 그 도시를 떠났다는 것뿐이었다.

나는 클로머의 사건으로까지 거슬러 올라가서 막스 데미안에 대한 모든 추억을 내 마음 속에 불러일으키려고 했다. 그러자 예전에 데미안이 나에게 말한 참으로 많은 것들이 다시 떠올랐는데, 그러한 말들은 모두 지금은 역시 신선한 뜻을 지니고 있었으며 나와 관계가 있었다. 그리고 몹시 불쾌했던 그 마지막 해후에서 탕아와 성자에 관해서 데미안이 한 말의 뜻도 문득 뚜렷하게 이해할 수가 있었다. 내가 걸어온 길도 틀림없이 데미안이 말한 그대로가 아니었던가? 나도 또한 도취와 오욕 속에서, 취미와 상실감 속에서 산 것이 아니었던가? 이윽고 새로운 생의 충동으로서 바로 그 정반대의 것, 즉 순결에의 욕망, 성스러움에의 동경이 내 마음 속에 생생하게 되살아난 것이 아닌가.

그렇게 나는 추억을 더듬어 갔다. 밤이 깊은 지 오래다. 밖에는 비가 내렸다.

내 추억 속에도 비가 내리는 소리가 들렸다. 그것은 밤나무 밑에서의 어떤 시간이었다. 그때 그는 프란츠 클로머에 관해서 나에게 캐물었고, 나의 첫번째 비밀을 알아맞혔던 것이다. 하나씩하나씩 추억이 떠올랐다. 학교에 가는 길에서의 대화, 교리 문답 시간, 그리고 마지막으로 막스 데미안과의 맨 처음 해후가 생각났다. 그때 무엇이 화제였던가?

나는 곧 생각나지 않았다. 나는 오랫동안 생각했다. 나는 완전히 그 생각 속에 빠져 있었다. 이제 다시 생각이 난다. 그가 카인에 관한 그의 의견을 말하고 난 후에 우리들은 우리 집 앞에 서 있었다. 그때 그는 우리 집 대문 위에 있는 낡고 빛이 퇴색한 문장에 관해 이야기했었다. 그는 그것에 흥미를 느낀다. 그런 물건에 우리는 주의해야 된다고 말했다.

그날 밤, 나는 데미안과 그 문장에 관한 꿈을 꾸었다. 문장의 모양은 자꾸만 변해 갔다. 데미안이 그것을 손에 들고 있었는데, 그것은 작은 회색빛이었다가는 또 거대하고 요란한 색을 지닌 것이 되기도 했다. 그러나 데미안의 설명으로는 그것은 언제나 한 개이며, 똑같은 것이라고 했다. 마지막에 그는 나에게 문장을 먹으라고 강요했다. 내가 그것을 삼켜 버렸을 때, 나는 끔찍스런 놀라움을 느꼈다. 내가 삼킨 문장의 새가 내 속에 살아 있으며, 나를 가득 채우고, 내부에서 나를 쪼아먹기 시작한 것이다. 당장에라도 죽을 것 같은 불안에 사로잡혀서 나는 깜짝 놀라 잠에서 깨어 눈을 뜨게 되었다.

나는 정신이 들었다. 한밤중이었고 방 안으로 비가 들이치는 소리가 들렸다. 창문을 닫기 위해서 일어섰을 때, 나는 방바닥에 떨어져 있는 흰 무엇인가를 밟았다. 아침이 되어서야 나는 그것이 내가 그린 그림이라는 것을 알았다. 그것은 방바닥에 떨어져 돌돌 말린 채 축축하게 젖어 있었다. 나는 그것을 말리기 위하여 그림을 펴서 흡인지로 싸서 두꺼운 책갈피 속에 끼워 두었다. 이튿날 내가 그것을 다시 보았을 때, 마르긴 했지만 다른 그림처럼 되어 있었다. 빨갛던 입술은 핏기를 잃었고 좀 가늘어져 있었다. 그러고 보니 이제는 데미안의 입을 완전히 닮아 있었다.

나는 다시 문장의 새를 그리려고 했다. 도대체 어떤 모양의 새였는지 뚜렷한 기억이 남아 있지 않았고, 너무 오래되어 몇 번이나 칠을 했으므로 어떤 부분은 가까이 가서 보더라도 뚜렷하지 않음을 알 수 있었다. 무언가의 위에 서 있거나 앉아 있었던 것만큼은 틀림없는데, 그것이 무엇이었는지 확실치가 않았다. 어쩌면 꽃이나 광주리나 둥우리나 나무 꼭대기 위에 앉아 있었을 것 같은데 도무지 분간할 수가 없었다. 그러나 나는 그것에 개의치 않았다. 그리고 내가 뚜렷이 기억할 수 있는 부분부터 그리기 시작했다. 나도 알 수 없는 내적 욕구에 의해 나는 곧 강한 색채로 그리기 시작했다. 종이 위에 그려진 새의 머리는 노란 황금빛이었다. 기분 내키는 대로 나는 그것을 계속 그렸고, 며칠 내에 완성되었다.

결국 그것은 사나운 날짐승이었다. 날카롭고 분방한 머리를 가진 그 새는 어두운 지구 속에서 몸을 반쯤 내밀고 있었다. 그는 마치 거대한 알로부터 부화되듯이 파란 하늘을 배경으로 지구를 뚫고 나오고 있었다. 그 그림을 오래 들여다보면 볼수록 그것은 마치 내 꿈 속에 나타났던 채색된 문장처럼 보였다.

비록 주소를 알고 있었다 하더라도 데미안에게 편지를 쓴다는 것을 나로서는 할 수 없었을 것이다. 그 대신 나는 그 무렵 무엇을 하려 할 때마다 그러했듯이, 꿈과 같은 예감에 들뜨는 대로 이 새매의 그림을 데미안에게 보내기로 결심했다. 그것이 그에게 전해지든 말든 상관없었다. 나는 그림 위에 아무것도 쓰지 않았다. 내 이름도 쓰지 않았다. 가장자리를 조심스레 잘라 내고 큰 봉투를 사서 내 친구의 옛 주소를 그 위에 썼다. 그리고 그것을 부쳤다.

시험이 다가왔으므로 나는 여느 때보다 훨씬 더 열심히 공부를 해야 했다. 내가 돌연히 불미스러운 생활 태도를 청산한 이후 선생님들은 나에게 다시 호감을 가지고 받아들여 주었다.

나는 지금도 역시 전처럼 모범생이라고는 할 수 없으나 반 년 전처럼 아마 거의 확정적으로 학교에서 퇴학당할 것이라고 여기고 있던 사실을 생각하는 사람은 아무도 없었다. 아버지도 다시 예전과 같은 어조의 비난이나 위협하는 구절이 없는 부드러운 편지를 써 보냈다. 그러나 나는 아버지나 또는 누구에게도 내 내부의 변화가 어떻게 일어났는지는 설명하고 싶지 않았다. 이 변화가 나의 양친이나 선생님들의 소망과 일치한 것은 다만 우연에 불과했다. 내가 변했다 하더라도 다른 친구들과 같아진 것도 아니었고, 친구들이 생긴 것도 아니었으며, 오히려 나를 더 고독하게 해 주었다. 나의 이 변화는 어딘지 모를 곳에, 데미안에게, 먼 운명에게로 향하고 있었다. 나 자신도 그것을 알지 못하고 나는 그 한가운데 있었다. 그것은 베아트리체와 함께 시작되었다. 그러나 얼마 전부터 나는 내가 그린 그림과, 데미안에 대한 생각과 함께 너무나 비현실적인 세계 속에 살고 있었기 때문에, 나는 그 여자를 머릿속에서 완전히 잊어버리고 말았다. 나는 아무에게도 내 꿈과 내 기대와 내 변화에 관해서 한 마디도 말할 수가 없었다. 설사 내가 원했을지라도……. 그러나 내가 그것을 어떻게 원할 수 있었겠는가?

5. 새는 알을 깨고 나온다

　내가 그린 꿈 속의 새는 우편으로 띄워서 내 친구의 손에 들어갔다. 가장 신비스러운 방법으로 나에게 답장이 왔다. 어느 날 수업과 수업 사이의 휴식 시간이 지나자, 교실의 내 자리에 앉아 있던 나는 내 책에 종이쪽지 하나가 끼워져 있는 것을 발견했다. 그것은 수업 시간중에 반 친구들이 서로 몰래 편지를 전할 때 쓰는 방식으로 접혀 있었다.

　한 가지 이상한 것은 누가 나에게 그런 쪽지를 보냈느냐 하는 것이었다. 왜냐 하면, 나는 급우의 아무와도 그런 편지 교환을 하지 않고 있었기 때문이다. '어떤 장난에 한몫 끼라는 거겠지. 누가 낄 줄 아나!' 이렇게 생각한 나는 그 쪽지를 읽지도 않고 책갈피에 끼워 두었다. 그것을 우연히 또 보게 된 것은 수업이 이미 시작되었을 무렵이었다. 나는 그 종이를 만지작거리다가 아무 생각도 없이 그것을 펴보았다. 몇 마디의 말이 그 속에 씌어 있었다.

　나는 그 종이에 시선을 던지는 순간, 그 중의 한 마디에 끌려들어 깜짝 놀라서 읽었다. 내 가슴은 냉기를 뒤집어쓴 것처럼 어떤 운명 앞에서 오그라들었다.

　'새는 알을 깨고 나온다. 알은 새의 세계다. 태어나려는 자는 한 세계를 파괴해야만 한다. 새는 신에게로 날아간다. 그 신의 이름은 아브락사스다.'

나는 몇 번이고 그 글을 읽고 깊은 생각에 잠겼다. 그것이 데미안의 답장인 것은 의심할 여지가 없었다. 그와 나를 제외하고는 아무도 새에 관해서 알고 있는 사람이 없었다. 그는 내 그림을 받은 것이다. 그는 나를 이해했고, 나로 하여금 해석하도록 도와 준 것이다. 그렇지만 어떻게 해서 이렇게 된 것일까? 그리고 —— 무엇보다도 나를 괴롭힌 것은 —— 아브락사스란 무엇일까? 나는 그런 말을 들은 일도 없었고 읽은 일도 없었다.

'신의 이름은 아브락사스다!'

선생님의 말이 한 마디도 귀에 들어오지 않은 채 수업은 끝났다. 오전 중의 마지막 수업이 시작되었다. 얼마 전, 대학을 갓나온 조교가 그 시간을 맡고 있었다. 그는 매우 젊었고, 우리에 대해서 조금도 거짓 위엄을 부리지 않았으므로 학생들에게 인기가 있었다.

우리들은 이 폴렌 박사의 지도 아래 헤로도투스를 읽어 갔다. 이 수업은 내 마음에 드는 몇 개 안 되는 과목 중의 하나였는데 그때의 경우는 그렇지가 못했다. 나는 기계적으로 책을 펼치고 있기는 했어도 번역은 듣지 않고 혼자 생각에 잠겨 있었다. 나는 전에 데미안이 종교 시간에 한 말이 얼마나 옳은 말이었는가를 여러 번 경험하고 있었다. 그것은 강한 의지로 바라고 있는 것은 꼭 성공한다는 것이었다. 내가 수업 도중에 어떤 생각에 몹시 골몰하고 있으면 틀림없이 선생님은 나를 가만히 놔두었다. 주의가 산만하거나 졸고 있으면 선생님은 갑자기 그 학생 옆에 와 있었다. 그런 일은 나도 몇 번 겪었다. 그러나 정말로 생각에 잠기고 있거나 정말로 생각 속에 빠져 있을 경우 나는 보호되었다. 그뿐 아니라 강한 시선에 관해서도 나는 시험을 해 보았고, 그것이 정말이라는 것을 알았다. 전에 데미안이 있을 때는 그것이 잘되지 않았다. 그러나 지금은 종종 사람이 시선과 사고력을 가지고 많은 일을 해낼 수 있다는 것을 느꼈다.

그런 상태로 나는 지금 앉아 있었고 헤로도투스나 학교와는 멀리 떨어진 곳에 있었다. 그때 갑자기 내 의식 속에 선생님의 목소리가 벼락처럼 떨어졌고, 나는 깜짝 놀라 명상에서 깨어나 현실로 돌아왔다.

선생님의 목소리가 들렸고 그는 바로 내 옆에 서 있었으므로 틀림없이 지명을 당한 것이라고 생각했다. 그러나 선생님은 나를 거들떠보지도 않았다. 나는 겨우 안도의 숨을 내쉬었다.

그때였다. 선생님의 목소리가 또 한번 내 귓전을 울렸다. 선생님은 큰 목소리로 '아브락사스'라고 말했다.

그 처음 말은 못 들었는데 폴렌 박사는 설명을 계속했다.

"우리는 그 종족의 세계관과 고대 문화의 신비주의적 결합을 합리주의적 견해의 입장에서 보듯이 그렇게 소박하게 보아서는 안 됩니다. 지금 우리가 말하는 의미로서의 학문이란 고대에는 없었던 것입니다. 그 대신 고도로 발달된 철학적, 신비주의적인 진리들이 있었습니다. 그것으로부터 더러는 마술과 유희가 생겨났고, 그것은 종종 사기와 범죄로 연결되는 수도 있었던 것입니다. 그러나 마술도 또한 고귀한 근원과 깊은 사상을 가지고 있습니다. 내가 아까 예를 든 아브락사스 같은 것은 그 중의 하나입니다. 사람들은 그 이름을 그리스의 주문(呪文)과 결부시키고, 그것을 오늘날 미개 민족 간에 더러 남아 있는 것과 같은 일종의 마귀의 이름으로 보고 있습니다. 그러나 내 생각으로는 아브락사스는 좀더 의미 있는 무엇인 것 같습니다. 우리는 그 이름을, 신적인 것과 악마적인 것을 결합시키는 상징적인 과제를 가진 어떤 신으로 생각할 수 있을 것입니다."

깊은 학식을 가지고 있는 이 젊은 선생님은 계속해서 세련된 말투로 열심히 얘기했으나, 아무도 주의깊게 듣고 있지 않았고, 나도 그 이름이 더 이상 등장하지 않았기 때문에 다시 주의를 나 자신 속으로 집중시켰다.

'신적인 것과 악마적인 것을 결합하는 것'이라는 말이 내 속에 반향되어 울렸다. 바로 이 점에 나는 생각을 결부시킬 수 있었다. 그것은 우리의 우정의 마지막 시기에 데미안과의 대화에 의해서 나에게 친숙해진 사상이었다. 그 당시에 데미안은, 우리는 우리가 숭배하고 있는 신을 가지고 있으나 그 신은 세계의 제멋대로 절단된 절반(그것은 공적인, 허용된 '밝은' 세계였다.)만을 나타내고 있다고 말하고, 우리는 세계를 전체로서 숭배할 수 있어야 하므로 동시에 악마이기도 한 신을 가지거나, 또는 신에 대한 숭배와 함께 악마에 대해서도 숭배해야 한다고 말했다. 그런데 바로 아브락사스가 신이면서 동시에 악마인 것이다.

얼마 동안 나는 단단히 마음을 먹고 이 실마리를 따라 추구해 보았으나 결과는 한 발자국도 앞으로 나가지 못했다. 나는 도서관을 모조리 뒤져서 아브락사스를 찾았으나 헛수고였다. 나의 본성은 원래 이와 같은 의식적이고 직접적인 탐색을 행하기에는 그다지 적당치가 않았다. 이런 종류의 탐색에서 처음에는 영락없이 허황된 결과 밖에 얻지 못할 뿐이니까.

내가 얼마 동안 그처럼 열중하고 관심을 기울이던 베아트리체의 모습은 나의 세계에서 이제는 차차 지워져 갔다. 아니, 그 여자의 모습은 서서히 나로부터 멀어져 점점 지평선에 가까워지고, 그림자같이 멀고 퇴색하고 말았다. 그녀는 이미 내 영혼을 더 이상 만족시키지 못했다.

마치 몽유병자의 생활과 같이 기묘하게 나의 껍질 속에만 도사리고 있던 내 생활 가운데 마침내 새로운 활력이 나타나기 시작했다. 즉, 나의 마음 속에 삶에 대한 동경이 눈을 떴던 것이다. 아니 그것은 사람에 대한 동경, 성의 충동이었다. 나는 그 충동을 얼마 동안 베아트리체에 대한 숭배에 의해서 용해시킬 수가 있었으나, 지금 그것은 새로운 모습과 목적을 요구했다는 것이 옳을지도 모른다. 욕구가 채워지지 않는 것은 이제까지와 마찬가지였으나, 지금에 와서 동경을 거짓으로 꾸미는가, 내 친구들이 재미를 보고 만족하고 있는 그러한 소녀들에게서 무엇인가를 기대한다는 것은 거의 불가능하게 생각되었다. 나는 다시 많은 꿈을 꾸게 되었는데, 그것도 밤보다는 오히려 낮에 꾸는 수가 더 많았다. 온갖 모습과 형태와 소망이 내 마음 속에 솟아오르고 나를 외계로부터 잡아당겼기 때문에 나는 현실에 대해서보다는 내 마음 속에 있는 모습들과 꿈과 그림자들과 더욱 진실하고, 생기있게 교제를 하며 접했다.

여러 번 되풀이해서 나타난 어떤 내용의 꿈 —— 혹은 공상의 놀이라고 해도 좋다. —— 이 중대한 뜻을 지니게 되었다. 이제까지 가장 중요하고 또 가장 인상에 남은 꿈은 대강 이러했다. '나는 집으로 돌아갔다. —— 대문에는 파란 바탕 위에 노란 빛으로 된 예의 그 문장이 그려져 있었다. —— 집 안에서 어머니가 나를 향해 걸어왔다. 그러나 내가 집에 들어가서 어머니를 포옹하려고 하니까 그것은 어머니가 아니었고, 한 번도 보지 못한 다른 모습이었다. 그 모습은 키가 크고 힘있게 생겼으며, 막스 데미안과 비슷했고, 내가 그린 그림과도 비슷하면서도 아주 달랐다. 힘있게 생겼는데도 매우 여성적인 모습이었다. 그 모습은 나를 끌어당기고 온몸이 떨리는 애무 속에 나를 받아들였다. 쾌락과 공포가 뒤섞여 있었는데 그 포옹은 예배이며 동시에 범죄이기도 했다.'

나를 껴안은 이 모습 속에는 어머니에 대한 추억과 내 친구 데미안에 대한 추억이 너무 많이 떠돌고 있었다. 그 여자의 포옹은 온갖 외경심에 저촉되는 불순한 것이면서도 동시에 그 이상 없는 행복을 뜻했다. 종종 나는 이 꿈에서 깊은 행복감을 안고 깨어났고, 때로는 또 끔찍한 죄를 저지른 것 같은 양심의 가책과 죽음의 공포를 가지고 깨어났다.

이와 같이 순수한 내면적인 영상과 찾아 구해야 될 하느님에 대해 외계로부터 나에게 온 암시와의 사이에는 천천히 무의식적인 관련성이 생기고 날이 갈수록 긴밀하고 또 은근한 것이 되어서, 내가 바로 이 예감의 꿈 속에서 아브락사스를 부르고 있다는 것을 느끼게 되었다. 쾌락과 공포, 남자와 여자가 뒤섞이고, 성스러운 것과 추악한 것이 서로 얽힌, 그리고 가장 섬세한 순진함에 의해서 흠칫 놀라는 깊은 죄악 —— 이러한 것이 나의 사랑의 꿈의 모습이었고, 또한 아브락사스의 모습이었다.

사랑은 내가 처음에 두려워하며 느낀 것 같은 야수적인 어두운 본능도 아니었고, 또한 내가 베아트리체의 모습 속에서 구현시켰던 것과 같은 경건하고 정신적인 숭배의 감정도 아니었다. 사랑은 그 두 가지를 다 포함하면서 더 많은 것을 포함하고 있었다. 사랑은 천사의 모습이면서 악마였고, 여자와 남자를 한몸 속에 가지고 있었고, 인간이면서 짐승이었고, 최선이면서 동시에 최악이었다. 나는 이 사랑을 살리는 것이 나의 사명이고, 이 사랑을 맛보는 것이 나의 운명인 것처럼 생각되었다. 나는 그것을 동경하면서도 공포를 느꼈다. 그러나 그것은 언제나 내 눈앞에 있었으며, 항상 내 머리 위에 있었다.

나는 내년 봄에 고등학교를 졸업하고 대학에 진학하게 되어 있었으나, 아직도 어느 대학에서 무엇을 공부할 것인가를 정하지 못하고 있었다. 내 입술 위에는 옅은 수염이 자랐고 내 키는 다 자라 성인이 되었으나 나는 어떻게 할지 갈피를 못 잡고 있었고 목적도 없었다. 뚜렷한 것은 다만 한 가지뿐이었다. 그것은 내 마음 속에서 속삭이는 목소리와 그 꿈의 모습이었다. 나는 그것이 인도하는 대로 맹목적으로 따라야 한다는 의무감을 느꼈다. 그러나 그렇게 하는 것이 나에게는 어려웠으며, 나는 매일 그것을 거부했다. 어쩌면 나는 미쳤는지도 모른다고 생각한 적도 한두 번이 아니었다.

또 나는 어쩌면 다른 사람과는 다르다는 생각이 들기도 했다. 그러나 나는 다른 사람들이 할 수 있는 일을 전부 다 할 수 있었다. 약간의 근면함과 노력만 있으면 플라톤도 읽을 수 있고, 삼각함수의 숙제도 풀 수가 있고, 화학 분석도 할 수 있었다. 다만 한 가지만을 나는 할 수가 없었다. 나의 내부에 숨겨져 있는 목적을 끄집어 내어 다른 사람이 하듯이 내 앞에 그것을 그리는 일만은 할 수가 없었다. 다른 사람들은 그들이 교수나 판사나 의사, 또는 예술가가 되고 싶다는 것을 정확하게 알고 있었고, 얼마나 시일이 걸릴 것이며, 그것이 주는 이익이 무엇인가도 알고 있었다. 그러나 나는 알 수가 없었다. 어쩌면 나도 언젠가는 그와 비슷한 사람이 될지 모르지만 어떻게 내가 그것을 지금 알 수 있단 말인가. 어쩌면 나는 몇 년 동안 노력하고 또 노력해도 아무것도 되지 않고 아무 목적에도 도달하지 못할지도 모른다. 또는 어떤 목적에 도달하더라도 그것이 나쁘고 위험하고 끔찍한 목적일 수도 있지 않은가.

실제로 나는 내 속에서 스스로의 힘으로 빠져 나가려고 한 것을 빠져 나가게 한 것뿐인데 그것이 괴로웠던 것은 무슨 까닭이었을까?

나는 꿈 속에 나오는 다부진 몸매를 하고 있는 여인의 그림을 그리려고 몇 번이나 시도해 보았으나 번번이 실패했다. 만일 성공했다면 나는 그 그림을 데미안에게 보냈을 것이다. 데미안은 어디 있는 것일까? —— 나는 그것을 알지 못했다. 내가 알고 있는 것은 내가 데미안과 연결되어 있다는 것뿐이었다. 나는 언제 그를 다시 볼 수 있을까?

베아트리체에게 열중하였던 그 몇 주일, 몇 달을 지배하던 고요는 사라진 지 오래되었다. 그 당시 나는 하나의 섬에 도착하여 평화를 발견했다고 생각했다. 그러나 나에게는 언제나 그랬지만, 어떤 상대가 나에게 정다운 것이 되고 어떤 꿈이 나에게 쾌감을 주는 순간 그것은 이미 시들고 눈먼 것이 되어 버리는 것이었다. 사라져 버린 것을 애통해해도 소용없었다. 충족되지 않는 욕망이나 팽팽하게 긴장되어 있던 기대에 불타오르고 있던 당시의 나는 종종 완전히 사납게, 또 광포하게 되는 수가 이따금 있었다. 나는 꿈 속의 연인 모습이 현실의 인간 이상으로 생생하고 분명하게 나타난 것을 보았다. 그 모습은 나 자신의 손보다 더 뚜렷이 보였다. 나는 그 모습과 얘기하고 그 앞에서 울고 그것을 저주했다. 나는 그 모습을 어머니라고 불렀고, 그 앞에 무릎을 꿇고 울었다. 나는 그것을 애인이라고 불렀고, 모든 욕망을 충족시켜 주는 성숙한 입맞춤을 느끼기도 했다. 나는 그것을 악마, 매춘부, 흡혈귀, 또는 살인자라고 불렀다. 그것은 나를 가장 섬세한 사랑의 꿈 속으로 유혹하는가 하면 황폐하고 파렴치한 행위로 유혹했다. 그에게는 지나치게 좋은 것도, 고귀한 것도 없었고, 또 나쁘고 저속한 것도 없었다.

그 해 겨울내, 나는 설명하기 어려운 내적인 폭풍우 속에 살았다. 고독은 이제 나에게 습관이 된 지 오래였고, 더 이상 나를 압박하지 않았다. 나는 데미안과 또 그 매와 같이 살았고, 내 운명이며 연인인 저 커다란 꿈 속의 여인과 함께 살았다. 그것들 속에 사는 것만으로도 충분했다. 왜냐 하면, 그 모든 것이 위대하고 넓은 세상을 향하고 있었고, 모두가 아브락사스를 가리키고 있었기 때문이다. 그러나 이런 꿈이나 공상은 어느 것 하나도 내 뜻대로 되지 않았다. 나는 그 어느 하나도 불러 낼 수 없었고, 그 어느 것 하나도 내 취미를 뒷받침해 주지 못했다. 그들이 나서서 나를 사로잡았으며 나는 그들에 의해 지배되고 그들에 의해 살아왔다.

나는 외적으로는 안전한 상태에 있었다. 나는 인간에 대해서는 아무 두려움도 느끼지 않았다. 이런 사실을 내 동급생들도 알고 있어서 은근히 나를 존경하는 투를 보여, 자주 나의 웃음을 자아내게 했다. 내가 원하기만 하면 나는 그들의 대부분을 매우 잘 통찰할 수가 있었고, 그럼으로써 그들을 때때로 놀라게 했다. 그러나 그럴 마음이 내키는 일이 거의 없었다. 나는 언제나 나에 대한 생각에 잠겨 있었고, 나 자신만을 생각했다. 그래서 나는 마침내 살아 볼 것을, 또 나의 내부로부터 무엇을 꺼내서 세계에 줄 것을, 세계와의 관련 속에, 투쟁 속에 들어설 것을 몹시 갈망하게 되었다. 때때로 저녁 거리를 쏘다니다가 내심의 동요 때문에 자정녘까지 귀가할 수 없었을 때, 나는 종종 생각했다. 지금 바로 내 애인이 나를 만나기 위해서 저 길 모퉁이를 돌고 있고 유리창에서 나를 부르고 있다고. 때때로 나는 이 모든 일이 참을 수 없이 고통스럽게 느껴졌다. 나는 언젠가는 자살할 생각까지 했다.

그 당시 나는 기묘한 피난처를—— 사람들이 흔히 그러듯 우연히 찾았다. 그러나 우연이라는 것은 없다. 무엇을 절대적으로 필요로 하고 있는 사람이 그 필요한 것을 찾은 경우, 그것은 그에게 주어진 우연이 아니라 그 자신이, 그의 욕망과 필연성이 그를 인도한 것이다. 나는 시내를 산책하는 동안 교외의 어느 작은 교회로부터 파이프 오르간 소리를 두서너 번 들은 적이 있었다. 그러나 멈춰서서 듣지는 않았다. 다음 번에 내가 그 앞을 지나칠 때 또 그 오르간 소리가 났다. 바흐의 곡이 연주되고 있음을 알고 나는 문간으로 갔으나 문이 닫혀 있었다. 그 골목에는 거의 사람이 없었으므로 나는 교회 옆의 돌 위에 앉아서 외투 깃을 세우고 귀를 기울였다. 그것은 크지는 않지만 좋은 파이프 오르간 소리였다. 나는 그 연주법이 독특하다고 느꼈는데 그 음악 소리는 특이했고, 마치 기도처럼 울리는 매우 개인적인 의지와 완강한 표정을 지니고 있었다. 저 연주자는 이 음악 속에 보물이 숨겨져 있는 것을 알고 마치 그의 생을 위한 투쟁처럼 이 보물을 얻기 위해 노력하고 두들기고 애쓰는 것이라고……. 나는 기교적인 의미에서의 음악은 잘 모른다. 그러나 나는 영혼의 바로 이러한 표현을 어려서부터 본능적으로 이해하였고, 음악적인 것을 당연한 무엇으로 느끼고 있었다.

그 음악가는 바흐에 이어서, 누군지 알 수 없는 현대 작곡자의 작품을 연주했다. 그것은 레거의 곡 같기도 했다. 교회 안은 거의 캄캄했으며, 다만 아주 엷은 광선이 한 줄기 바로 옆의 유리창으로 비쳐들고 있었다. 나는 음악이 끝날 때까지 기다렸다. 그리고는 오르간 연주자가 나오는 것이 보일 때까지 교회 앞을 이리저리 서성이고 있었다. 그는 아주 젊은 남자였다. 그러나 나보다는 나이가 들었고 키가 작고 네모진 체격의 소유자였다. 그는 마치 불쾌한 듯한 빠르고 힘찬 걸음걸이로 걸어갔다.

그날 이후 나는 몇 차례에 걸쳐 저녁 무렵에 교회 앞에 앉아 있거나 주위를 서성이곤 했다. 언젠가는 문이 열려 있는 것을 보고 반 시간 가량이나 추위에 떨면서, 그러나 행복한 마음으로 의자에 앉아 위에서 오르간 연주자가 희미한 가스등 밑에서 연주하고 있는 것을 들었다. 그는 연주하는 음악 속에 있었고, 나는 그 연주하는 소리만을 들었다. 그가 연주하는 모든 음악은 서로 비슷한 점이 있는 것 같았고, 어떤 신비스러운 연관을 가진 것처럼 나에게는 생각되었다. 그가 연주하는 모든 것은 신앙심에 넘쳤고 헌신적이었고 경건했다. 그 경건성은 교회에 나오는 신자들이나 목사 등에게서 볼 수 있는 것과는 달리 중세의 순례자나 문전으로 돌아다니며 노래 부르던 걸인들이 지니고 있던 경건성이었으며, 바흐 이전의 작곡가나 옛 이탈리아 작곡가들의 곡이 자주 연주되었다. 그리고 이 모든 작품은 같은 하나의 것을 말하고 있었는데, 즉 오르간 연주자 그 자신이 영혼 속에 가지고 있는 것을 말하고 있었다. 그것은 동경, 세계의 가장 깊은 인식과 세계에의 과격한 고별, 자기 자신의 어두운 영혼에 대해 타는 듯한 갈망을 가지고 귀를 기울이는 것이었다. 헌신의 도취와 경이적인 것에 대한 깊은 호기심이었다.

어느 날 교회에서 나온 오르간 연주자를 몰래 따라가 보니, 사나이는 중심부에서 멀리 떨어진 변두리의 어느 작은 술집으로 들어가는 것이 보였다. 나도 그의 뒤를 따라 들어갔다. 나는 거기에서 처음으로 그를 똑똑히 보았다. 그는 작은 방 안의 구석 테이블에 앉아서 검은 펠트 모자를 쓴 채 포도주 한 잔을 앞에 놓고 있었다. 그의 얼굴은 바로 내가 기대했던 바와 똑같았다. 그는 좀 야성적으로 보이면서 탐구자 같았고 고집쟁이같이 완고하게 보였으며 의지가 굳어 보였다. 그러면서도 입가에는 부드럽고 어린애다운 애티가 감돌았다. 남성적이고 강한 요소는 눈과 이마에 전부 깃들어 있었고 얼굴의 아래 부분은 부드럽고 미숙했으며 억제되지 않았고 더러는 유순하게 보였다. 결단력이 조금도 없어 보이는 턱은 이마와 눈에 비하여 소년다운 모습을 지니고 있었다. 내 마음에 든 것은 오만과 적의에 넘친 그의 흑갈색 눈이었다.

나는 말없이 그와 마주앉았다. 술집에는 우리 둘밖에는 아무도 없었다. 그는 나를 내쫓으려는 듯이 날카롭게 눈을 흘겼다. 그러나 나는 지지 않고 그를 응시했다. 마침내 그는 불쾌한 듯이 중얼거렸다.

"왜 나를 그렇게 노려보는 거요? 나한테 무슨 할 말이라도 있소?"

"아무것도 할 말은 없습니다."하고 나는 말했다.

"그렇지만 나는 벌써 많은 것을 당신에게서 얻었습니다."

그는 이마를 찌푸렸다.

"그럼, 당신은 음악 애호가시로군요? 나는 음악 애호가들을 보면 구역질을 느낍니다."

나는 조금도 놀라지 않았다.

"나는 당신이 연주하는 것을 자주 들었습니다. 저 밖에 있는 교회에서." 하고 나는 말했다.

"당신을 귀찮게 해 드릴 생각은 없습니다. 나는 당신한테서 무엇을 찾을지도 모르고, 특별한 무엇을 발견할지도 모른다고 생각이 들었어요. 그것이 무엇인지는 잘 모르겠습니다. 그러나 내 말을 귀담아 들을 필요는 없습니다. 나는 교회에서 당신의 연주를 들을 수 있으니까요."

"나는 언제나 문을 잠가 놓는데."

"최근에 당신은 잠그는 걸 잊으셨습니다. 그래서 나는 안에 앉을 수 있었지요. 그 외에는 밖에 서 있거나 돌 위에 앉아 있었습니다."

"그래요? 다음번에는 들어오십시오. 그 편이 덜 추우니까. 문을 노크하시기만 하면 됩니다. 힘껏 노크하십시오. 그러나 내가 연주하고 있는 도중에는 안 됩니다. 자, 그럼 이제는 말해 보십시오.── 무슨 말을 하려고 했지요? 당신은 아주 젊은 청년이시군요. 고교생이거나 대학생 같은데, 음악가요?"

"아닙니다. 나는 음악을 듣기를 좋아할 뿐입니다. 특히 당신이 연주하시는 것 같은, 아무 제한을 받지 않는 음악을 좋아합니다. 그런 음악은 한 인간이 천국과 지옥을 흔들고 있는 것 같은 느낌을 주지요. 음악은 내 마음에 듭니다. 내 생각으로는 아마 그것이 가장 도덕적인 면을 적게 가지고 있기 때문인 것 같아요. 다른 모든 것은 도덕적인데 나는 그렇지 않은 무엇을 가지고 있습니다. 나는 도덕 밑에서 언제나 괴로움만 받아 왔습니다. 나 자신을 잘 표현할 수가 없습니다만── 신이면서 동시에 악마일 수 있는 신이 반드시 있어야 한다는 것을 아십니까? 그런 신이 전에는 있었대요. 나는 그런 말을 들은 일이 있어요."

음악가는 폭이 넓은 모자를 약간 뒤로 젖히고, 넓은 이마 위에서 검은 머리카락을 흔들었다. 그리고 낮고 긴장된 목소리로 물었다.

"당신이 말하는 그 신의 이름이 무엇입니까?"

"그 신에 관해서 나는 거의 아무것도 모릅니다. 내가 알고 있는 사실은 이름뿐입니다. 그의 이름은 아브락사스입니다."

음악가는 마치 누가 우리를 엿들었는지도 모른다는 듯이 의심에 찬 눈으로 주위를 살펴보았다. 그리고는 나에게 가까이 다가와서 속삭이듯이 말했다.

"그럴 줄 알았지. 당신은 누구요?"

"나는 고등학교 학생입니다."

"어떻게 해서 아브락사스에 관해서 알았습니까?"

"우연히……"

그는 테이블을 탕 쳤고, 그의 술잔에서는 술이 흘렀다.

"우연이라고! 말도 안 되는 소리 하지 마시오. 젊은 친구! 아브락사스를 우연히 알게 되진 않습니다. 그것은 당신도 짐작할 거요. 그 신에 관해서 내가 좀더 얘기해 드리지. 나는 그에 관해서 조금은 알고 있으니까."

그는 입을 다물었고 의자를 뒤로 물렸다. 내가 기대에 찬 눈초리로 바라보았더니 그는 얼굴을 찡그렸다.

"지금은 아니오! 다음번에. 자, 이걸 드시오!"

이렇게 말하면서 그는 벗지 않고 있었던 외투의 호주머니 속에 손을 넣어 몇 개의 군밤을 꺼내서 나에게 던져 주었다.

나는 아무 말도 하지 않았지만 매우 만족한 기분으로 그것을 받아 먹었다.

"자!" 그는 잠시 후에 다시 속삭이듯 말했다.

"그에 관해서 어떻게 알았지요?"

나는 그에게 말하기를 주저하지 않았다.

"나는 혼자였고 불안했습니다." 나는 말했다.

"그때 나는 예전부터 알고 있던, 매우 많은 것을 알고 있다고 믿고 있던 어떤 친구가 생각났습니다. 나는 무엇을 그렸습니다. 지구로부터 빠져나가려는 새였어요. 그것을 나는 그 친구에게 보냈지요. 얼마 후 내가 더 이상 그 생각을 잊고 있을 때 한 장의 종이가 내 손에 들어왔습니다. 거기에는 '새는 알을 깨고 나온다. 알은 새의 세계다. 태어나려는 자는 한 세계를 파괴해야만 한다. 새는 신에게로 날아간다. 그 신의 이름은 아브락사스이다.' 라고 씌어 있었습니다."

그는 아무 말도 하지 않았다. 우리는 군밤을 까서 포도주의 안주로 먹었다.

"한 잔 더 하겠소?"하고 그가 물었다.

"감사합니다만 안 하겠어요. 나는 술을 좋아하지 않습니다."

그는 약간 실망한 듯이 웃었다.

"좋으실 대로. 나는 당신과 다릅니다. 나는 여기에 더 머물러 있겠습니다. 어서 가십시오!"

그 다음번에 다시 오르간 연주를 듣고 함께 걸어갈 때 그는 별로 말이 없었다. 그는 나를 오래된 골목 안에 있는 커다랗고 낡은 집으로 데리고 갔다. 그의 크고, 약간 어둡고 잘 정돈되지 않은 방에는 한 대의 피아노를 제외하고는 음악가의 방이라는 것을 암시하는 것이라곤 아무것도 없었고, 다만 커다란 책장과 책상 때문에 어딘가 학자의 서재 같은 맛을 풍겨 주고 있었다.

"책이 참 많군요!" 나는 감탄하여 말했다.

"그 중의 일부는 내 아버지의 장서입니다. 나는 아버지 집에 살고 있습니다. 당신을 그들에게 소개할 수는 없습니다. 이 집에서는 내 친구라면 탐탁하게 여기지 않으니까. 나는 버림받은 자식이오, 아시겠소? 내 아버지는 아주 훌륭한 사람입니다. 이 도시의 유명한 목사이며, 설교자지요. 그리고 나는 —— 당신이 정확히 아시도록 말씀해 드리면 —— 그의 재능있고 장래 유망한 아드님이었으나 탈선해서 약간 돌아버린 놈이지요. 나는 신학도였는데 국가 시험 직전에 그 건실한 신학 대학을 그만두었어요. 내 개인적인 연구에 관해서 말한다면 나는 아직도 신학도인 셈이요. 매번 어떤 신을 생각해 냈는가는 나에게 여전히 가장 중요하고 흥미있는 문제요. 그건 그렇고, 나는 지금 음악가입니다. 그리고 아마 오르간 연주자의 자리를 얻게 될 것 같습니다. 그렇게 되면 나는 또다시 교회로 돌아가게 되는 것이지요."

나는 책 표지를 훑어보았다. 작은 전기 스탠드의 희미한 불로 볼 수 있는 한에서 그것은 라틴 어, 그리스 어, 헤브라이 어 등의 제목이었다. 그

동안에 그는 어둠 속에서 벽쪽의 방바닥에 엎드려 혼자 무엇인가 하고 있었다.

"이리 와요." 잠시 후에 그가 나를 불렀다.

"이제부터 철학을 좀 합시다. 입을 다물고 엎드려 생각하는 겁니다."

그는 성냥을 그어 벽난로 속의 종이와 장작에 불을 지폈다. 불길은 높이 올라갔다. 그는 불길을 돋구어 일으켰고, 아주 조심스럽게 장작을 집어 넣곤 했다. 나는 그의 곁에 가서 빛이 바랜 양탄자 위에 엎드렸다. 그는 불을 응시했다. 나도 불에 이끌렸다. 우리는 말없이, 아마 한 시간쯤은 배를 깔고 엎드려서 타오르는 장작불을 보고 있었다. 우리는 불길이 활활 타오르다가 가라앉고 구부러지고 펄떡거리고 꿈틀거리다가 마침내는 조용히 사그라지며 바닥으로 스러지는 것을 바라보고 있었다.

"배화교는 인간이 창안한 것 중에서 그다지 어리석은 것은 아니었어." 하고 그는 한 번 혼자말로 중얼거렸을 뿐 그 외에는 둘 다 단 한 마디도 하지 않았다. 나는 연기 속에서 형상을, 재 속에서 광명을 보았다. 나는 갑자기 깜짝 놀랐다. 그가 송진을 한 덩어리 불길 속에 던져 넣자 가느다랗고 작은 불길이 솟아올랐던 것이다. 나는 그 불길 속에서 노란 매의 머리를 가진 새를 보았다. 사그라져 가는 벽난로의 불길 속에서 금빛으로 타는 듯한 실이 그물이 되고, 갖가지 글자와 형상이 나타나더니, 온갖 얼굴과 짐승과 화초와 벌레와 뱀에 대한 추억을 불러일으켰다. 나는 문득 정신을 차리고 그를 돌아다보니까 그는 턱을 주먹으로 받친 채 열광적으로 몰두해서 재를 보고 있었다.

"가야겠습니다." 나는 낮은 목소리로 말했다.

"그럼 잘 가시오, 안녕!"

그는 일어서지 않았다. 등잔불이 꺼졌으므로 나는 간신히 어두운 방과 복도와 층계를 더듬어 가며 도깨비굴 같은 집을 나와야만 했다. 길에 나와서 나는 걸음을 멈추고 낡은 집을 올려다보았다. 어떤 유리창에도 불이 안 보였다. 작은 놋쇠 문패가 가스등 불빛을 받고 문 앞에서 반짝이고 있었다. '주임목사 피스토리우스'라고 그 위에 씌어 있었다.

집에 돌아와서 저녁을 먹고 작은 내 방에서 마음을 가라앉히자 나는 비로소 피스토리우스한테서 아브락사스에 관해서는 물론, 다른 무엇에 관해서도 듣지 못했다는 사실이 생각났다. 우리는 열 마디도 주고받지 않았다. 그러나 나는 오늘의 그 방문을 매우 만족해하고 있었다. 더욱이 그는 다음 번에 옛날 오르간 음악의 걸작인 북스테후데의 파사칼리아를 연주해 줄 것을 약속했다.

나 자신은 깨닫지 못했지만 이 오르간 연주자 피스토리우스는 은자의 집과도 같은 그 을씨년스러운 방에서 난로를 앞에 두고 사이좋게 배를 깔고 누워 있는 동안 나에게 최초의 가르침을 주었다. 불 속을 들여다보는 것은 나에게 아주 유익했다. 그것은 내 내부에 언제나 있었으나, 내가 한 번도 가꾸지 않았던 여러 가지 욕구를 강하게 확인시켜 줬다. 나는 점점 그것을 부분적으로나마 뚜렷이 알게 되었다. 어린 시절부터 언제나 나는 자연의 특이한 모습을 보기를 좋아하는 취미가 있었다. 그것은 관찰이라기보다 그들 자신의 매력, 그들의 뒤엉키고 깊은 언어에 몸을 맡기는 것이었다.

속이 텅 빈 긴 나무의 뿌리, 광석에 나타난 색 있는 광맥, 물 위에 떠 있는 기름, 유리의 깨어진 곳—— 이와 같은 모든 것이 나에게 때때로 크나큰 매력으로 느껴졌다. 무엇보다도 물, 불, 연기, 구름, 먼지가 나를 매혹했으며, 그 중에서도 내가 가장 끌린 것은 눈을 감았을 때 보이는 형형색색의 원이었다. 내가 처음으로 피스토리우스를 방문한 후 며칠 동안에 나는 다시 이 모든 것을 상기했다. 내가 그 이래로 느껴 온 어떤 특수한 활기와 기쁨, 내 감정의 상승 같은 것이 활활 타는 불을 오래 응시한 데서 온 것임을 깨달았다. 그 행위는 이상하게 기분 좋고도 풍요해지는 느낌이었다.

나의 진실한 인생 목표를 향하는 도중에 내가 이제까지 겪었던 얼마 안 되는 경험에 이제 새로운 경험이 하나 더 보태어졌다. 즉, 이런 형상을 관찰하고 자연이 보여 주는 기묘하고 혼란한 비합리적인 형태에 몰입하면 우리의 마음 속에는 자신이 이런 형상을 만들어 낸 자연의 의지와 내면적으로 일치하고 있다는 느낌이 생겨나고, 얼마 안 있어 우리들은 이런 형상을 우리들 자신의 들뜬 모양이라고 생각하며, 우리들 자신이 만들었다고 여기려는 유혹까지 느끼게 되는 것이다.── 우리는 우리와 자연 사이의 경계가 떨리고 찢어지는 것을 보고, 우리의 망막에 맺히는 형상이 외적인 인상에서 온 것인지, 내적인 것에서 온 것인지를 알 수 없다는 것을 알게 된다. 이 훈련으로 우리는 어디서보다도 단순하게, 우리가 창조자라는 것을 쉽게 발견했고, 우리의 영혼이 세계의 끊임없는 창조에 얼마나 부단하게 참가하고 있는가를 발견했다. 우리들 내부에 있는 신과 자연 속에서 활동하고 있는 신은 똑같은 뗄 수 없는 신이었다. 외적인 세계가 몰락하면 우리들 중의 누군가가 그것을 세울 수가 있다. 왜냐 하면, 산과 강물, 나무와 이파리, 뿌리와 꽃 등 자연의 모든 현상은 우리들 내부에 이미 형성되어 있는 한 영혼으로부터 나온다. 그 영혼의 본질을 우리는 알지 못하지만 우리에게는 그것이 때때로 사랑의 힘, 또는 창조의 힘으로 느껴진다.

그 후 몇 년이 지나서야 비로소 나의 이 관찰이 어떤 책 속에 증명되어 있는 것을 발견했다. 그것은 레오나르도 다 빈치가 쓴 것이었는데, 거기에는 많은 사람들이 침을 뱉은 자국이 남아 있는 담벽을 관찰하는 것이 얼마나 유익하며 얼마나 깊은 자극이 되는 일인지 모른다고 씌어 있었다. 그는 젖은 담벽의 얼룩 앞에서 느낀 것과 똑같은 것을 느꼈다.

우리가 그 다음에 만났을 때 오르간 연주자는 나에게 이런 설명을 해 주었다.

"우리는 우리의 한계를 너무 좁히고 있소! 우리들 인간은 우리들 개인적으로 구별하고 있는 것만을 우리라고 생각하는 빗나간 인식을 하고 있소. 그러나 우리는 세계의 총체로 만들어져 있으며, 우리는 각각 우리의 육체가 물고기에 이르기까지의, 아니 더 먼 곳까지의 진화의 족보를 간직하고 있듯이, 우리의 영혼 속에는 인간의 영혼이 한 번이라도 체험한 모든 것을 간직하고 있소. 여태까지 존재한 모든 신과 악마는 그들이 그리스도인의 것이든 중국인의 것이든, 아프리카 흑인의 것이든 모두 우리 속에 함께 있고, 가능성으로서, 소망으로서, 출구로서 존재하는 것이오. 만약 인류가 다 망해 버리고, 한 번도 교육을 받은 일이 없는 보통 정도의 재능을 가진 어린아이가 꼭 한 명만 살아남는다 해도 이 아이는 사물의 과정 전부를 다시 발견할 것이며, 그것은 신으로, 악마로, 천국으로, 계명과 금지로, 신구약 성서로 될 것이오. 그 아이는 모든 것을 다시 창조할 수 있을 것이오."

"좋습니다."하고 나는 반문했다.

"그렇다면 개인의 가치는 어디에 있는 것일까요? 만약에 우리가 모든 것을 우리 속에 벌써 완성된 것으로 가지고 있다면 무엇 때문에 우리는 노력을 하는 것일까요?"

"잠깐만!" 피스토리우스는 격렬하게 소리를 질렀다.

"당신이 세계를 당신 내부에 그저 간직하고 있는 것과 당신이 그것을 알고 있는 것 사이에는 큰 차이가 있습니다. 미친 사람이 플라톤을 연상시키는 사상을 생각해 낼 수도 있고, 헤른후트 파 학교의 독실한 어린 국민학생이 그노시스 파(Gnosis, 異端)나 조로아스터 교(Zoroaster, 二元教)에서 나타내는 신비적인 경이를 창조적으로 생각할 수도 있습니다. 그것을 의식하지 못하는 한 그는 나무나 돌, 기껏해야 동물에 불과합니다. 그러나 인식의 첫 불꽃이 밝혀지면 비로소 그는 인간이 되는 것입니다. 당신은 설마두 다리로 걷고 있는 동물을 모두 인간이라고 생각하지는 않을 테지요?

단지 그들이 똑바로 서서 걸어가고 자식을 열 달간 임신하고 있을 수 있다고 해서 그들을 전부 인간이라고 생각지는 않겠지요? 그들 중에서 얼마나 많은 자들이 물고기나 양, 벌레나 거머리에 지나지 않고, 또 얼마나 많은 자들이 개나 벌에 지나지 않는지를 알지 않습니까? 하기야 그들의 각자 속에는 인간이 될 수 있는 가능성이 있기는 합니다만, 그들이 이 가능성을 부분적으로라도 자각할 수 있게 될 때 비로소 이 가능성은 그들의 것이 되는 것입니다."

우리의 대화는 대강 이런 종류의 것이었다. 이런 대화에서 전연 새로운, 나로서는 꿈에서조차 생각하지 못하던 것을 배우게 되는 일은 거의 없었다. 그러나 극히 평범한 내용의 이야기들도 모두 나의 마음 속의 같은 곳을 망치로 조용히, 그러나 끊임없이 두드렸고, 이것은 나의 자기 형성에 도움이 되었으며 내가 나의 허물을 벗는 것을 도와 주었다. 그리고 매번 나는 머리를 좀더 높이 쳐들었고 좀더 자유로워졌으며, 이윽고 나의 노란 새가 아름다운 맹조(猛鳥)의 머리를 파괴된 세계의 껍질로부터 내밀었다.

우리들은 자신이 꾼 꿈 이야기를 나누는 경우도 흔히 있었는데, 그런 경우 피스토리우스가 그 꿈을 해몽해 주었다. 신기한 예 하나가 아직도 내 기억에 남아 있다. 나는 꿈 속에서 날아다니는 꿈을 꾸었다. 날아다닌다고 했지만 그건 나도 통제할 수 없는 어떤 큰 진동으로 던져져서 그 서슬에 공중에 날아간 것뿐으로, 자유자재로 날아다닌 것은 아니었다. 그것은 어찌 되었든 이렇게 날고 있으면 무엇인가 위대해진 듯한 느낌이 들었는데, 그러는 동안에 무저항인 채 위험하리만큼 높은 곳으로 계속 끌려가는 것을 알아차리게 되어 오히려 불안해졌다. 그러나 그때 호흡을 멈추는가, 멈추지 않는가에 따라 상승이나 하강도 마음대로 할 수 있음을 알게 되어 겨우 마음을 놓을 수가 있었다. 이 꿈에 관해 피스토리우스는 말했다.

"당신을 날게 하는 그 힘은 누구나가 가지고 있는 인간의 큰 재산입니다.

그것은 온갖 힘의 근원과 연관된 감정입니다. 그것은 아주 위험해서 그런 감정에 휩싸이게 되면 누구나 곧 두려움을 가지게 됩니다. 그래서 대부분의 사람들은 나는 것을 쉽게 포기해 버리고 법규가 정하는 데 따라서 평범한 보도를 택합니다. 그러나 당신은 그렇지 않습니다. 당신은 유능한 청년답게 계속 날아갑니다. 그리고 당신은 점점 이 비행의 주인이 되고 당신을 끌고 가는 커다란 보편적인 힘에 미묘하고 조그마한 자신의 힘이 하나의 기관에 맞먹는 것을 발견하게 될 것입니다. 그것은 중요한 일입니다. 그 발견 없이는 떠내려가고 맙니다. 예를 들면, 광인들이 그렇듯이. 당신에게는 보도 위를 걷는 사람들보다는 더 깊은 예감력이 주어져 있습니다. 그러나 당신은 열쇠도 조종간도 가지고 있지 않습니다. 그래서 바닥 없는 곳을 나는 것입니다. 그러나 싱클레어, 당신은 그것을 해 나가고 있어요. 그것도 썩 잘! 당신은 아직 모르지요? 당신은 새 기관, 즉 호흡 조절기를 가지고 날고 있습니다. 이제 알겠어요? 당신의 영혼이 그 심층에 있어서 얼마나 '비개인적'인 가를! 당신의 영혼이 스스로 이러한 조절기를 발견한 것은 아닙니다. 그것은 새로운 발견이 아닙니다. 그것은 다만 빌려 온 것에 불과하며, 몇천 년 전부터 존재하던 것이오. 그것은 물고기의 평형 기관, 즉 바람주머니(부레)인 것입니다. 그리고 사실상 몇 종류의 특이하고 옛스러운 물고기의 종류가 있는데 그들에게는 바람주머니가 일종의 허파처럼 되어 있어서 경우에 따라서는 호흡 기능을 가지게 됩니다. 그러니까 당신이 꿈에 비행사의 바람주머니로 사용했던 허파와 조금도 틀린 점이 없이 똑같은 것이지요!"

피스토리우스는 나에게 동물학 책을 한 권 주면서 물고기의 이름과 그림을 가르쳐 주었다. 나는 이상스러운 전율감을 느끼면서 내 내부에 있는 발전 초기 진화의 단계로부터 아직 남아 있는 한 기능이 생생히 살아 있는 것을 느꼈다.

6. 야곱의 투쟁

내가 이상한 음악가 피스토리우스로부터 아브락사스에 관해서 들은 이야기를 여기에 간단하게 옮길 수는 없다. 그러나 내가 그에게서 배운 것 중에서 가장 중요한 것은 나 자신에게 도달하는 길로 한 걸음 더 다가간 일이다. 나는 그 당시에 열여덟 살로 여느 친구들과는 달랐다. 나는 여러 가지 점에서 매우 늦되어서 갈피를 못 잡고 있었다. 나는 나 자신을 남과 비교할 때면 언제나 종종 오만과 자만심을 느꼈으나, 또한 동시에 우울과 모욕감을 느끼기도 했다. 나는 종종 나 자신을 천재로 여겼고, 또 어떤 때는 반 미치광이라고 생각했다. 나는 내 동년배의 청년들과 생활의 기쁨을 같이 나눌 수가 없었다. 나는 종종 자신이 절망적으로 그들과 분리되어 있으며, 생의 문이 나에게는 닫혀져 있는 것 같은 느낌에 근심과 자책으로 스스로를 괴롭혔다.

그런데 그 자신도 별난 사람이었던 피스토리우스는 나에게 나 자신에 대한 존경과 용기를, 즉 자존심을 불어 넣었다. 그는 내 말과 환상과 사상 속에서 언제나 가치 있는 무엇을 발견하고, 그것을 진지하게 다루고 심각하게 그것에 대해서 토론함으로써 나에게 모범을 보여 주었다.

"당신은 말한 일이 있지요." 그는 말했다.

"음악을 사랑하는 것은 그것이 도덕적이 아니기 때문이라고. 그럴 수도 있겠지요. 그러나 당신 자신도 도덕가여서는 안 됩니다. 당신은 스스로를 남과 비교해서는 안 됩니다. 자연이 당신을 박쥐로 만들었다면, 당신은 자신을 타조로 만들려고 해서는 안 됩니다. 당신은 종종 자신을 괴짜라고 생각하고 자신이 다른 사람들과 다른 길을 간다고 스스로를 비난합니다. 그래서는 안 됩니다. 불을 보십시오. 구름을 보십시오. 그래서 예감이 떠오르고 당신의 영혼의 목소리가 말을 시작하면 당신은 그것에 몸을 맡겨 버리십시오. 그것이 선생님이나 아버님이나, 또는 어떤 신의 마음에 들지 어떨지를 생각하지 마십시오. 그것 때문에 사람은 망해 버리는 것입니다. 보도에 서게 되고 화석이 되고 마는 것입니다. 싱클레어, 우리의 신은 아브락사스입니다. 그는 신이면서도 악마이고, 밝은 세계와 어두운 세계를 모두 자기 속에 가지고 있습니다. 아브락사스는 당신의 어떤 생각에 대해서도, 또 당신의 어떤 꿈에 대해서도 거스르지 않습니다. 그걸 잊지 마십시오. 그러나 당신이 흠잡을 곳 없이 모범적인 평범한 사람이 되면 아브락사스는 당신 곁을 떠나 버릴 겁니다. 그는 당신을 버리고 자기의 사상을 담을 수 있는 새로운 그릇을 찾아갈 겁니다."

내가 꾼 꿈 중에서도 어두운 사랑의 꿈이 가장 많았다. 나는 그 꿈을 매우 자주 꾸었다. 내가 새 문장 아래를 지나서 낡은 내 집으로 들어가 어머니를 안으려고 하면 나는 어머니 대신 키가 크고 남성적이면서도 모성적인 여자를 안고 있었다. 두려웠지만 뜨거운 갈망이 나를 그 여자에게로 잡아당겼다. 나는 이 꿈을 피스토리우스에게 말할 수가 없었다. 나는 그에게 여러 가지를 말했으나 이것만큼은 남겨 두었다. 그 꿈은 나의 은신처였고 피난처였다.

우울할 때면 나는 피스토리우스에게 북스테후데의 파사칼리아를 연주해 달라고 청했다. 나는 저녁 무렵 어두운 교회 안에서 내 자신의 내부에 빠져서 이 음악에 귀를 기울이며 넋을 잃고 앉아 있었다. 이 음악은 들을 때마다 나의 기분을 즐겁게 해 주었고, 내 영혼의 목소리가 옳다고 시인하도 록 도와 주었다.

때때로 우리는 오르간 소리가 사라지고 난 뒤에도 얼마 동안 교회 안에 앉아 있었고, 엷은 불빛이 높은 고딕식 창문을 통해 들어와서는 사라지는 것을 보고 있었다.

"이상한 기분이 드는군요." 피스토리우스는 말했다.

"내가 신학도였고 거의 목사가 될 뻔했다는 사실이 말입니다. 그러나 그 것은 다만 내가 저질렀던 형식상의 과오였습니다. 성직자가 되는 것이 내 천직이고 내 목표였습니다만, 나는 너무 빨리 만족해 버렸고 아브락사스를 알기 전에 나를 여호와에게 바쳤던 것이오. 종교는 아름답습니다. 종교는 영혼입니다. 우리가 기독교식 성찬을 취하든 메카로 순례를 가든 그것은 문제가 아닙니다."

"그렇다면," 하고 나는 말했다.

"당신은 진정한 목사가 될 수 있었지 않습니까?"

"아닙니다, 싱클레어, 아닙니다. 거짓말을 했어야 하니까요. 우리의 종 교는 어찌나 닳아 버렸는지 마치 종교가 아닌 것처럼 되어 버렸습니다. 우 리의 종교는 마치 이성의 산물인 양 굴고 있습니다. 카톨릭 신자가 되는 것은 그런 대로 참을 수 있을 것도 같지만 프로테스탄트의 목사가 되는 것 은—— 불가능합니다! 몇 명 안 되는, 정말로 신앙심이 두터운 사람들은 —— 나는 그런 사람들을 알고 있습니다.—— 글자 그대로 믿는 것을 좋아 합니다. 나는 그들에게, 예를 든다면, 그리스도가 내 생각으로는 인간이 아 니고 영웅이고 신화이며, 인류가 자기 자신을 영원의 벽 위에다 그린 거대 한 묵화라는 말을 할 수가 없습니다. 설교를 들으려고, 또는 의무를 다하 려고, 또는 남이 하는 것을 하나라도 빠뜨리지 않기 위해서라는 이유로 교 회에 오는 사람들에게 내가 무슨 말을 하겠습니까? 그들을 개종시키라고요? 나는 그럴 생각이 없습니다. 목사는 개종시킬 것을 원하지 않고 다만 신자들 가운데서, 자기와 똑같은 사람들 가운데서 살기를 원하며 우리가 신을 만들어 내는 감정의 표현이요, 담당자이기를 원할 뿐입니다."

그는 말을 잠시 중단했다가 다시 계속했다.

"아브락사스라는 이름을 지닌 우리의 새 신앙은 아름답습니다. 그것은 우리가 가지고 있는 최고의 것입니다. 그러나 그것은 아직 젖먹이에 불과 해요. 그것은 날개가 아직 안 돋았습니다. 아, 고독한 종교는 아직 진리가 아닙니다. 그것은 공동의 것이 되어야 하고 예배와 도취와 신비한 의식을 가져야 합니다."

그는 생각에 잠겨서 자기 속으로 침잠해 갔다.

"우리는 비법(秘法)을 혼자서 또는 적은 인원수로 행할 수는 없을까요?"
나는 주저하면서 물었다.

"그야 할 수 있지요."
그는 고개를 끄덕였다.

"나는 벌써 오래 전부터 하고 있으니까요. 나는 누가 알면 몇 년 동안 감 옥살이를 할 만한 예배를 행했습니다. 그러나 나는 그것이 정말로 옳은 것 이 아니라는 것을 알고 있습니다."

갑자기 그가 내 어깨를 두드리는 바람에 나는 깜짝 놀랐다.

"젊은 친구." 그는 날카롭게 말했다.

"당신도 비법을 가지고 있습니다. 나는 당신이 나에게 말하지 않은 꿈을 가지고 있는 것을 알고 있습니다. 나는 그 꿈을 알고 싶지는 않습니다. 그 러나 나는 당신에게 말하겠습니다. 그 꿈을 갖고 살아가고 그 꿈을 즐기십 시오. 그 꿈을 위해 제단을 세우십시오! 그것은 완전한 것은 아니지만 하 나의 길이기는 합니다. 우리가, 언젠가 세계를 혁신할 수 있을지는 두고 보 아야 알겠습니다. 그러나 우리의 내부의 세계는 매일 혁신되어야 합니다.

그렇지 않다면 우리는 아무것도 아니니까요. 그걸 잊지 마십시오! 당신은 열여덟 살이고, 싱클레어, 당신은 매춘부에게 가지 않습니다. 당신은 사랑의 꿈을, 사랑의 소망을 가지고 있을 것입니다. 어쩌면 그것들이 당신을 두렵게 하고 있을지도 모릅니다. 두려워하지 마십시오. 그것이 당신이 가지고 있는 최고의 것입니다! 내 말을 믿으십시오. 나는 당신만한 나이 때에 사랑의 꿈을 유린해 버림으로써 많은 것을 상실했습니다. 우리는 그래서는 안 됩니다. 우리는 아무것도 두려워해서는 안 되고, 영원히 우리의 내부에서 갈망하는 것은 무엇이든지 금지되어 있지 않다는 것을 알아야 합니다."

나는 깜짝 놀라서 반문했다.

"그렇지만 우리는 우리 마음 속에 떠오르는 일을 모두 다 행동할 수는 없잖아요! 그리고 마음에 들지 않는다고 해서 함부로 사람을 죽여도 좋다고 할 수도 없죠."

그는 나에게 가까이 다가왔다.

"경우에 따라서는 그럴 수도 있습니다. 그러나 그것은 대개의 경우 과오입니다. 나는 당신의 머릿속에 떠오른 것을 전부 다 행동하라고 말하는 것은 아닙니다. 당신에게 좋은 의미를 가진 생각이 떠올랐을 때 그것을 몰아내고, 또 그것을 도덕적으로 트집을 잡음으로써 해롭게 만들어서는 안된다는 것입니다. 자기 자신 또는 남을 십자가에 못박는 대신 우리는 엄숙한 생각으로 포도주를 마시면서 희생의 신비를 생각할 수 있습니다. 우리는 또한 그런 행위 없이도 자신의 본능과 소위 유혹을 존경과 사랑의 마음을 가지고 다룰 수도 있습니다. 그러면 그것들은 모두 그것대로 의미를 나타내 줄 것이며, 모두가 의미를 가지고 있습니다.── 당신에게 언젠가 다시 미친 생각이나 죄악에 넘친 생각이 떠오르거든 싱클레어, 당신이 누구를 죽이고 싶거나 어떤 끔찍스럽게 외설한 행위를 하고 싶어지면, 그렇게 당신 속에서 환상을 하고 있는 것이 바로 아브락사스라는 것을 잠깐만 생각하십시오 ! 당신이 죽이고 싶어하는 사람은 아무개 씨가 아니라 다만 당신이 옷을 바꾸어 입은 것에 불과합니다. 우리가 어떤 인간을 증오할 때 우리는 그의 모습 속에서 우리들 내부에 들어 있는 무엇을 찾아 내고 증오하는 것입니다. 우리들 내부에 없는 것은 우리를 흥분시키지 않습니다.”

피스토리우스가 이와 같이 나의 가장 큰 비밀을 깊숙히 찌르는 말을 한 것은 이것이 처음이었다. 나는 대답을 할 수가 없었다. 그러나 나를 가장 강하게 그리고 가장 기묘한 느낌으로 뒤흔든 것은, 그의 말이 몇 해나 내가 잊지 않고 간직하고 있는 데미안의 말과 일치했다는 것이다. 그들은 서로 알고 있지 않았으나 서로 똑같은 말을 했다.

“우리가 보는 사물은……”

피스토리우스는 낮은 목소리로 말했다.

“우리의 내부에 있는 것과 똑같은 것입니다. 우리가 내부에 가지고 있는 것 이외에는 다른 현실이란 없습니다. 대부분의 사람들은 외부의 그림을 현실이라 생각하고, 그들 내부에 있는 그들 자신의 세계에 말하도록 내버려 두지 않기 때문에 그처럼 비현실적으로 사는 것입니다. 그렇게 살아도 행복하게 살 수는 있습니다. 그러나 우리가 한번 어떤 길을 알고 나면 우리는 다른 사람들이 가는 길을 선택할 자유가 없어집니다. 싱클레어, 대부분의 사람들의 길은 쉽고, 우리의 길은 어렵습니다.── 그래도 우린 갑시다.”

며칠 뒤의 일이었다. 그 동안 나는 두 번이나 그를 기다렸으나 허탕을 치고 말았다. 나는 밤늦게 길거리에서 피스토리우스를 만났다. 그는 고독한 모습으로 추운 밤바람을 맞으며 길모퉁이를 돌아오고 있었다. 그는 비틀거렸고 몹시 취해 있었다. 나는 그를 부르고 싶지 않았다. 그는 나를 보지 못하고 내 곁을 지나갔는데, 마치 꼭 무엇인가 정체를 알 수 없는 어두운 세계로부터 부름을 받고 따라가는 것처럼 활활 타오르는, 고독해 보이는 눈으로 허공을 빤히 바라보고 있었다. 나는 그의 뒤를 따라 어떤 골목으로 갔다. 그는 마치 눈에 안 보이는 어떤 끈에 끌려가기라도 하듯, 유령 같이 광적이고 맥빠진 걸음걸이로 가고 있었다. 나는 울적한 기분이 되어, 아직 해몽을 하지 못한 꿈이 기다리고 있는 내 방으로 돌아왔다.

'지금 그 사람은 그런 방법으로 세계를 혁신하고 있구나!'하고 나는 생각했지만, 그 순간에 내 생각이 저속하고 도덕가연한 것임을 느꼈다. 나는 그의 꿈에 관해서 무엇을 알고 있단 말인가? 그는 어쩌면 취기 속에서도 내가 불안 속을 가는 것보다 더 확실한 길을 가고 있는 것인지도 모른다.

학교에서 쉬는 시간에 내가 이따금 느끼곤 하는 것인데, 한 번도 주의해 본 일이 없는 동급생 중 한 아이가 나와 교제를 하고 싶어 나에게 접근하려는 것을 알아차렸다. 키는 작고 약해 보이는 허약 체질의 소년으로, 숱이 적은 붉은 빛이 도는 금발머리를 가졌고 눈과 태도에 좀 색다른 점이 있었다.

어느날 밤 내가 집에 올 때 그는 길에서 나를 몰래 기다리고 있었다. 그는 내가 자기 곁을 지나가도록 내버려 두더니, 다시 내 뒤를 따라와서 내가 있는 기숙사의 문 앞에 섰다.

"무슨 용무라도 있니?"하고 나는 물었다.

"나는 그냥 얘기하고 싶었을 뿐이야."

그는 수줍게 말했다.

"나하고 좀 걷지 않을래? 미안하지만……"

나는 그를 따라가면서 그가 몹시 흥분해 있고 기대에 넘쳐 있는 것을 알았다. 그의 손은 떨리고 있었다.

"너는 심령론자지?"하고 그는 느닷없이 물었다.

"아니야, 크나우어."하고 나는 웃으면서 말했다.

"그런 것에 대해선 전혀 아는 바가 없어. 어째서 그런 생각을 했지?"

"그럼 너는 신학도지?"

"아니."

"제발 그렇게 숨기려 들지 마! 나는 너한테 아주 특별한 것이 있다는 것을 잘 알고 있어. 네 눈 속에 그 특별한 것이 담겨 있어. 너는 틀림없이 유령과 어떤 교제를 하고 있을 거야.── 나는 호기심 때문에 그걸 묻는 것이 아니야. 싱클레어, 조금도 그렇지 않아! 나도 모색하고 있는 중이야. 그리고 나는 아주 고독해."

"더 자세히 얘기해."

나는 그를 격려해 주었다.

"나는 유령에 대해서는 조금도 모르지만 나는 내 꿈 속에서 살고 있어. 그것을 네가 느낀 걸 거야. 다른 사람들도 꿈 속에 살긴 하지만 그들 자신의 꿈은 아니야. 그것이 차이야."

"그래, 아마 그럴 거야." 그는 속삭였다.

"우리가 그 속에 살고 있는 꿈이 어떤 종류의 것인가가 결국 문제일 거야.── 너는 하얀 마술에 관한 얘기를 들은 일이 있니?"

나는 고개를 저었다.

"그것은 자기가 자신을 지배하는 도술이야. 죽지 않게 되기도 하고, 마법을 쓸 수 있게도 돼. 너는 그런 도술을 쓴 적이 한 번도 없니?"

이 도술에 대해 내가 호기심에 넘친 질문을 해대자, 그는 처음에는 주저하다가 내가 가려고 돌아섰을 때에야 말을 꺼냈다.

"예를 들면 나는 잠이 들고 싶거나 자기 집중을 하고 싶을 때 그런 도술을 사용하지. 우선 무엇이든지 한 가지를 생각해 내. 예를 들면 어떤 이름이나 어떤 기하학적인 형태를. 그것을 나는 될 수 있는 대로 강하게 내 속에 있다고 생각하고 그것을 내 머리의 내부에서 상상하려고 노력하지. 그러면 이윽고 그것이 내 내부에 있는 것을 느끼게 돼. 그러면 나는 그것을 몸 속에서 생각하고, 차례로 내려가 마침내는 내 전체가 그것으로 꽉 차게 되어 나는 아주 확고해져서 안심이 되지. 그렇게 되면 어떤 일이 일어나도 마음의 안정이 흩어지는 법이 없어."

나는 크나우어가 하는 말을 어느 정도 이해할 수 있었다. 그러나 나는 그가 무슨 다른 할 말이 있다는 것을 느꼈다. 그는 이상하게 흥분해 있었고 조바심이 나 보였다. 나는 그가 질문을 쉽게 할 수 있도록 도와주었고, 얼마 안 있어 그는 자기의 본래의 문제를 나에게 털어놓기 시작했다.

"너도 금욕하고 있지?"

크나우어는 불안스러운 듯이 나에게 물었다.

"그 말 무슨 의미지? 성적인 것과 관계있는 말이야?"

"그래, 그래. 나는 2년 전부터 금욕하고 있어. 내가 이 학설을 안 이후부터. 그 전에는 나는 부도덕한 짓을 했어. 그게 무슨 의미인지는 알지?── 너는 한 번도 여자하고 잔 일이 없니?"

"없어. 내 마음에 드는 여자를 발견하지 못했어."

"만약에 그 여자를 발견했다면, 너는 그 여자와 자겠니?"

"그럼, 물론이지. 그 여자가 반대만 안 한다면……"

나는 약간 농담조로 말했다.

"역시 그렇구나. 그러나 그건 잘못이야. 완전한 금욕 생활을 하지 않는 한 정신의 힘을 기를 수는 없어. 나는 그것을 2년 동안이나 했어. 2년 하고 1개월 조금 넘었어. 참 힘들어. 때때로 나는 더 이상 참을 수 없다고 느낄 때가 있어."

"이것 봐, 크나우어. 나는 금욕이 그렇게 중요한 일이라고는 생각되지 않아."

"나도 알아." 그는 내 말을 막았다.

"누구나가 그렇지만 너마저 그런 말을 할 줄은 몰랐어. 더욱 높은 정신적인 길을 가려는 사람은 순결해야 해, 절대로!"

"그럼 너나 그렇게 하도록 해! 그러나 자신의 성을 억제하는 인간이 다른 사람보다 순결하다는 그런 이론을 나는 모르겠어. 그렇다면 너는 머릿속이나 꿈 속에서까지 그런 것들 일체를 끊어 버릴 수 있다는 거니?"

그는 절망적인 눈초리로 나를 빤히 쳐다보았다.

"전혀 그럴 수 없어. 그게 문제야! 맙소사, 그러나 그렇게 하지 않을 수 없다는 건 변함이 없어. 나는 밤에 자신에게까지도 말하기 거북한 꿈을 꾸곤 해. 끔찍스런 일이야!"

나는 피스토리우스가 나에게 했던 말이 생각났다. 그러나 그가 한 말이 사실상 옳다고 생각했을지라도 남에게 말해 줄 수는 없었다. 자기 자신의 체험에 바탕을 두지 않은 충고, 자기로서도 아직 지킬 수가 없다고 여기는 충고, 그런 것을 다른 사람에게 해 줄 수는 없었다. 나는 말을 할 수가 없었다. 그리고 누가 나로부터 충고를 구하고 있는데 내가 그것을 줄 수 없다는 사실 때문에 나는 굴욕감을 느꼈다.

"나는 모든 것을 시도해 보았어!"

크나우어가 호소하듯 말했다.

"나는 사람들이 할 수 있는 모든 걸 해 보았어. 냉수욕도 했고, 눈을 가지고 온몸을 씻기도 했어. 또 체조와 달리기도……. 그러나 무엇 하나 도움이 되지 않았어. 매일밤 생각하기조차 싫은 꿈 속에서 잠이 깨는 거야. 그리고 가장 끔찍한 것은 그런 꿈이 계속되면 정신적으로 손에 넣은 것까지 모두 차츰 사라져서 도로아미 타불이 되는 거야. 이제 와선 정신을 집중시키는 일이나 자신이 스스로를 위로하는 일조차 거의 할 수 없게 되었어. 밤새도록 눈을 붙이지 못하는 경우가 많아. 정말 더 이상 못 견디겠어. 내가 이 투쟁을 끝까지 이겨 내지 못한다면 나는 한 번도 투쟁을 안한 사람보다 더 나쁜 사람이 되는 거야. 너는 그걸 이해하겠니?"

나는 고개를 끄덕여 보이긴 했으나 뭐라고 말해야 할지는 몰랐다. 그는 나를 권태롭게 만들었다. 나는 그의 노골적인 괴로움과 절망이 나에게 조금도 깊은 인상을 주지 않는 데 놀랐다. 내가 느낀 것은 다만 '나는 너를 도울 수 없다'는 것뿐이었다.

"그런데 너는 나에게 할 말이 없니?"

그는 마침내 지친 듯이 슬프게 말했다.

"무슨 방법이 있을 텐데! 너는 어떻게 하고 있니?"

"말할 수가 없어, 크나우어. 우리는 이 문제에 있어서는 서로 도울 수가 없어. 나도 도와 준 사람이 아무도 없었어. 너는 너 자신에 대해 생각을 하고 정말로 너의 본질에서 솟아나오는 것을 행동하면 되는 거야. 그 이외에 아무 방법도 없어. 네가 너 스스로를 발견하지 못한다면 너는 신령도 발견하지 못할 거야. 내 생각으로는……"

그 작은 친구는 실망한 듯이 말을 잃고 나를 바라보았다. 그러더니 갑자기 그의 시선에서 증오의 불길이 타올랐다. 그는 얼굴을 찡그리고 소리쳤다.

"흥! 대단한 성자로군! 너 역시 어두운 데서는 별짓 다하고 있다는 걸 알고 있어. 무엇이든 다 알고 있는 듯한 시늉을 하고 있지만 사람들 눈에 띄지 않는 곳에서는 더러운 장난에 빠지고 있는 우리와 다 마찬가지야. 넌 돼지야. 나와 마찬가지로 돼지야. 우린 모두 돼지야!"

나는 그를 세워 둔 채 그 자리를 떠났다. 그는 두세 걸음 나를 따라오다가 곧 멈추더니 돌아서서 뛰어가 버렸다. 나는 동정심과 혐오심이 뒤섞여 기분이 좋지 않았다. 그리고 그 때문에 구역질을 느꼈다. 나는 기숙사로 돌아와 내 작은 방에서 사진 몇 장을 주위에 세워 놓고, 동경에 넘친 절박감을 가지고 내 꿈에 몸을 던질 때까지 이 기분에 침몰해 있었다. 내 꿈은 곧 다시 나타났다. 대문과 문장, 어머니와 미지의 여인의 꿈이었다. 그 여자의 모습이 어찌나 또렷했는지 나는 바로 그 밤 안으로 그 여자의 모습을 그리기 시작했다.

꿈을 꾸는 듯한 기분으로 15분씩 거의 무의식적으로 그린 그림이 며칠 만에 완성되었을 때, 나는 저녁에 그 그림을 내 방 벽에 걸어놓고 스탠드를 그 앞에 갖다 놓았다. 마치 어떤 결판이 내려질 때까지 내가 싸워야 하는 유령 앞에 서듯이 나는 그 앞에 가서 섰다. 그 얼굴은 전에 본 얼굴과 비슷했고, 내 친구 데미안의 얼굴과도 비슷했으며, 또 나 자신과도 비슷했다. 한쪽 눈이 다른 한쪽 눈보다 두드러지게 위에 있었고, 시선은 내부에 가라앉아 굳어진 빛으로, 운명에 넘친 표정으로 내 위를 지나 먼 곳을 응시하고 있었다.

이처럼 그림 앞에 서 있는 동안 내면적인 긴장 때문에 가슴 속 깊숙한 곳까지 냉정해졌다. 나는 이 그림에게 물었고, 그것을 애무했고, 그것에 기도드렸다. 나는 그것을 어머니라고 불렀고, 매춘부라고 불렀고, 아브락사스라고 불렀다. 그 사이에 피스토리우스의 —— 아니 데미안이었던가? —— 말이 떠올랐다. 나는 그 말을 언제 들었는지는 생각나지 않았으나 그 말을 다시 듣는 것같이 느껴졌다. 그것은 하느님의 천사와 야곱이 다툰 사건에 관한 말이었다. '당신이 내게 축복하지 아니하면 가게 하지 아니하겠나이다.'

등불에 비친 그 그림의 얼굴은 불러 보는 이름이 바뀔 때마다 변하여 빛을 발하는 밝은 표정을 나타내는 경우가 있는가 하면, 그늘이 지고 침울해하는 표정이 되는 경우도 있었고, 흐리멍텅한 눈에 흙빛 눈꺼풀이 덮이는 경우가 있는가 하면 다시 열린 눈에서 타오르는 듯한 시선을 번뜩이는 수도 있었다. 그것은 여인, 남자, 소녀, 어린애, 짐승이 되는 일도 있었고, 작은 점으로 사라졌다가 다시 커지고, 뚜렷해지기도 했다. 마침내 나는 내 심장의 강한 부르짖음 때문에 눈을 감고 말았다. 그러나 이처럼 자신의 내부에서 바라보자 이 그림은 이제까지보다 더욱 강하고 더욱 힘차게 느껴졌다. 나는 이 그림 앞에서 무릎을 꿇으려 했으나 그것이 너무도 나의 내부로 파고들어갔기 때문에, 다시는 자신으로부터 떼어낼 수가 없어서 마치 그림이 나 자신이 되어 버린 듯한 꼴이 되었다. 바로 그때였다. 내 귀에 봄날의 폭풍우 소리와 같이 어둡고 묵직한 소음이 들려 왔다. 나는 공포와 체험의 새로운 감정 때문에 전율했다.

별이 눈앞에서 떠올랐다가 사라진 듯한 느낌으로, 이미 잊어버렸던 유년 시절 초기의 추억, 아니 탄생 이전과 생성의 초기 단계까지의 추억이 몰려와서 내 곁을 스쳐 지나갔다. 가장 비밀스러운 것까지. 내 생애 전부를 반복하는 것같이 보이는 추억은 어제와 오늘로 끝나는 것이 아니었다. 그것은 계속해서 갔고, 미래에 반영되었고, 나를 오늘로부터 분리시키면서 새로운 생의 형식 속으로 끌고 갔다. 그 형체들은 무섭게 밝고 눈부셨으나, 나중에 가서 보면 그 어느 것 하나도 생각나지 않았다.

그날 밤 나는 깊은 잠에서 깨어났다. 나는 옷을 입은 채 잠들었고 침대 위에 비스듬히 누워 있었다. 나는 불을 켰다. 그리고 중요한 것을 생각해 내야 한다고 느꼈다. 몇 시간 전의 일은 이미 생각나지 않았다. 불은 켜졌고 추억은 서서히 다가왔다. 나는 그림을 찾았다. 그것은 이미 벽에 걸려 있지 않았고, 책상 위에도 놓여 있지 않았다. 어렴풋이 내가 그것을 태웠던 것이 생각났다. 그렇지 않으면 내가 그것을 태워서 재를 먹었던 것은 꿈이었을까?

살을 찌르는 듯한 불안에 휩싸인 나는 모자를 쓰자 마치 무엇에 홀리기라도 한 듯이 즐비하게 늘어선 집들과 골목길을 빠져나와서 폭풍에 휘몰리듯이 거리와 광장을 가로질러 계속 달렸다. 피스토리우스의 캄캄한 교회 앞에서 귀를 기울이고 어둠의 충동이 명하는 대로 무엇을 찾는지도 모르고 그저 찾기만 했다. 마침내 나는 매춘부들의 집이 즐비한 교외로 나왔다. 그곳에는 아직 더러 불빛이 보였다. 그 너머로는 새로 지은 건물과 벽돌 더미가 놓여 있었고, 더러는 잿빛 눈에 덮여 있었다. 마치 몽유병자처럼 미지의 힘에 밀려 이 황량한 곳을 방황하고 있던 나는 내 고향 도시의 새 건물이 생각났다. 나를 못살게 굴던 클로머가 맨 첫번 계산문제로 나를 끌고 간 그 신축 가옥의 일이 생각났다. 그와 비슷한 건물이 잿빛 어둠 속에 지금 내 앞에 가로놓여, 시커먼 입구가 나를 향해 입을 벌리고 있었다. 나는 그곳에 이끌려 들어가고 싶은 충동을 느꼈다. 나는 그것을 피하려고 하다가 모래와 돌조각에 걸려서 넘어질 뻔했다.

들어가고 싶은 욕망이 피하고 싶은 욕망보다 강했다. 나는 들어가야만 했다. 판자와 부스러진 벽돌을 넘어서 나는 쓸쓸한 곳간 속에 들어갔다. 차가운 습기와 돌냄새가 났다. 모래더미가 거기에 놓여 있었다. 희미한 잿빛의 덩어리였다. 그 이외에는 완전히 어두워서 보이지 않았다. 그때 섬뜩한 목소리가 내 이름을 불렀다.

"아니, 이게 웬일이야. 싱클레어 아냐? 도대체 어디서 오는 길이야?"

그리고 어둠 속에서, 누군가가 내 옆에서 일어섰다. 그것은 마치 유령같이 마른 소년이었다. 나는 머리칼이 쭈뼛하면서도 그것이 내 급우인 크나우어라는 것을 알 수 있었다

"어떻게 여기에 왔어?" 그는 흥분한 나머지 미친 듯한 어조로 물었다.

"내가 여기 있는 걸 어떻게 알았어?"

나는 크나우어가 한 말의 뜻을 알지 못했다.

"나는 너를 찾으려고 온 게 아냐."

나는 어리벙벙한 상태에서 대답했다. 한마디한마디가 나에게는 힘이 들었고, 생기없이 무겁게 얼어붙은 입술에서 겨우 새어나왔다.

그는 나를 응시했다.

"찾으려고 한 게 아니라고?"

"그렇다니까. 그냥 어쩐 일인지 이리로 와 봐야 할 것 같은 생각이 들었던 거야. 혹시 네가 나를 불렀니? 네가 나를 불렀을 거야. 틀림없어. 그런데 여기서 뭘 하고 있어? 밤중인데……."

그는 여윈 팔로 경련하듯이 나를 안았다.

"그래, 밤중이야. 곧 날이 새겠지. 오, 싱클레어, 네가 나를 안 잊다니! 나를 용서해 주겠지?"

"무얼 용서해?"

"아, 나는 네게 불쾌하게 굴었어."

이제야 비로소 우리의 대화가 기억 속에 떠올랐다. 그것은 4, 5일 전이었을까? 그 이후로 나는 일생을 다 산 것처럼, 그것은 먼 일로 생각되었다. 그러나 이제 나는 모든 것을 알았다. 우리 사이에 일어났던 일뿐 아니라 내가 왜 여기까지 왔으며, 크나우어가 여기서 무엇을 하려고 했는지를 다 알 수 있었다.

"자살하려고 했구나, 크나우어!"

그는 추위와 공포 때문에 몸을 부르르 떨었다.

"그래, 그러려고 했어. 그러나 그걸 할 수 있었을는지 몰라. 나는 아침까지 기다리려고 했었어."

나는 그를 밖으로 데리고 나갔다. 새벽빛이 옆으로 똑바로, 말할 수 없이 차갑고 냉랭하게 잿빛 공기 속을 비쳤다. 나는 크나우어의 팔을 잡고 얼마 동안 걸어갔다. 그리고 먼저 말을 했다.

"자! 이제는 집으로 돌아가는 거야. 그리고 아무 말도 하지 마. 너는 잘못된 길을 선택했어! 잘못된 길을! 그리고 우리는 네가 생각하는 것처럼 돼지가 아니야. 우린 인간이야. 우리들은 신을 만들어 내고 그 신들과 싸우고, 신은 우리를 축복하는 거야."

우리는 말없이 계속 걷다가 헤어졌다. 기숙사에 왔을 때는 이미 아침이 되었다.

장크트 ××시에서 있었던 그 당시 생활의 최대 수확은 오르간 곁에서, 혹은 난롯불 앞에서 피스토리우스와 보낸 몇 시간이었다.

우리는 아브락사스에 관한 그리스 어 문헌을 같이 읽는 일도 있었고, 그가 《베다》의 번역문 몇 구절을 읽어 준 일도 있었으며, 성스러운 '옴'이라는 말의 발음을 가르쳐 주었다. 그러나 나를 내면적으로 진전시킨 것은 지식이 아니었다. 오히려 그와는 정반대였다. 나에게 유쾌한 기분을 준 것은 나 자신 속으로 내가 전진해 가는 것, 나 자신의 꿈과 사랑과 예감에 대한 신뢰가 증가하는 것, 내 속에 내가 간직하고 있는 힘에 대한 지식이 증가하는 것 등이었다.

피스토리우스와 나는 온갖 방법으로 서로 이해했다. 나는 강렬하게 생각하기만 하면 되었다. 그러면 틀림없이 그가, 또는 그의 편지가 왔다. 나는 그에게, 마치 데미안과의 경우처럼, 그 자신이 나와 같이 있지 않아도 무엇을 물을 수가 있었다. 나는 그를 강렬하게 상상하기만 하면 되었다. 그리고 내 질문을 긴장된 사고로써 그에게 향하기만 하면 되었다. 그러면 질문 속에 주어진 모든 영혼의 힘이 대답이 되어서 나에게 돌아왔다. 그러나 내가 상상한 것은 피스토리우스도 막스 데미안도 아니었고, 내가 꿈 속에서 보고 그림으로 그린 상, 꿈 속에 나타난 나의 수호신, 남녀 양성적인 '악령'의 모습이었다. 나는 그 모습을 불러야 했다. 그 모습은 이제는 내 꿈 속에, 또는 내가 그린 종이 위에만 사는 것이 아니라 소망의 모습으로서, 그리고 나 자신의 승화로서 내 속에 살아 있었다.

자살 미수자 크나우어와 내가 후에 맺은 관계는 일종의 독특한 것으로, 때로는 우스꽝스러운 면을 띠는 경우도 있었다. 내가 어떤 누군가에 이끌려 그에게 보내졌던 그날 밤 이래 그는 충실한 하인이나 개처럼 나를 흠모했고, 그의 생을 나의 생과 연결시키려고 했고, 맹목적으로 나에게 복종했다. 아주 이상스러운 질문과 소망을 가지고 그는 나를 찾아왔다. 그는 유령을 보고 싶어했고 카발라(중세기 유대의 신비설)를 배우고 싶어했다. 내가 그에게 그 모든 것에 관해서 조금도 모른다고 아무리 이야기해도 믿으려고 들지를 않았다. 그는 나에게 모든 힘이 있다고 믿었다. 그러나 기묘했던 일은 내가 내부에 있는 어떤 매듭을 풀려고 할 때면 그가 꼭 찾아왔고, 그의 변하기 쉬운 착상과 일이 내게 종종 암호 역할을 했고 내 문제를 풀도록 만들어 주었다.

종종 그가 귀찮게 느껴졌고 나는 건방진 태도로 그를 쫓아 보냈다. 그러나 그는 나에게 보내진 사람이었고, 내가 그에게 준 것이 두 배가 되어서 나에게 돌아왔다. 그도 나의 지도자나 또는 길인 것같이 여겨졌다. 그가 나에게 가져오는 광기에 넘친 책과 글들은 그 순간에 내가 알 수 있던 것보다 더 많은 것을 내게 가르쳐 주었다. 그는 그런 책 속에서 구원을 찾으려 하고 있었다.

크나우어는 후에 나도 모르는 사이에 내 길에서 자취를 감추어 버렸다. 그와는 싸움이 필요치 않았다. 그러나 피스토리우스와는 그렇지 않았다. 장크트 ××시에서 지낸 고등학교 시절이 끝날 무렵, 나는 이 친구와 묘한 체험을 가졌다. 아무리 점잖은 인간이라 할지라도 일생 동안 한 번이나 두 번쯤 경건과 감사라고 하는 두 가지 큰 미덕을 접촉하게 되는 것은 아무래도 벗어날 수 없다.

누구나 한 번은 아버지, 스승과 헤어져야 하고, 누구나가 —— 대부분의 사람들은 그것을 참지 못하고 다시 움츠러들고 말지만 —— 고독의 쓰라림을 느껴야만 한다. 나는 양친과 그들의 세계, 내 아름다웠던 어린 시절의 '밝은 세계'와 격렬한 투쟁 속에서 떨어져 나온 것이 아니다. 나는 그들과 서서히, 거의 눈에 안 띄게 멀어졌고 낯설어진 것이다. 그것은 나에게 미안한 느낌을 주었고 내가 고향을 찾을 때마다 종종 괴로운 시간을 자아냈으나, 가슴이 메어지도록 심한 것은 아니었으며 견디어 낼 만한 것이었다.

그러나 우리가 습관에서가 아니라 자기 자신의 내적 욕구로 사랑과 공경을 바쳤을 때, 우리가 마음 속에서부터 제 주류(主流)가 우리를 애인으로부터 분리시키려는 것을 인식할 경우에는 더없이 괴롭고 끔찍한 순간이 아닐 수 없다.

그럴 경우, 그 친구와 스승을 거슬리는 모든 생각은 그대로 독침이 되어 우리 자신의 심장을 찌르는 것이며, 자기를 지키기 위해 상대를 치는 것도 모두 그대로 자기 얼굴을 치는 것에 지나지 않는다. 자기로서는 절대적인 도덕 기준을 가지고 있다 하더라도 '배신'이라든지 '배은'이라고 하는 말이 치욕적인 낙인이나 야유와 같이 용서 없이 달라붙게 된다. 두려워하는 마음이 악과는 무관하던 유년 시절의 즐거운 나날을 불안하게 하여 가혹한 단절이 이루어지고, 그와 같은 인연조차 끊지 않을 수 없다는 사실을 앞에 두고 새삼스레 자신의 눈을 의심하게 된다.

시간이 흐름에 따라서 서서히 내 마음 속에서 내 친구 피스토리우스를 그처럼 절대적인 지도자로 인정하는 데 반발하는 감정이 생겨나기 시작했다. 청년 시절의 가장 중요한 몇 개월 동안에 체험했던 것은 그와의 우정이었으며, 그의 충고와 위안이었으며, 그와 가깝게 지낸 것이었다. 그를 통해서 신은 나에게 얘기했다. 그의 입을 통해서 내 꿈은 나에게 다시 돌아왔고 설명되었고 해석되었다. 그는 나에게 나 자신에 대한 용기를 주었다. ──아, 그런데 나는 지금 점점 그에 대한 반발이 깊어 가는 것을 느꼈다. 나는 그의 말 속에서 너무 많은 교훈적인 부분에 대해 반감을 느꼈고, 그가 완전히 이해하고 있는 것은 나의 일부분에 지나지 않음을 느꼈다.

우리들 사이에는 싸움이나 불쾌한 일, 절교나 청산도 없었다. 나는 그에게 사실은 별로 중요하지 않은 단 한 마디를 말했을 뿐이었다. 그러나 그것은 바로 우리들 사이에서 환상이 색색의 조각으로 부서지는 순간이었다. 예감은 이미 얼마 전부터 나를 눌렀다. 그러나 그것이 뚜렷한 감정으로 나타난 것은 어느 일요일에 그의 서재에서였다. 우리는 벽난로의 불을 앞에 놓고 방바닥에 엎드려 있었다. 그는 자기가 연구하고 있고 사색하고 있으며, 가능한 미래에 그가 흥미를 가지고 있는 신비와 종교 양식에 관해서 말했다. 그러나 나에게 그 모든 것은 삶에 불가피하게 중요한 일이라기보다는 신기하고 재미있는 일로 생각되었고, 지금은 모두 사라져 버린 세계의 폐허 속에서 고생을 하면서 찾아 헤매는 작업이라는 느낌밖에 들지 않았다.

그러는 가운데 갑자기 나는 이 모든 방법에 대한 반감, 신비주의에 대한 반감, 전통적인 종교 형식의 모자이크 유희에 대한 반감을 느꼈다.

"피스토리우스!"

나는 갑자기, 나 자신에게도 의외였고 깜짝 놀랄 만큼 폭발적인 악의를 가지고 말했다.

"꿈에 관해서 한번 얘기하시는 것이 어때요? 당신이 밤중에 꾸는 진짜 꿈 말입니다. 당신이 말씀하시는 것은 몹시 골동품 냄새가 나니까요."

그는 내가 그런 투로 말하는 것을 아직까지 들어 본 일이 없었다. 그리고 나 자신도 그 순간에 내가 그에게 쏜 화살이, 그의 심장을 찌른 화살이 그 자신의 무기 창고에서 *끄집어* 낸 것이라는 것을 번개처럼 느끼고 재빨리 수치와 두려움을 금할 수가 없었다.── 그가 때때로 심술궂은 어조로 말하곤 한 자기 비난을 내가 지금 악의있는 날카로운 형태로 그에게 던졌다는 것을 느꼈다.

그는 그것을 당장에 알아채고는 곧 조용해졌다. 나는 마음 속에 공포를 느끼면서 그를 바라보았고, 그가 몹시 창백해지는 것을 보았다. 한참 동안 무거운 침묵이 흐른 뒤에 그는 새로 장작을 불 위에 얹고 조용히 말했다.

"당신 말이 지당하오, 싱클레어. 당신은 영리한 청년입니다. 이제는 더 이상 골동품 냄새나는 말은 하지 않겠습니다."

그는 매우 조용하게 말했다. 그러나 나는 상처 입은 아픔을 그의 목소리에서 들을 수 있었다. 아, 나는 무슨 짓을 한 것일까! 나는 눈물이 나오려는 것을 느꼈다. 나는 그에게 진심으로 용서를 빌고 싶었다. 나의 애정과 따뜻한 감사를 보이고 싶었다. 감동적인 말이 내 머리에 떠올랐으나 나는 그것을 말할 수가 없었다. 나는 엎드린 채 불을 바라보며 침묵을 지켰다. 그도 침묵을 지켰다. 그렇게 우리는 그저 엎드려 있었고, 불은 다 타서 사그라졌다. 소리를 내면서 타서 꺼지는 불을 볼 때마다 나는 다시는 돌아오지 않을 아름답고 친밀한 무엇이 꺼지는 것을, 사라져 버리는 것을 느꼈다.

"아무래도 저를 오해하신 것 같은데요."

나는 마침내 메마른, 쉰 목소리로 겨우 말을 꺼냈다. 이 어리석고 무의미한 말은 마치 신문 소설을 소리내서 읽듯이 내 입술에서 기계적으로 새어 나왔다.

"나는 당신을 아주 잘 이해합니다."

피스토리우스는 낮은 목소리로 말했다.

"당신 말이 옳습니다."

그는 잠시 말을 멈추었다. 그리고 천천히 다시 말을 이었다.

"인간이 다른 인간에 대해서 정당할 수 있는 한도 안에서는 당신이 옳습니다."

아니다! 아니다! 하고 내 속에서 외치는 소리가 있었다. 나는 옳지 않다!──그러나 나는 말할 수가 없었다. 나는 나의 대수롭지 않은 단 한 마디로 그의 본질적인 약점과 그의 고뇌와 상처를 찌른 것을 알았다. 나는 그가 자기 스스로도 회의하고 있을 것에 틀림없는 바로 그 점을 건드린 것이었다. 그의 이념은 '진부한' 것이었고 그는 과거를 향한 탐구자였으며 낭만주의자였다. 갑자기 나는 깊이 느꼈다.── 피스토리우스는 이제 지금까지 나를 이끌어 주던 그가 아니고, 내게 주던 것도 자기 자신에게 줄 수 없게 된 것이다. 그가 나를 어떤 길로 인도했으나 그 길은 지도자인 그를 초월하여 그로부터 떠나지 않으면 안 되게 된 것이라고.

어떻게 해서 그런 말을 했는지는 정말로 알 수가 없다. 나는 조금도 나쁜 의미로 한 말이 아니었으며 그런 엉뚱한 결과가 오리라는 것은 예감하지도 못했다. 나는 내가 말하고 있는 순간에는 조금도 알지 못한 채 말을 했다. 나는 대수롭지 않은, 약간 재치있고 심술궂은 돌연한 생각에 따랐던 것뿐이었는데 그것이 운명이 되어 버린 것이다. 내가 저지른 작은 부주의에서 나온 거친 태도가 그에게는 하나의 심판이 되어 버렸다.

그때의 나는 피스토리우스가 화라도 내 주었으면, 변명이라도 했으면 하고 얼마나 바랐는지 모른다. 그러나 그는 전혀 그런 기색이 보이지 않았다. 그리하여 나는 그러한 모든 것을 마음 속에서 피스토리우스 대신 혼자서 해야만 했다. 피스토리우스 자신도 화를 내든가 변명을 하든가 꾸짖을 수 있을 정도라면 미소를 띠었을지도 모른다. 그러나 그럴 수조차 없다는 사실이야말로 그에게 얼마나 상처를 입혔는가를 알 수 있었다.

피스토리우스가 그의 배은망덕하고 건방진 제자인 나로부터 받은 타격을 그렇게 소리없이 받아들임으로써, 그리고 잠자코 내 말이 옳다고 시인함으로써, 그리고 내 말을 운명으로 받아들임으로써 나의 무분별은 천 배나 확대되었고 나 자신으로 하여금 나를 증오하게 만들었다. 내가 공격했을 때 나는 강자를, 그리고 충분히 방어할 수 있는 자를 공격한 것으로 알았다. ── 그러나 그는 참을성 있게 말없이 항복한 무방비한 사람이었다.

우리는 꺼져 가는 불 앞에 오랫동안 엎드려 있었다. 불 속에 보이는 모든 타고 있는 모습과 사위어진 장작이 나에게 아름답고 행복했고 풍요했던 시간을 상기시켰고, 피스토리우스에 대한 나의 죄의식이 자꾸만 크게 쌓여 갔다. 마침내 나는 더 이상 견딜 수가 없었다. 나는 일어서서 나갔다. 오랫동안 나는 방문 앞에서, 어두운 계단에서, 대문 앞에서 기다리고 서 있었다. 그가 나와서 나를 따라오지나 않을까 하고. 이윽고 나는 다시 걸었다. 몇 시간 동안이나 시내와 교외와 공원과 숲 속을 밤이 될 때까지 돌아다녔다. 내 이마 위에서 카인의 표적을 느낀 것은 이때가 처음이었다.

내가 안정을 되찾기까지는 오랜 시간이 걸렸다. 생각나는 것은 모두가 자신을 고발하고 피스토리우스를 변호하겠다는 목적을 가진 것들뿐이었다. 그러나 결과는 언제나 정반대였다. 나는 경솔했던 내 말을 후회하고 될 수 있으면 철회하려고 몇 번이나 결심했는지 모른다. —— 그러나 내 말은 진실이기도 했던 것이다.

이제야 비로소 나는 피스토리우스를 이해할 수 있었고, 그의 꿈 전부를 내 앞에 세워 볼 수가 있었다. 그 꿈은 성직자가 되는 것, 새로운 종교를 선언하는 것, 숭고와 사랑과 예배의 새로운 형식을 주고 새로운 상징을 세우는 일이었다. 그러나 그것은 그의 힘에 닿지 않았다. 그의 의무도 아니었다. 그는 과거 속에 너무 포근히 잠겨 있었고, 이집트와 인도와 미트라스(아리안계의 빛의 신)와 아브락사스에 관해서 너무 많이 알고 있었다. 그의 사랑은 지상에 이미 존재했던 그런 상징과 결부되어 있었다. 그러면서도 그는 그의 가장 깊은 내면 속에서 새로운 것은 새롭고 낡은 것과는 다르다는 것을 알고 있었으며, 그것은 새로운 땅에서 솟아나지 결코 지식의 수집이나 도서관에서 짜내어질 수 없다는 것을 알고 있었다. 그의 소임은 어쩌면 나에 대한 경우와 마찬가지로 인간을 그들 자신의 길로 가도록 도와 주는 데 있었는지도 몰랐다. 인간에게 미지의 것을, 새로운 신을 주는 것은 그의 소임이 아니었다.

여기까지 생각했을 때 나에게 갑자기 밝은 불길 같은 깨달음이 타올랐다. —— 우리들 누구에게나 한 '소임'이 있다. 그러나 아무도 그것을 그 자신이 임의로 선택하고 변화시키고 마음대로 관리할 수는 없다. 새로운 신을 원하는 것은 잘못이었다. 세계에 무엇을 주려는 것은 완전히 잘못이었다! 성장한 사람에게는 자기 자신을 찾고, 자기 자신 속에 확고해지고, 자기 자신의 길을 더듬어 전진하는 일밖에 아무런 의무도 없었다. ── 그것이 어디로 가는 길이든 더듬어 전진한다는 한 가지 일 밖에는 ── 그것은 나에게 깊은 감동을 주었다. 그리고 그것이 나에게 있어서 이 체험이 준 결실이었다.

이제까지는 나는 환상으로 미래를 그리고는 시민이나 예언자, 화가, 혹은 그 밖의 무엇이 되든 자기에게 예정되어 있는 역할에 관해서 여러 가지로 공상하는 일이 많았는데, 그것은 모두 헛된 것이었다. 나는 시를 쓰거나 설교하거나 그림을 그리기 위해 존재하는 것이 아니었다. 나도 그렇고 다른 어떤 사람도 마찬가지였다. 그 모든 것은 다만 부수적으로 생겨난 것이었다. 누구에게나 진정한 천직은 다만 자기 자신에 도달하는 것 한 가지뿐이다. 인간은 시인, 광인, 예언자 또는 범죄인으로 끝날지 모른다. ── 그것은 그의 일이 아니었고, 결국 중요한 일이 아니었다. 인간의 일은 멋대로의 운명이 아니라 자기 자신의 운명을 발견하고 그것을 완전히 그리고 불굴의 정신으로 끝까지 사는 일이었다. 그 이외의 모든 것은 어중간한 일, 도피의 시도, 대중의 이상 속으로의 퇴보, 적응, 그리고 자기 자신의 내면에 대한 공포였다.

끔찍하고도 성스럽게 새로운 형상이 내 앞에 떠올랐다. 나는 그것을 이미 몇백 번은 예감했고, 어쩌면 말을 하기도 했으나 이제서야 비로소 체험한 것이다. 나는 자연의 시도였다. 불확실 속에서의 시도, 어쩌면 새로운 것에의, 또 어쩌면 무(無)에의 시도였다. 그리고 깊고 깊은 심연에서 나온 이 시도를 작용시키고, 그것의 의지를 내부에 느끼고, 그것을 완전히 내 것으로 만드는 것, 그것만이 나의 천직이었다. 그것만이!

나는 이미 많은 고독을 맛보았다. 그런데 이제 나는 더욱 더 깊은 고독이 있다는 것을 예감했다. 그리고 그것으로부터 도피할 수 없다는 것을 어렴풋이나마 느낄 수 있었다.

나는 피스토리우스와 화해하려고 애쓰지 않았다. 우리는 친구였으나 관계는 달라졌다. 단 한 번 우리는 그 문제에 관해서 말했다. 사실은 말을 한 것은 우리가 아니라 그였다.

"나는 성직자가 되고 싶은 소망을 가지고 있습니다. 아시지요? 나는 우리가 그처럼 많은 예감을 가지고 있는 새로운 종교의 성직자가 되고 싶습니다. 그러나 나는 그렇게 될 수 없을 것입니다. 나는 그것을 알고 있고, 나 스스로 시인하지 않으려 하였으나 벌써 오래 전부터 알고 있었습니다. 나는 어쩌면 오르간이나 다른 방법으로 성직에 근무하겠습니다. 그러나 나는 언제나 내가 아름답고 성스럽다고 느끼는 것들—— 오르간, 음악, 신비, 상징, 신화 등—— 에 에워싸여 있어야 합니다. 나는 그것을 필요로 하고 그것을 떠날 수 없습니다.—— 그것이 내 약점입니다. 왜냐 하면 싱클레어, 나는 종종 내가 그런 욕망을 가져서는 안 되고, 그것이 사치와 약한 마음이라는 것을 알기 때문입니다. 내가 아무 요구 없이 그리 완전히 운명에 몸을 맡긴다면 좀더 위대하고 더욱 정당했겠지요. 그러나 나는 그럴 수가 없었습니다. 그것이 내가 할 수 없었던 단 한 가지 일입니다. 어쩌면 당신은 언젠가 그 일을 할 수 있을지도 모르지요. 그것은 어렵습니다. 그것은 이 세상에 존재하는 단 한 가지의, 정말로 어려운 일입니다. 나는 종종 그것을 꿈꾸었습니다. 그렇지만 나는 그것을 할 수 없었습니다. 소름이 끼쳤습니다. 나는 가엾고 약한 개에 불과합니다. 약간의 따스함과 먹이를 필요로 하고, 때때로 자기의 동류가 가까이에 있는 것을 느끼고 싶어하는……. 자기의 운명 외에는 아무것도 원하지 않는 사람은 자기의 동류를 이미 가질 수 없게 되고, 완전히 혼자 있으며, 차가운 세계의 공간만을 제

주변에 가지게 됩니다. 그것이 바로 겟세마네 동산에서의 예수였습니다. 기꺼이 스스로를 십자가에 못박은 순교자들이 있었습니다. 그러나 그들은 영웅이 아닙니다. 준비가 되어 있지 않았기 때문입니다. 그들은 모범도 이상도 가지고 있지 않으며, 사랑스러운 것, 위안적인 것도 가지고 있지 않습니다. 그런데 사실은 이 길을 우리는 가야 하는 것입니다. 나나 당신 같은 사람들은 꽤 고독합니다. 그러나 우리는 아직 서로를 가지고 있습니다. 우리는 남과 다르게 있는 것, 반항하는 것, 유별난 것을 욕망하는 것 속에 은밀한 만족을 느끼고 있습니다. 그러나 우리가 길을 완전히, 끝까지 가려면 그런 것도 없어져 버려야 합니다. 우리는 혁신자도 순교자도 모범자도 되기를 원해서는 안 됩니다. 그것은 생각할 수는 없는 일입니다."

전연 상상도 할 수가 없었다. 그러나 그것은 꿈꿀 수 있고 미리 감지할 수 있고 예감할 수는 있는 일이었다. 참으로 조용한 시간을 갖게 되었을 경우에는 다시 어느 정도 그럴 듯한 것을 느끼는 수가 있었다. 마음 속으로 눈을 돌리고 자신의 운명의 눈을, 물끄러미 뜨고 있으면서도 꼼짝도 하지 않는 눈을 들여다보았다. 그 눈은 지혜에 넘칠 수도 있고 광기에 넘칠 수도 있으며, 사랑에 빛나거나 깊은 악의에 차 있을 수도 있었다. 그것은 모든 것이 마찬가지였다. 그 중의 어떤 것도 우리는 선택할 수 없고 소망할 수도 없었다. 우리는 다만 자기 자신을, 운명을 소망해야 했다. 이 길로 한 걸음 더 나아가는 데 있어서 피스토리우스는 나에게 지도자 역할을 해왔던 것이었다.

그날 나는 미친 사람처럼 방황하고 다녔다. 마음 속에서는 폭풍이 일고, 한걸음한걸음이 위험을 뜻하고 있었다. 눈앞에 있는 것은 암흑의 절벽뿐이었다. 그리고 마음 속에는 데미안을 닮은, 그리고 나의 운명의 눈 속에 꽉 들어 있는 그 안내자의 모습이 있었다.

나는 종이에다 이렇게 썼다.

'지도자가 나를 버렸다. 나는 완전히 암흑 속에 서 있다. 나는 한 발자국
도 걸을 수가 없다. 나를 도와다오.'

나는 이 종이를 데미안에게 보내려고 했다. 그러나 그만두었다. 모든 일
은 내가 그것을 하려고 하면 바보 같고 무의미한 짓으로 보였다. 그러나
나는 이 짧은 기도문을 암기했고, 그것을 종종 나의 내면에 들려 주었다.
그것은 언제나 나를 따라왔다. 나는 어렴풋이 기도가 무엇인가를 느끼기
시작했다.

나의 고등학교 시절은 끝났다.

나는 먼저 아버지의 제안에 따라 방학 여행을 떠나기로 했다. 그 뒤에
나는 대학에 진학할 예정이었다. 어느 학부로 갈 것인가는 아직 미정이었
다. 한 학기 동안 철학 공부를 할 것이 허락되었다. 나는 그것이 다른 어떤
과목이었더라도 만족했을 것이다.

7. 에바 부인

　방학 동안에 나는 몇해 전에 막스 데미안이 그의 어머니와 함께 살고 있던 집에 가 보았다. 어떤 늙은 부인이 마당을 거닐고 있었다. 나는 데미안 가족에 관해서 물었다. 그 여자는 잘 기억하고 있었으나 지금 어디에 살고 있는지는 몰랐다. 그 여자는 나에게 강한 흥미를 느꼈는지 나를 집으로 데리고 들어가서 가죽 앨범을 꺼내더니 데미안 어머니의 사진을 보여 주었다. 나는 그 여자를 기억할 수가 없었다. 그러나 그 사진을 보았을 때 나는 거의 심장이 멈추는 듯했다.── 그럴 수밖에 없는 것이, 그 사진이야말로 내가 꿈 속에서 본 바로 그 여성이었기 때문이다. 크고 거의 남성적인 여자의 모습, 아들과 비슷하고, 모성의 표정, 엄격한 표정, 깊은 정열의 표정이 담긴 아름답고 매혹적이면서도 가까이 갈 수 없는 느낌이었다. 악령과 모성, 운명과 애인, 바로 그 여자였다. 내 꿈의 연인의 모습이 지상에 살고 있다는 것을 알았을 때, 나는 기적 같은 것을 느끼고 심하게 몸을 떨었다. 이렇게 생긴 여자가, 내 운명의 모습을 그대로 지닌 여자가 있는 것이다 ! 어디에 ? ── 더구나 그 여자는 데미안의 어머니였다.

　그 뒤 나는 예정대로 여행을 떠났다. 참으로 기이한 여행이었다. 이 여인을 찾는 것만 염두에 두고 발길이 닿는 대로 이 거리에서 저 거리로 쉬지 않고 여행을 계속했다.

그 여자를 연상시키고 만날 것같은 곳을 찾아 낯선 도시의 골목으로, 역으로, 기차 속으로 끌려들어갔다. 마치 착잡하게 엉킨 꿈 속에서처럼. 또 내가 찾고 있는 것이 얼마나 헛된 일인가를 깨닫는 날도 있었다. 그러면 나는 할일없이 아무 공원이나 호텔의 정원, 아니면 대합실에 앉아서 내 내부를 응시하고, 내 속에 있는 모습을 생생하게 하려고 노력했다. 그러나 그 모습은 이제는 수줍은 듯했고, 사라져 가는 듯이 느껴졌다. 나는 잠을 조금도 잘 수가 없었다. 다만, 낯선 풍경 속을 기차로 달리는 동안 15분 가량 졸았을 뿐이었다. 한 번은 취리히에서 어떤 여자가 나를 따라왔다. 예쁘게 생긴, 좀 뻔뻔스러운 여자였다. 나는 그 여자를 보지도 않고 마치 그 여자가 공기인 양 무시한 채 그냥 걸어갔다. 다른 여자에게 단 한 시간이라도 흥미를 가질 바에는 나는 차라리 죽는 것이 나을 것 같았다.

나는 지금 내 자신의 운명에 끌리고 있다는 것을 느꼈고, 그리고 그 운명의 실현이 멀지 않은 것을 느끼는 반면, 그것을 적극적으로 추진할 힘이 자신에게 전혀 없다는 데서 오는, 초조한 나머지 미칠 것 같은 상태에 어쩔 줄을 몰랐다. 언젠가는 어느 역에서, 아마 인스부르크에서였던 것 같은데 막 떠난 기차의 창가에 그 여자와 비슷한 사람이 앉은 것을 발견한 이래 며칠 동안은 울적하게 지냈다. 그리고 갑자기 그 모습이 밤에 내 꿈 속에 다시 나타나게 되었으므로 나는 찾아 봐야 무의미하다는 수치스럽고 쓸쓸한 느낌을 안고 바로 집으로 돌아왔다.

몇 주일 뒤에 나는 H대학에 등록을 했다. 모든 것이 나를 실망시켰다. 내가 수강한 철학사 강의는 학생들의 태도와 마찬가지로 비본질적이고 기계적이었다. 모든 것이 아주 판에 박힌 것같이 보였다. 누구나가 똑같은 행동을 했고, 열기 띤 명랑한 소년 같은 얼굴 표정은 모두가 한결같이 덜돼 보였다. 그러나 나는 자유로웠다. 나는 하루종일 혼자 있었다. 조용하고 쾌적하게 고도시의 성곽 내에서 살았고, 내 책상 위에는 니체의 책이 몇 권

놓여 있었다. 나는 그의 영혼의 고독을 느꼈고, 그를 쉴새없이 몰아 낸 운명을 짐작했고, 그와 함께 괴로워했다. 나는 그처럼 가차없이 자기의 길을 간 사람이 있었다는 것을 행복하게 생각했다.

어느 날 저녁 늦게, 나는 불어대는 가을바람 속에서 시내를 걸어다녔다. 음식점에서 학생 연맹 회원들의 노래 소리가 흘러나왔다. 열어 놓은 창으로 파이프의 연기가 구름같이 흘러나왔고, 뻣뻣한 높은 목소리의, 경쾌하지도 않고 생명이 없는 단조로운 노래소리가 파도처럼 흘러 나왔다.

나는 길 모퉁이에 서서 귀를 기울였다. 2개의 술집에서 기계적으로 정확하게 연습된, 쾌활한 젊은이들의 목소리가 흘러 나와서 밤공기 속에서 울려 퍼졌다. 어디를 보나 공동 생활과 모임과, 운명의 포기와, 따뜻한 군중들에게로의 도피가 있었다!

내 뒤로 두 남자가 천천히 지나가고 있었다. 나는 그들의 대화의 한 토막을 들었다.

"이건 꼭 흑인 부락의 젊은이들 집 같지 않습니까?"
하고 한 사람이 말했다.

"모든 점에서 똑같습니다. 심지어는 문신까지도 유행이랍니다. 보십시오, 바로 이것이 젊은 유럽이지요."하고 상대는 말을 받았다.

그 목소리는 내게 무엇인가를 상기시키는 것이 있었다.── 귀에 익은 목소리같이 들렸다. 나는 어두운 골목길을 그 두 사람을 따라갔다. 그 중의 하나는 일본인으로 키가 작고 단아하게 생겼으며, 가로등 밑에서 그의 미소 띤 노란 얼굴이 빛나는 것이 보였다.

그때 또 한 사람이 말을 이었다.

"당신네 나라 일본에서도 이보다 나을 것이 없을 것입니다. 군중을 좇아서 따라가지 않는 사람은 어디서나 드문 법입니다. 여기에도 그런 사람이 없는 건 아닙니다."

그의 한마디한마디는 기꺼운 놀라움으로 내 마음 속에 스며들었다. 나는 말하고 있는 사람을 알아챘다. 그것은 데미안이었다. 바람이 부는 어둠 속을 나는 그와 일본인을 뒤쫓아 어두운 골목을 걸어갔다.

나는 그들의 대화에 귀를 기울여 데미안의 목소리를 즐겼다. 데미안의 목소리에는 옛날과 같은 어조가 있었고, 옛날 같은 아름다운 고요와 안정이 있었고, 나를 사로잡는 힘이 있었다. 이제는 다 잘 되었다. 나는 그를 찾아 낸 것이다.

교외의 어떤 길 끝 집앞에서 일본인은 작별 인사를 하고 현관문을 열었다. 데미안은 왔던 길을 다시 돌아섰다. 나는 길 한복판에 멈추어서서 그를 기다렸다. 심장이 두근거리면서, 나는 그가 나를 향해서 갈색 나는 외투를 입고 가느다란 지팡이를 팔에 걸고 똑바로 탄력 있게 걸어오는 것을 보았다. 그는 그의 규칙적인 걸음걸이를 바꾸지 않고 바로 내 앞에까지 오더니 모자를 벗었다. 밝고 굳은 결심이 서린 이마를 가진 그 낯익고 쾌활한 얼굴이 보였다.

"데미안!"

나는 소리질렀다.

"너로구나, 싱클레어! 너를 기다리고 있었어."

"내가 이 대학에 있다는 것을 알고 있었어?"

"그렇다는 건 아냐. 하지만 그랬으면 하고 생각한 것만은 틀림없지. 너를 본 것은 오늘밤이 처음이지만. 너는 우리를 내내 따라왔지 않아!"

"나를 금방 알 수 있었어?"

"물론이지. 너는 좀 변하기는 했지만 표적을 가지고 있으니까."

"표적이라고? 무슨 표적?"

"우리는 전에는 그것을 카인의 표적이라고 불렀었지. 아직 기억할지 모르지만. 그것은 우리의 표적이야. 너는 그것을 언제나 가지고 있었어. 그래서 내 친구가 된 거야. 그런데 이제는 그것이 더 뚜렷해졌군."

"나는 몰랐어. 아니, 어쩌면 알고 있었는지도 몰라. 언젠가 나는 네 그림을 그린 일이 있어, 데미안. 그리고 그 그림이 나하고도 닮은 데 놀랐어. 그것이 표적이야?"

"그것이 표적이야. 네가 여기 있어서 잘 됐군! 어머니께서 기뻐하실 거야."

나는 깜짝 놀랐다.

"너의 어머니? 여기 계시니? 나를 모르시는데!"

"너를 잘 알고 있어. 네가 누구라는 것을 내가 말씀드리지 않더라도 어머니는 너를 알아보실 거야. 넌 오랫동안 소식이 없었어."

"아, 종종 편지를 쓰려고 했지만 되지를 않았어. 얼마 전부터 나는 너를 꼭 찾아야 한다는 것을 느꼈어. 나는 매일 그것을 기다렸어."

우리들은 팔을 끼고 나란히 걸어갔다. 차분한 분위기가 데미안을 둘러싸고 있었고 그것이 나에게도 옮아 왔다. 우리는 곧 전과 마찬가지로 얘기했다. 우리의 학교 시절과 교리 문답 시간과 또 방학 동안의 그 불행했던 공동 생활을 회상했다. 그러나 우리들 사이의 가장 오래된, 가장 밀접한 유대인 프란츠 클로머 사건에 관해서만은 얘기하지 않았다.

어느 틈엔가 우리는 함축성이 짙은 진귀한 이야기에 열중하고 있었다. 즉, 아까 데미안이 일본인과 나눈 이야기와 비슷한 이야기를 하다가 대학 생활에 관해서 얘기를 했는데, 그러다가 다른 화제로 옮겨 갔다. 그것은 우연한 것같이 보였으나, 데미안의 말 속에서는 모든 것이 내적인 관련을 갖는 것이 되었다. 그는 유럽의 정신에 관해서 말하고 이 시대의 상징에 관해서 말했다.

그는 도처에 결합과 군중의 집단이 지배하고 있지만 자유와 사랑은 아무 곳에도 없다고 말했다. 이 모든 단체들은 대학생들의 조직과 합창대에서부터 국가의 연맹에 이르기까지 모두가 다 강제로 조직된 것이며, 불안과 공포와 낭패에서 나온 공동체이며, 내부는 썩고 낡았으며 파괴에 직면하고 있다고 그는 말했다.

"단체는……"하고 데미안은 말했다.

"아름다운 거야. 그러나 지금 도처에 일어나고 있는 것들은 아무것도 아니야. 단체는 개인의 상호 이해로부터 생겨나지 않으면 안 돼. 그것은 얼마 동안 세계를 개조할 것이다. 지금 단체로 서 있는 것은 다만 군중의 단체에 지나지 않는다. 사람들 서로에 대해 두려움을 가지기 때문에 서로 달아나고 만나고 하는 거야. 상류 계급은 상류 계급끼리, 노동자는 노동자끼리, 학자는 학자끼리. 그런데 왜 그들은 두려움을 느끼는 걸까. 우리는 자신과 일치할 수 없을 때만 두려움을 가지게 된다. 그들은 한 번도 스스로의 입장을 지킬 결심을 표명한 일이 없기 때문에 두려움을 느끼는 거야. 자기 자신 속에 있는 미지의 것에 대해서 두려움을 가지고 있는 사람들로만 구성된 단체인 거야. 그것은…… 모두 그들의 생활 법칙이 이미 맞지 않는다는 것을 느끼고 있고, 낡은 게시판에 따라서 살고 있다는 것을 느끼고 있어. 그들의 종교도, 윤리도, 아무것도 우리가 필요한 것과는 부합되지 않는다. 백 년 동안 유럽은 단지 공부만 하고 공장만 세웠어! 그들은 한 사람을 죽이기 위해서는 몇 그램의 탄약이 필요한가는 정확히 알고 있으나 신에게 어떻게 기도해야 하는지는 모른다. 아니 그들은 한 시간 동안 어떻게 즐거울 수 있는가조차도 몰라. 저런 학생들 클럽을 좀 봐! 또는 부자들이 가는 오락장을! 절망적이야! —— 싱클레어, 이런 것에서는 명랑한 것이 태어날 수 없어. 이처럼 두려움에 넘쳐서 같이 어울리는 사람들은 공포심과 악의에 넘쳐 있고, 아무도 다른 사람을 신용하지 않아. 그들은 이미 이상이, 아니 이상에 매달려서 새로운 이상을 세우려는 자에게 돌팔매질을 하고 있어. 투쟁이 있을 것을 느낀다. 곧 있을 거야. 내 말을 믿어! 곧 일어날 거야! 물론 그렇다고 세계가 '개선'되지는 않아. 노동자가 공장주를 죽이거나, 러시아와 독일이 서로 총질을 하거나, 지배자가 바뀌어지거나 하는 것뿐이야. 그러나 그것은 헛일이 아닐 거야. 오늘날의 무가치를 증명할 것이며, 석기 시대의 숙청이 있을 거야. 지금과 같은 세계는 죽을 것이고 몰락할 것이다. 반드시 그렇게 될 거야."

"그렇게 되면 우리는 어떻게 되는 거지?"하고 나는 물었다.

"우리? 어쩌면 우리도 같이 몰락할지도 몰라. 우리 같은 사람들도 살해당할지도 몰라. 그러나 중요한 것은 그렇다고 해서 우리가 끝장나는 것이 아니라는 사실이야. 우리에게서 남는 것, 또 살아남은 우리 속에 있는 무엇을 중심으로 미래의 의지가 모일 거야. 우리의 유럽이 얼마 동안 기술과 과학이라고 불리는, 시장으로 뒤덮어 버렸던 인류의 의지가 나타날 거야. 그렇게 되면 인류의 의지가 오늘날의 공동체의 의지나 국가와 국민들의 의지, 또는 연맹과 교회의 의지와 조금도 같지 않다는 것이 드러날 거야. 자연이 인간에게 원하는 바는 개개인 속에, 그리고 너나 나의 마음 속에 씌어져 있어. 그것은 예수 속에도 니체 속에도 씌어 있었어. 이 유일하고 중요한 흐름을 위해서—— 물론 매일 다른 양상을 띨 수 있는—— 공간이 생길 것이다. 오늘날의 단체들이 다 붕괴되고 난 후에……"

우리들이 강가의 집 정원 앞에서 걸음을 멈추었을 때는 밤이 이슥해진 무렵이었다.

"여기가 우리 집이야."

데미안이 말했다.

"조만간 우리 집에 놀러 와! 진심으로 기다리고 있겠어."

나는 신선해진 밤거리를 흐뭇한 기분으로 걸어서 먼 하숙집으로 돌아왔다. 시내에는 집으로 가는 학생들이 여기저기 소리를 지르고 비틀거리고 있었다. 나는 종종 그들의 유쾌하고 우스꽝스러운 태도와 나의 고독한 생활 사이에 대립을 느끼고 어떤 때는 외롭기까지 했으며, 또 다른 때는 상대방을 비웃고 싶은 마음이 들 때도 자주 있었다. 그러나 나는 아직 한 번도 오늘처럼 고요와 신비한 힘을 가지고 모든 것이 나하고 얼마나 상관없는 일인가를, 그리고 이 세계가 나에게는 얼마나 멀리 떨어진 세계인가를 느낀 일은 없었다.

나는 고향 도시에 있는 관리가 기억났다. 늙고 위풍 있는 신사인 그는, 술집에서 보낸 그의 대학 시절의 추억이 마치 행복한 기념품이기나 한 것처럼 애착을 느끼고, 지금은 사라져 버린 대학생 시절의 '자유'에 대해서 마치 시인이나 소설가가 그들의 유년기에 대해서 하듯이 예찬을 바치고 있었다. 그들 자신의 의무를 상기시키고, 그들 자신의 길로 가라고 충고받을까 봐 두려워서 어디서나 그들은 '자유'와 '행복'을 지난 자취 어느 곳에서나 찾는다. 사람들은 몇 년 동안 술을 마시고 즐기고는 움츠러들고 주저앉아서 국가 공무를 보는 근엄한 관리가 되는 것이다. 정말로 썩었다. 우리나라는 부패했다. 그리고 이 대학생들의 어리석은 짓들은 생각해 보면 다른 몇백 개의 일보다 더 어리석지도 더 나쁘지도 않았다.

그러나 내가 도심지에서 떨어진 내 집에 와서 침대에 누웠을 때는 이런 생각은 다 사라져 버렸다. 이날 내 모든 정신은 나에게 줄 커다란 약속에 매달려 있었다. 내가 원하기만 한다면 곧 내일이라도 나는 데미안의 어머니를 볼 수 있는 것이다. 학생들이 주막에서 살든, 얼굴에 문신을 파든, 세계가 썩었든, 몰락을 기다리든―― 그게 나하고 무슨 상관이 있단 말인가! 나는 다만 내 운명이 새로운 모습으로 나를 향해서 올 것만을 기다렸다.

이튿날 아침 나는 늦게까지 깊은 잠을 잤다. 새날은 나에게는 마치 소년 시절에 성탄절 때 체험해 본 이후 처음 느끼는 엄숙한 축제의 기분을 가지고 밝아 왔다. 나는 가장 깊은 내면의 불안에 넘쳐 있었으나 두려움은 없었다. 나에게 있어서 중요한 날이 시작된 것을 나는 느꼈고, 내 주위의 세계가 변모했고, 깊은 관계를 가지고 엄숙하게 대기하고 있는 것을 보고 또 느꼈다. 소리없이 내리는 가을비도 아름다웠다. 그것은 마치 심각하고도 명랑한 음악에 넘쳐 있듯이 조용하고도 축제일다웠다. 처음으로 외부의 세계가 나의 내부 세계와 순수하게 일치했다.── 그것은 바로 영혼의 축제일이다. 그럴 때면 인간은 살 만한 가치가 있다. 어떤 집도, 어떤 진열장도, 길거리를 가는 어떤 얼굴도 나에게 방해가 되지 않았다. 모든 것은 마땅히 있어야 하는 대로였다. 그러면서도 일상적이고 습관적인 공허한 표정을 하고 있지 않았고, 기다리는 듯한 태도였고, 외경에 넘쳐서 운명을 대기하고 있었다. 나는 어린 시절에 성탄절 같은 대축제일 아침에 세계를 바로 이렇게 보았었다. 나는 이 세계가 아직도 이렇게 아름다울 수 있다는 것을 알지 못했다. 나는 나 자신의 내부로 향해서 사는 것에 습관이 되어 있었고, 저 밖의 세상의 의미가 나에게는 상실되어 버렸다는 것, 빛나는 색채의 상실은 불가분의 관계에 있다는 것, 그리고 우리는 영혼의 자유와 남자다움을 이 고귀한 빛의 상실로 지불해야 한다는 생각을 받아들이고 있었다. 그런데 지금 나는 이런 모든 것이 다만 흩어지고 가려졌을 뿐, 자유로운 사람. 유년기의 행복을 체념한 사람도 세계가 빛나는 것을 보고 어린 시절의 사물을 볼 때 느끼던 내적인 전율을 아직도 맛볼 수 있는 것을 알고 매우 기뻤다.

이윽고 어젯밤 내가 막스 데미안과 작별 인사를 나누었던 그 교외의 정원에까지 왔다. 비에 젖어 잿빛으로 보이는 높은 나무 뒤에 숨겨진 밝고 쾌적한 작은 집이 있었다. 커다란 유리벽 뒤에 꽃나무가 보였고, 투명한 유리창 뒤에는 그림과 책장이 있는 어두운 색깔의 벽이 보였다. 검은 옷에 하얀 앞치마를 입은 말없는 늙은 하녀가 나를 안내했고 내 외투를 받아서 걸었다.

그녀는 나를 현관에 혼자 남겨 둔 채 안으로 들어갔다. 주위를 둘러본 순간 나는 꼭 꿈 속에 있는 것같이 느껴졌다. 문 위에 있는 검은 나무 벽에는 검은 틀의 액자에 끼워진 낯익은 그림이 걸려 있었다. 그것은 세계의 껍질로부터 날아오르려 하는, 노란 황금빛 매의 머리를 가진 나의 새였다. 나는 가슴이 뿌듯하여 서 있었다. 마치 이 순간에 내가 체험하고 행동한 모든 것이 대답과 실현이 되어서 나에게 돌아오는 것 같았다. 나는 하나의 광경이 번개 같은 속도로 내 영혼을 지나가는 것을 보았다. 문 위에 낡은 석조 문장이 달린 고향의 내 어버이 집, 그 문장을 그리던 소년 데미안, 나의 적인 클로머의 나쁜 올가미에 걸려든 공포에 찬 소년으로서의 나 자신, 조용한 기숙사의 한구석에서 책상을 앞에 놓고 동경의 새를 그리며 동경의 실로 된 그물에 사로잡힌 영혼의 청년으로서의 나—— 그리고 모든 것이, 바로 이 순간까지의 모든 것이 내 속에 다시 울려 왔고 긍정되었고 대답을 얻었고 정당하다고 인정되었다.

나는 축축하게 젖은 눈으로 내가 그린 이 그림을 응시했고, 자신의 마음 속을 읽었다. 그때 내 시선이 아래로 향했다. 새의 그림 곁에서 문이 열리고 검은 옷을 입은 커다란 부인이 서 있었다. 바로 그녀였다.

나는 한 마디도 말을 할 수가 없었다. 아들의 얼굴과 마찬가지로 시간도 연령도 없고 영혼에 넘친 의지만을 담고 있는 얼굴을 한, 그 아름답고 위엄 있는 여인은 나에게 다정하게 미소지었다. 그녀의 시선은 충족이었고, 그녀의 인사는 고향으로 돌아온 것을 뜻했다. 말없이 나는 그녀에게 두 손을 내밀었다. 그녀는 내 두 손을 따뜻한 그녀의 두 손으로 굳게 잡았다.

"당신이 싱클레어군요! 나는 당신을 곧 알아 보았어요. 반갑습니다!"

그녀의 목소리는 깊고 따스했다. 나는 달콤한 포도주처럼 그 목소리를 마셨다. 그리고는 고개를 들고 그녀의 조용한 얼굴, 검고 신비스러운 눈, 신선하고 성숙한 입, 표적을 지니고 있는 넓고 위엄 있는 이마를 보았다.

"얼마나 기쁜지 모르겠어요."

하고 나는 그녀에게 말하고 손에 키스했다.

"나는 이제까지 일생 동안 떠돌아다닌 것 같습니다."

그녀는 모성적인 미소를 띠었다.

"집으로 돌아온 것 같다고야 할 수 없겠지요."

그녀는 다정하게 말했다.

"하지만 눈에 익은 길을 만나면 얼마 동안 온 세계가 고향같이 보이는 거랍니다."

그녀는 이곳에 오는 동안 내가 느낀 것을 말하고 있었다. 그녀의 목소리와 말씨는 아들과 비슷했으나 또 완전히 달랐다. 모든 것이 더욱 성숙했고 따뜻했으며 분명했다. 예전에 막스 데미안이 아무에게도 소년의 인상을 주지 않았던 것처럼 그의 어머니도 조금도 다 자란 아들의 어머니같이 보이지 않았다. 그만큼 그녀의 얼굴과 머리카락 위에는 젊고 달콤한 빛이 감돌았고, 그녀의 피부는 매끄럽고 주름이 없었으며 입은 아름다웠다. 내 꿈 속의 모습보다도 더 여왕 같은 모습으로 내 앞에 서 있었고, 그녀 곁에는 사랑의 행복이, 그녀의 눈에는 실현이 있었다.

이것이 바로 내 운명이 스스로를 나에게 보여 주는 새로운 모습이었다. 이제 나는 엄격하지도 않고 고립되어 있지도 않았다. 아니, 성숙했고 쾌락에 넘쳐 있었다. 나는 결심을 하지 않았고 맹세를 하지 않았다. 나는 목적에 가 닿은 것이다. 나는 높다란 길에 와 닿았다. 그곳에서부터는 앞으로 먼 길이 넓고 아름답게 약속의 나라를 향해서, 가까운 행복의 나뭇가지에 덮이고, 다가올 온갖 쾌락이 정원에 의해서 시원하게 그늘져 보였다. 나는 어떻게 되든 상관없었다. 나는 그녀가 이 세상에 있다는 것을 아는 것만으로 행복했다. 그녀가 나에게 어머니가 되든 애인이 되든, 여신이 되든 간에, 하여간 그녀가 있기만 하다면! 내 길이 그녀의 길과 가깝기만 하다면!

그녀는 내가 그린 매의 그림을 가리켰다.

"막스가 당신한테서 이 그림을 받았을 때만큼 기뻐한 적은 없었어요."

그녀는 생각에 잠겨서 말했다.

"그리고 나도. 우리는 당신을 기다렸어요. 그림이 왔을 때 우리는 당신이 우리에게로 오고 있다는 것을 알았지요. 당신이 어린 소년이었을 때, 싱클레어, 어느 날 내 아들이 학교에서 돌아오더니 말했어요. '이마에 표적이 있는 아이가 있어요. 그 아이는 내 친구가 되어야 해.'라고…… 그게 바로 당신이었어요. 당신의 길은 평탄하지 않았으나 우리는 당신을 믿었어요. 언젠가 당신이 방학을 맞아 집에 있을 때 막스하고 다시 만났지요. 그때 당신은 열여섯 살쯤 되었을 거예요."

"막스가 그런 말까지 하다니! 그것은 나의 가장 비참한 시절이었습니다."

"네, 막스는 나에게 말했어요. '지금 싱클레어는 가장 어려운 과제를 앞에 놓고 있어요. 그는 또 한번 단체 속으로 도망가려 하고 있어요. 심지어는 술집 단골까지 되었지만, 그는 끝까지 그러지는 못할 걸요? 그의 표적은 가려져 있지만 몰래 그것을 불태우고 있으니까요.'—— 그렇지 않았어요?"

"네, 바로 그랬어요. 그리고 나는 베아트리체를 발견했고, 마침내는 지도자가 나에게 왔습니다. 그의 이름은 피스토리우스입니다. 그때에야 비로소 나는 어째서 나의 어린 시절이 그처럼 막스와 결합되어 있었고, 내가 그것에서부터 놓여날 수 없는가를 알았습니다. 부인—— 어머니, 나는 그 당시 종종 자살해야 한다고 생각했습니다. 길은 누구에게나 이렇게 어려운가요?"

그녀는 가볍게 손으로 내 머리카락을 쓰다듬었다.

"태어난다는 것은 누구에게나 괴로운 일인 걸요. 새 역시 알을 깨고 나오려고 애쓰는 것을 아시지요? 옛날 일을 생각해 봐요. 길은 그렇게도 어려운가! 그저 어렵기만 했나요? 아름답기도 하지 않았나요! 그것 이상으로 아름답고 그것 이상으로 쉬운 방법이 있을까요?"

나는 고개를 흔들었다.

"어려워요."

나는 꿈 속에서처럼 말했다.

"어려웠어요. 그 꿈이 나타났을 때까지는……"

그녀는 고개를 끄덕이고 나를 뚫어지게 바라보았다.

"네, 인간은 자기의 꿈을 찾아야 해요. 그러면 세계는 가벼워질 거예요. 그러나 영속적인 꿈은 없어요. 새로운 꿈이 나타나지요. 우리는 어떤 꿈도 붙들어 두려고 해서는 안 돼요."

나에게 있어서 이 말은 충격적이었다. 나는 미리 경고를 받게 된 것일까? 부인은 일찌감치 나를 거부하려고 한 것일까? 그러나 그런 것은 아무래도 좋았다. 나는 목적 같은 건 묻지 않고 그녀의 인도를 받을 각오가 되어 있었다.

"모르겠어요."

나는 말했다.

"얼마 동안 내 꿈이 계속될지는. 나도 그것이 영원히 계속되었으면 좋겠다고 생각하지만. 이 새 그림 밑에서 내 운명은 나를 받아들였습니다. 마치 어머니처럼, 또 애인처럼, 그 운명에 나는 속해 있습니다. 그 이외에는 아무것도 속하지 않아요."

"그 꿈이 당신의 운명일 동안은 당신은 그것에 충실하셔야 해요."

그녀는 진지하게 다짐했다.

어떤 슬픈 느낌, 그리고 이 행복한 시간에 죽고 싶은 갈망이 나를 사로

잡았다. 나는 눈물이 —— 나는 얼마나 오랫동안 울 수가 없었는가 ! ——
끊임없이 내 속에서 솟아나고 나를 압도하는 것을 느꼈다.

나는 격렬한 몸짓으로 그녀로부터 돌아서서 창가로 가서 눈물에 가려진
눈으로 화분 위를 보았다. 내 뒤에서 그녀의 목소리가 들려 왔다. 그 목소
리는 자연스러우면서도 마치 찰찰 넘치게 잔에 부어진 포도주같이 부드러
움에 넘쳐 있었다.

"싱클레어, 당신은 어린애처럼 순진하군요. 당신의 운명은 당신을 사랑
하고 있어요. 당신이 그것에 충실하기만 하면, 꿈 속에서와 같이 그것은
언젠가는 완전히 당신 것이 될 거예요."

나는 간신히 자신을 억제하고 다시 부인 쪽으로 얼굴을 향했다. 그녀는
미소짓고 나에게 손을 내밀었다.

"나는 몇 명의 친구가 있어요."

그녀는 미소지으면서 말했다.

"아주 가까이 지내는 극소수의 친구들인데, 그들은 나를 에바 부인이라
고 부릅니다. 당신도 원하신다면 나를 그렇게 불러도 좋아요."

그녀는 나를 문간으로 데리고 가서 문을 열더니 정원을 가리켰다.

"저기로 가면 막스를 만날 거예요."

나는 퍽 감동해서 감각이 마비된 듯이 높은 나무 밑에 서 있었다. 깨어
있는 상태인지 꿈꾸는 상태인지를 알 수가 없었다. 나뭇가지에서 빗방울이
가볍게 떨어졌다. 나는 강가를 따라서 퍼져 있는 정원 쪽으로 걸어갔다. 마
침내 나는 데미안을 발견했다. 그는 문을 열어 놓은 정자 안에서 웃통을
벗고, 매달아 놓은 모래주머니 앞에서 권투 연습을 하고 있었다.

나는 깜짝 놀라 서 있었다. 데미안은 멋있게 보였다. 넓은 가슴, 단단한
남성적인 머리, 들어올린 팔은 딱딱한 근육이 솟아올라 굵고 힘차게 보였
다. 동작은 허리와 어깨와 팔꿈치로부터 마치 유희하는 샘물같이 자유롭게

솟아났다.

"데미안!"

나는 그를 불렀다.

"거기서 무얼 하는 거야?"

그는 명랑하게 웃었다.

"연습중이야. 그 작은 일본인과 권투 시합을 하기로 약속했어. 그 사람은 괭이처럼 재빠르고 빈틈이 없어. 하지만 난 지고 싶지는 않아. 아직은 약간 그에게 뒤지고 있지만."

그는 셔츠와 바지를 입었다.

"어머니를 만났니?"

"그래, 데미안. 정말 멋진 어머니시더군. 에바 부인! 그분에게 완전히 어울리는 이름이야. 그분은 만물의 어머니와도 같으니까."

그는 내 얼굴을 잠시 동안 유심히 보았다.

"벌써 이름을 알고 있어? 자랑으로 생각해! 네가 처음야, 첫대면에 어머니가 이름을 가르쳐 준 사람은……"

그날부터 나는 그 집을 아들처럼, 동생처럼, 그리고 또 애인처럼 드나들었다. 현관을 들어서서 문을 닫고 나면, 그리고 정원의 높은 나무가 멀리 나타나는 것을 볼 때면 나는 풍요해지고 행복했다. 밖에는 현실이 있었고, 거리와 집, 인간과 제도가 있었고, 도서관과 강의실이 있었다.── 그러나 이 안에는 사랑과 영혼이 있었고, 여기서는 동화와 꿈이 살고 있었다. 그러나 우리는 조금도 세계에 대해서 폐쇄적으로 살았던 것은 아니다. 우리는 생각과 대화를 통해서 종종 세계의 한가운데에 살았다. 그러나 다른 분야에서였다. 우리는 대다수의 인간들과 경계선에 의해서 분리되어 있는 것이 아니라 보는 방법이 다르므로 분리되어 있었다. 우리의 과제는 이 세상에 하나의 섬, 하나의 모범을 제시하는 것, 어쨌든 다른 생활 방법의 가능성을 알려 주는 일이었다.

　오랫동안 고독하게 지내온 나는 완전한 고독을 맛본 사람들 사이에만 있을 수 있는 친구를 사귀었다. 나는 이제 행복한 사람의 식탁이나 기꺼운 자들의 축제를 부러워하지 않아도 되었고, 다른 사람의 동료들을 보았을 때 질투도 향수도 나를 엄습해 오지 않았다. 그리고 나는 서서히 '표적'을 자기 몸에 지니고 있는 사람들의 비밀을 알게 되었다. 우리들, 표적을 가진 사람들이 세상에서 이상하게 보이고, 위험한 사람들로 통하는 것은 당연한 것인지도 모르겠다. 우리는 깨어난 자, 또는 깨어나고 있는 자들로서, 우리의 노력은 더 더욱 완전하고 지속적인 깨어 있음을 지향하고 있다. 그러나 다른 사람들의 행복의 추구는 그들의 의견과 이상과 의문과 생활과 행복을 점점 더 좁게 부뚜막에 묶어 놓고 있다. 그곳에도 노력은 있고 힘과 위대함이 있다. 그러나 우리들 표적을 가진 자들이 자연의 의지를 새로운 것으로 상상하는 데 반해서, 다른 사람들은 고집과 의지 속에 살고 있다. 그들도 우리와 마찬가지로, 사랑하고 있는 인류가 그들에게는 유지되고 보호되어야 하는 어떤 완성품으로 생각되고 있다. 우리에게는 인류란 먼 미래이며 그것을 향해서 우리는 모두 가고 있는 도중이고 그 모습을 아무도 보지 못했으며 그 법률은 아무 데도 안 씌어 있었다.

　우리들의 서클에서는 친한 정도의 차이는 있을망정 에바 부인, 막스, 나 이외에 몇 사람의 구도자가 있었는데, 그들 중의 많은 사람들은 독특한 길을 걸어가며 색다른 목적을 향하고 있었고 특별한 의견과 의무에 매달려 있었다. 그 중에는 점성학자와 카발리스트(중세 유대 신비설의 신봉자)도 있었고 톨스토이 백작의 숭배자도 있었으며, 온갖 종류의 부드럽고 수줍고 상처받기 쉬운 사람들, 새로운 종파의 신봉자, 인도의 수신법(修身法)을 닦고 있는 사람, 채식주의자 등도 있었다. 그들과 우리가 정신적으로 공통적인 것을 가지고 있는 것은 다만 각자가 각자의 비밀인 생의 꿈을 존중한다는 점뿐이었다. 신에 대한 인간의 모색과 새로운 세계의 모색을 과거 속에서 추구해 보려는 어떤 사람들이 우리와 더욱 가까웠는데, 그들의 연구는 종종 내 친구 피스토리우스의 연구를 연상시켰다. 그들은 책을 가져오고 고대어로 된 원전을 번역했고 고대의 상징과 의식의 그림을 가리키면서 인류가 여태까지 이상에 대해서 가졌던 전 재산이 무의식의 영혼의 꿈, 인류가 그 속에서 미래의 가능성의 예감을 더듬어 따라가야 하는 꿈에서 생겨난 것임을 우리에게 가르쳐 주었다.

그렇게 해서, 우리는 고대 세계의 수천 개의 머리가 달린 괴상한 신의 무리 속을 뚫고 나와 기독교의 전환의 여명에까지 이르렀다. 고독한 신자의 고백을 우리는 알게 되었고, 민족으로부터 민족으로의 종교의 변화를 알게 되었다. 그리고 우리가 수집한 모든 것에서부터 우리 시대와 현대 유럽에 대한 비판이 나왔다. 유럽은 굉장한 노력으로 인류의 새로운 무기를 창조했으나, 마침내는 절규하는 정신으로 황폐 속에 빠져 버렸다. 유럽은 전 세계를 가졌고 그 대신 영혼을 잃어버렸다.

이 문제에 있어서도 특정한 소망이나 구원론을 믿는 신봉자들이 있었다. 유럽을 개종시킬 것을 원하는 불교도가 있었고, 톨스토이 신자와 또 다른 신앙이 있었다.

그러나 우리들 세 사람은 다만 그들의 의견을 듣고만 있었고, 그들의 이론을 다만 상징으로서만 받아들였다. 우리들 표적을 가진 사람들은 미래가 어떻게 형성될 것인가에 대해서 근심하지 않았다. 우리에게는 모든 신앙과 모든 구원론이 미리부터 무용한 것으로, 죽은 것으로 생각되었기 때문이다. 우리가 의무와 운명이라고 느끼고 있는 것은 단 한 가지뿐이었다. 즉, 우리들 저마다가 완전히 자기 자신이 되고, 우리 속에 살아 있는 자연을 아주 올바르게 대우하여 자연의 뜻에 맞도록 살면서 불확실한 미래가 가져오는 모든 것에 대해 준비해 주도록 하는 것이었다.

지금 있는 것의 파괴와 새로운 것의 탄생이 가까이 오고 있고, 벌써 감지할 수 있을 정도라는 것을 우리는 누구나가 말을 하든 안하든 간에 마음으로는 뚜렷이 느끼고 있었던 것이다. 데미안은 나에게 종종 말했다.

　"무엇이 올 것인가는 상상할 수도 없어. 유럽의 영혼은 한없이 오랫동안 묶여 있던 짐승이야. 그것이 해방될 때 첫 동작은 그리 사랑스러운 것이 아닐 걸. 그러나 영혼의 참된 고뇌만 나타난다면 똑바른 길을 택하든 멀리 돌아서 가는 길을 택하든 그것은 우리에게 별로 중요하지 않아. 우리는 그것을 너무 오랫동안 속여 왔고 마비시켜 왔으니까. 그러면 우리의 날이 될 거야. 사람들은 우릴 필요로 할 거야. 지도자나 입법자로서가 아니라—— 우리는 새 법칙을 더 이상 체험하지 못할 거야. 자발적인 자로서 시대와 함께 가고, 운명이 부르는 곳에 가서 서 있을 각오가 되어 있는 자로서 말이다. 이봐, 모든 인간은 그들의 이상이 위협받고 있을 때면 믿을 수 없을 만한 일을 할 준비를 갖추고 있어. 그렇지만 새로운 이상이, 어쩌면 새롭고도 위험한 성장의 움직임이 문을 두드릴 때에는 아무도 없어. 그때에 거기 있다가 같이 갈 극소수의 사람은 우리들일 것이다. 그러기 위해서 우리는 표적을 가지고 있는 거야.—— 마치 카인이 공포와 증오를 일으키기 위해서, 그리고 그 당시의 인류를 좁은 목가적인 전원으로부터 위험한 광야로 몰아내기 위해서 표적을 가지고 있던 것처럼. 인류의 과정에서 활약했던 모든 사람들은 차별없이 운명을 받아들일 준비가 되어 있었으므로 유능했고 효과를 거둔 것이지. 그것은 모세나 불타나 나폴레옹이나 비스마르크…… 어느 경우에도 다 들어맞아. 우리가 어떤 물결에 봉사하는가, 또는 어떤 극(極)으로부터 우리가 지배받는가는 우리의 선택권 내에 놓여 있지 않은 문제야. 만약에 비스마르크가 사회민주당원들을 이해했고 그들 편을 들었다면 그는 영리한 주인은 되었을지 몰라도 운명의 사나이는 되지 못했을 거야. 나폴레옹, 케자르, 로욜라, 또 기타 모든 경우도 마찬가지야! 우리는 이것을 언제나 생물학적으로, 진화론적으로 생각해야 돼. 지구의 표면의 전복이 물짐승을 육지로, 육지의 짐승을 물 속으로 던졌을 때의 새로운, 지금까지 없던 것을 완수하고, 그들의 종족을 새로운 적응에 의해서 구제할 수 있었던 것은 운명을 받아들일 준비가 되었던 종류였어. 그 종류가 전에는 보수적이고 현상 유지적인 성격이 특징이었는지, 또는 기인들, 혁명가들이었는지는 알 수가 없어. 그들은 마음의 준비가 되어 있었어. 그래서 그들은 새로운 발전 단계를 넘어서 그들의 종족을 살릴 수 있었던 거야. 우리는 그걸 알지. 그러니까 우리도 준비되어 있어야 해."

우리들이 이야기를 나누고 있을 때, 에바 부인도 자주 자리를 같이했으나, 이러한 이야기에 끼어드는 일은 별로 없었다. 언제나 우리들 두 사람 중 자기 주장을 내세우는 사람의 편이 되어 주곤 했다. 그러면 이해와 신뢰에 넘쳐 그 말이 메아리치는 것 같았다. 마치 모든 사고가 그녀에게서 나와서 그녀에게로 돌아가는 것같이 느껴졌다. 그녀 옆에 앉는 것, 때때로 그녀의 목소리를 듣는 것, 그녀를 에워싸고 있는 성숙과 영혼의 분위기를 함께 하는 것은 나의 행복이었다. 그녀는 내 속에서 어떤 변화나 우울이나 혁신이 진행되고 있으면 곧 그것을 느꼈다. 내 생각으로는, 내가 잘 때 꾸는 꿈도 그녀에게 영감을 얻어서 생겨나는 것 같았다. 나는 그녀에게 자주 내 꿈을 얘기했다. 그녀는 내 꿈을 모두 당연하게 생각했고 이해했다. 그녀가 명확한 감각을 가지고 따라갈 수 없는 기묘한 일이란 없었다. 나는 얼마 동안 우리의 낮 동안의 대화의 복사판 같은 꿈을 꾸었다. 나는 전 세계에 소동이 났고, 내가 혼자서 또는 데미안과 함께 긴장해서 커다란 운명을 기다리고 있는 꿈을 꾸었다. 운명은 가려져 있었으나 어딘지 에바 부인의 모습을 하고 있었다.── 그녀로부터 선택받든지, 또는 내던져지든지, 그것이 운명이었다.

때때로 그녀는 미소를 띠면서 말했다.

"당신의 꿈은 완전하지 않아요. 싱클레어, 당신은 최상의 것을 잊고 있어요."

그러면 다시 그것이 생각났고, 어떻게 내가 그것을 잊을 수 있었는가를 알 수 없었다.

때로는 나는 불만을 느꼈고, 욕망에 괴로워했다. 나는 그녀 옆에 앉아서 두 팔로 그녀를 끌어안고 있지 않은 것을 더 이상 견딜 수 없다고 생각했다. 이것도 그녀는 당장에 눈치챘다. 내가 한번은 여러 날 동안 가지 않고 있다가 혼란된 마음으로 다시 가니, 그녀는 나를 구석으로 데리고 가서 말했다.

"당신은 자신도 믿고 있지 않은 소망에 몸을 맡기지 마세요. 나는 당신이 무엇을 바라는가를 알고 있어요. 당신은 이 소망을 체념할 수 있거나, 아니면 완전히 올바르게 소망해야 합니다. 그 소망이 확실히 이루어진다고 믿고 바란다면 그 소망은 정말로 실현됩니다. 그러나 당신은 소망을 하고는 또다시 후회를 하고 공포를 느낍니다. 그 모든 것을 극복해야 해요. 내가 동화를 하나 얘기해 드리지요."

그러면서 그녀는 별에 반한 한 청년에 관해서 얘기해 주었다.

그는 바닷가에 서 있었다. 그리고 팔을 내밀고 별을 숭배했고, 별을 꿈꾸었고, 그의 생각은 별을 향했다. 그러나 그는 별이 인간의 품에 안길 수 없다는 사실을 알고 있었다. 또는 알고 있다고 믿었다. 그는 실현될 희망도 없이 별을 사랑하는 것은 자기 운명이라고 생각했다. 그리고 그는 이 생각으로부터 자기를 더욱 선하게 정화해 줄 말없는 성실한 고뇌와 포기에 관해서 생의 시를 잔뜩 썼다. 그러나 이제는 그의 꿈은 모두 별에게로 갔다. 어느 날 밤에 그는 또 바닷가 높은 바위 위에 서서 별을 바라보면서 별에 대한 사랑에 불탔다. 그리고 이 커다란 그리움의 순간에 그는 별을 향해서 허공으로 뛰었다. 그러나 뛰는 순간에 그는 이것은 불가능한 일이다! 라고 생각했다. 그래서 그는 밑으로 해안에 떨어져 산산이 부서져 죽고 말았다. 그는 사랑할 줄을 몰랐던 것이다. 그가 뛰었던 순간에 사랑의 실현을 굳고 확실하게 믿을 영혼의 힘을 가졌더라면 그는 위로 날아가서 별과 결합되었을 것이다.

"사랑은 구걸해서는 안 돼요"

그녀는 말했다.

"또 요구해서도 안 되고. 사랑은 자기 내부에서 확실성에 도달할 힘을 가져야 해요. 그러면 사랑은 이끌려 가는 것이 아니고 이끄는 것이 됩니다. 싱클레어, 당신의 사랑은 나에게 이끌려 가고 있어요. 만일 그 사랑이 나를 이끈다면 나는 따라가겠어요. 나는 선물을 주고 싶은 게 아니라 나를 빼앗아가기를 바라고 있어요."

그러나 다른 어떤 기회에 부인은 이것과 다른 또 하나의 동화를 얘기해 주었다. 그것은 아무 희망도 없이 짝사랑하는 남자의 이야기였다. 그는 완전히 자기 영혼 속에 파고들어가 너무나 뜨거운 사랑 때문에 타 버린 것같이 느껴졌다. 세계는 그로부터 사라져 버렸다. 그에게는 하늘과 녹색 바다도 더 이상 보이지 않았고, 시냇물 소리도 들리지 않았으며, 하프 소리도 그에게는 울려 오지 않았다. 모든 것은 다 가라앉았고 그는 가난하고 비참하게 되고 말았다. 그러나 그의 사랑은 점점 더 커졌다. 그는 그가 사랑하는 아름다운 여자를 소유할 수 없다면 차라리 파멸하고 죽는 편을 택하고 싶었다. 그때 그는 사랑이 그의 내부에 있는 모든 다른 것들을 태워 버린 것을 알았다. 그의 사랑은 강렬해져서 이끌고 또 이끌었다. 그래서 그 아름다운 여자는 따라가지 않을 수가 없었다. 드디어 그 여자는 왔고, 그는 그 여자를 안으려고 두 팔을 내밀었다. 그러나 그 여자가 그의 앞에 와서 섰을 때 그 여자는 변신을 했다. 그는 그가 잃었던 전 세계를 그에게 이끌어다 놓은 것을 보고 전율을 느꼈다. 전 세계가 그의 앞에 놓여 있었고, 그에

게 몸을 내맡겼다. 하늘과 숲과 강물과 이 모든 것이 새로운 빛으로 신선
하게 그를 향해서 왔고, 그에게 속하고, 그의 이야기를 말했다. 그래서 단
한 명의 여자를 얻는 대신 그는 전 세계를 가슴에 안았고, 하늘의 별마다
그의 내부에서 빛나고 그의 영혼에 쾌락을 주었다.── 그는 사랑했고, 그
결과 자기 자신을 발견한 것이다. 그러나 대개의 사람들은 자기 자신을 상
실하기 위해서 사랑한다.

　나는 에바 부인에 대한 사랑이야말로 내 생활의 유일한 내용이라고 생각
했다. 그러나 그 부인은 매일 다르게 보였다. 때때로 나는 내 본질이 이끌
려 가고 있는 것은 살아 있는 그녀가 아니라고 생각했다. 그녀는 다만 내
내부의 상징의 모습에 불과하며 나를 더욱 깊게 내 속으로 인도해 들어가
려는 것이 틀림없다고 느끼는 때가 있었다. 때때로 그녀의 말이 나를 뒤흔
들고 있는 다급한 문제에 대한 내 무의식의 마음의 대답같이 들렸다. 어떤
때 나는 그녀 옆에서 관능적인 욕망 때문에 전신을 불태우면서 그녀가 만
진 물건에 키스를 할 때도 있었다. 그리고 점차 관능적인 사랑과 정신적인
사랑, 현실과 상징이 서로 뒤섞였다. 그래서 내가 집에서 내 방에 조용히
앉아 그녀를 생각할 때, 그녀의 손을 내 손 안에, 그리고 그녀의 입술이 내
입술 위에 있는 것같이 느끼는 때도 있었다. 또 어떤 때는 내가 그녀 집에
있었고, 그녀의 얼굴을 보고 그녀와 말을 하고 목소리를 들으면서도 그녀
가 정말로 거기 있는 것인지, 또는 꿈인지를 알 수 없을 때가 있었다.

　나는 인간이 어떻게 하면 사랑을 끊임없이, 그리고 영원히 소유할 수 있
는가를 어렴풋이 알기 시작했다. 책을 읽다가 한 개의 새로운 인식을 발견
했을 때 나는 에바 부인의 키스를 받은 것과 똑같은 감정을 맛보았다. 그
녀가 내 머리를 쓰다듬고 성숙하고 향기로우며 따스한 감정을 미소에 실어
보냈을 때, 나는 내 자신의 내부를 한 걸음 더 나아간 것 같은 기분을 맛보
았다. 나에게 있어서 중요한 모든 운명은 그녀의 모습을 띠고 있었다. 그녀

는 나의 모든 생각 속에서 변신할 수 있었고, 나의 모든 생각은 그녀 속에
서 변신했다.

　나는 성탄절을 양친과 함께 집에서 보내지 않으면 안 되는 것이 두렵기
만 했다. 왜냐 하면, 그것은 두 주일 동안 에바 부인 없이 지내야 하기 때
문이다. 그러나 그것은 고통이 아니었다. 집에 있으면서 그녀를 생각하는
것은 참 멋있고 흐뭇한 일이었다. 나는 H시로 돌아온 뒤에도 이틀 동안은
부인 곁으로 발길을 돌리지 않고 감각적인 존재로서의 부인에 의하여 위협
을 받음이 없이 안정된 자기 나름대로의 생활을 즐겼다. 또한 나는 꿈에서
그녀와 나와의 결합이 새로운 비유적인 방법으로 이루어지는 것을 보았다.
그녀는 바다였고 나는 그 속에 흘러들어가 합류했다. 그녀는 별이었고 나
도 또한 별이었다. 나는 그녀에게로 가고 있었고 우리는 만났다. 서로 끌리
는 것을 느꼈고, 우리는 나란히 서서 영원히 행복하게 가깝게 소리를 내면
서 원을 그으며 서로의 주변을 돌았다. 이 꿈을 꾸고 나서 처음으로 그녀
를 찾은 날, 나는 이 꿈 이야기를 그녀에게 했다.

　"아름다운 꿈이군요."

　그녀는 조용히 말했다.

　"그것을 실현시켜 보세요!"

　어느 이른 봄날이었다. 나는 이날을 결코 잊지 못한다. 나는 현관으로 들
어갔다. 창문은 열려 있었고 따스한 바람이 히야신스의 무거운 향기를 방
안에 뿌리고 있었다. 아무도 보이지 않았으므로 나는 계단을 올라가서 막
스 데미안의 서재로 갔다. 나는 가볍게 노크를 한 다음에 늘 그랬던 것처
럼 대답을 기다리지 않고 들어갔다.

　방은 어두웠고, 커튼은 모두 내려져 있었다. 막스가 화학 실험실로 쓰고
있는 옆방으로 가는 문이 열려 있었다. 그곳에서부터 비구름을 뚫고 비치
는 태양의 밝고 흰 빛이 흘러들어왔다. 나는 아무도 없다고 생각하고 무심

코 커튼을 열었다.

그때 나는 커튼을 내린 유리창 가까이 얕은 의자 위에 막스 데미안이 앉아 있는 것을 보았다. 그는 웅크리고 있었고 이상스럽게 달라져 있었다. 그 순간 무엇이 내 속에서 말했다. '너는 이것을 전에 본 일이 있다!'라고. 그는 팔을 빳빳이 늘어뜨리고 손을 무릎에 놓고 있었다. 그의 약간 앞으로 기울인 얼굴은 죽은 것 같았고, 뜨고 있는 눈의 동공에는 작고 날카로운 한 줄기 빛의 반사가 마치 한 조각의 유리처럼 힘없이 빛나고 있었다. 창백한 얼굴은 완전히 자기 자신 속에 가라앉아 아주 굳어진 표정밖에는 가지고 있지 않았으며, 마치 사원의 문간에 있는 태고 때의 짐승의 탈같이 보였다.

생각할수록 전율이 온몸으로 흘렀다.── 나는 그가 이런 모습을 하고 있는 것을 한 번 본 일이 있었다. 벌써 몇 년 전의 일이었고, 내가 어린 소년일 때였다. 꼭 지금처럼 눈이 내면을 응시하고 두 손은 생기없이 나란히 놓여 있었고 파리가 얼굴을 기어다니고 있었다. 그리고 그는 그때, 아마 6년 전에도 꼭 지금과 같은 나이로 보였고, 또 시간을 초월한 얼굴로 보였었다. 그의 얼굴은 주름살 하나도 달라진 것이 없었다.

겁이 난 나는 소리없이 방에서 빠져나와 계단을 내려갔다. 현관에서 나는 에바 부인을 만났다. 그녀는 내가 여태까지 본 일이 없는 창백하고 피곤한 모습을 하고 있었다. 그늘이 창 밖을 지나갔다. 눈부시게 흰 태양은 갑자기 사라져 없어졌다.

"막스한테 갔었어요."

나는 빠른 어조로 속삭이듯이 말했다.

"무슨 일이 일어났나요? 그는 잠자고 있는지 아니면 자기 내부에 잠겨 있는지…… 잘 모르겠어요. 나는 그가 전에 한 번 그런 모습을 하고 있는 것을 본 적이 있어요."

"그를 깨우지 않았지요?"

그녀는 빨리 물었다.

"아니오. 그는 내가 오는 소리를 못 들었어요. 나는 곧 다시 밖으로 나왔으니까요. 에바 부인, 말해 주세요. 그가 어떻게 된 것인가를……"

그녀는 손등으로 이마를 문질렀다.

"걱정하지 마세요, 싱클레어. 아무 일도 일어난 게 아니에요. 그는 그저 틀어박혀 있는 거예요. 얼마 안 갈 거예요."

그녀는 일어섰다. 그리고 비가 오기 시작했는데도 불구하고 정원으로 나갔다. 나는 같이 가서는 안 된다는 것을 느꼈다. 그래서 나는 현관에서 왔다갔다하면서 마취시킬 듯한 히야신스의 향기를 맡았고, 문 위에 걸린 내 새의 그림을 응시했다. 이 집은 그날 아침 이상한 그림자와 불안에 에워싸여 있었다. 그것은 무엇일까? 무슨 일이 일어난 것일까?

에바 부인은 얼마 안 있어 들어왔다. 빗방울이 그녀의 검은 머리에 매달려 있었다. 그녀는 안락의자에 앉았다. 피곤이 그녀 위에 깃들어 있었다. 나는 그녀 옆으로 가서 몸을 구부리고 그녀의 머리에 맺힌 빗방울에 입맞추었다. 그녀의 눈은 밝고 조용했으나, 빗방울은 눈물 같은 맛이 났다.

"그에게 가 볼까요?"

나는 속삭이듯 말했다.

그녀는 약간 미소를 지어 보였다.

"어린애같이 굴지 마세요, 싱클레어."

그녀는 마치 자기 자신 속에 있는 둑을 무너뜨리기라도 하려는 듯이 큰 소리로 나에게 타일렀다.

"오늘은 이만 돌아가고 나중에 다시 오세요. 지금은 당신과 얘기할 기분이 아니에요."

나는 그 집에서 나와 시내를 지나서 산으로 갔다. 비스듬히 내리는 가느다란 비가 얼굴에 닿았다. 구름이 무엇엔가 억눌려 공포에 싸인 듯 지나갔다. 밑에는 바람이 거의 없었다. 위에서는 폭풍우가 일어나고 있는 것 같았다. 태양이 강철 같은 잿빛 구름을 뚫고 몇 번이나 창백하고 강렬하게 비치었다.

그때 하늘에 풀어진 노란 구름이 흘러왔다. 그 구름은 잿빛 구름에 막혔다. 바람이 몇 초 동안 노랑과 파랑으로부터 거대한 새 한 마리를 형성했다. 그 새는 파란 빛의 혼돈으로부터 몸을 풀고 날개를 크게 펄럭거리면서 하늘 속으로 사라져 버렸다. 그리고는 폭풍우 소리가 들렸다.

비가 우박과 섞여서 쏟아져 내렸다. 믿기지 않을 정도로 무섭게 들리는 바람 소리가 비에 젖은 풍경 위에 떨어졌다. 그 뒤에 곧 또다시 태양이 뚫고 나왔고, 가까운 산의 갈색 숲 위에서는 흐리고 창백한 눈이 환상처럼 빛나고 있었다.

내가 몇 시간 뒤에 바람에 밀리고 비에 젖어서 돌아왔을 때, 데미안이 직접 대문을 열어 주었다. 그는 나를 자기 방으로 데리고 올라갔다. 실험실에는 가스등이 타고 있었고, 종이가 여기저기 널려 있었다. 그는 연구를 하고 있었던 모양이었다.

"앉아."

그는 친절하게 말했다.

"피곤할 테니까. 지독한 날씨야. 오랫동안 밖에 있었구나. 홍차가 곧 올 거야."

"오늘은 무언지 좀 이상해."

나는 주저하면서 말을 꺼냈다.

"이까짓 폭풍우 때문이 아닐 거야."

그는 살피듯이 나를 보았다.

"무엇을 보았니?"

"응, 나는 구름 속에서 잠시 동안 뚜렷이 그 그림을 보았어."

"무슨 그림?"

"새였어."

"매야? 그 새였니? 네 꿈의 새?"

"그래, 매였어. 그것은 노란 빛이었고, 검푸른 하늘 속으로 날아 들어갔지."

데미안은 크게 숨을 쉬었다.

노크 소리가 났다. 늙은 하녀가 홍차를 가져왔다.

"마셔, 싱클레어—— 난 네가 그 새를 우연히 본 것이 아니라고 생각해."

"우연이라고? 그런 것을 우연히 볼 수가 있단 말이야?"

"맞았어, 아니야. 그것은 무엇을 뜻하고 있어. 무얼 뜻하는지 알겠어?"

"몰라. 나는 다만 그것이 어떤 절박한 감동을 뜻한다는 것을 알고 있을 뿐이야. 운명에 한 걸음 다가간 것을 뜻한다는 것을. 내 생각에는 그것이 우리들 모두와 관련이 있을 것으로 생각해."

그는 힘있는 걸음으로 왔다갔다했다.

"운명을 향한 한 걸음!"

그는 큰 소리로 외쳤다.

"그와 똑같은 것을 나는 어젯밤에 꿈꾸었어. 그리고 어머니는 어제 그런 예감을 느꼈어. 어머니도 똑같은 말을 했어.—— 내 꿈은 내가 나무나 또는 탑으로 사다리를 타고 올라가는 꿈이었어. 꼭대기에 올라갔을 때 나는 전체를 보았어. 그것은 커다란 평야였는데 도시와 촌락이 전부 타고 있었어. 나는 아직 모든 것을 다 말할 수는 없어. 아직도 모든 것은 뚜렷하지 않으니까."

"너는 그 꿈을 너 자신과 관계 있다고 풀이했니?"

나는 물었다.

"나와 관계 있다고? 물론이지. 사람은 절대로 자기 자신과 관계없는 것을 꿈꾸는 법이 없으니까. 그러나 그것은 나 하나에만 관계되지 않아. 네 말이 옳아. 나는 나 자신의 영혼의 움직임을 나타내는 꿈을 꽤 정확히 식별하지. 그리고 또 드문 일이지만 인간의 운명 전체를 암시하는 꿈을 식별하기도 해. 그런 꿈을 꾼 일은 드물어. 더구나 그것이 예언이었다고 말할 수 있는 꿈을 꾼 일은 한 번도 없었어. 꿈의 해석은 너무나 불확실하거든. 그러나 내가 확실하게 말할 수 있는 것은 나 혼자만이 관계되어 있지 않은 어떤 꿈을 꾸었다는 사실이야. 그 꿈은 내가 전에 꾼 일이 있는 것의 일부였고, 지금도 계속되고 있지. 내가 전에도 얘기한 일이 있는 예감을 받는 것은 이 꿈들로부터야. 싱클레어, 우리의 세계가 꽤 부패해 있다는 것은 누구나가 아는 일이야. 그러나 그것만으로는 세계의 몰락, 또는 그와 비슷한 무엇을 예언할 아무 근거도 되지 않아. 그러나 나는 몇 년 동안 꿈을 꾸었어. 그 꿈으로부터 나는 결론을 얻었어. 아니 느끼고 있어. 어쨌든—— 낡은 세계의 붕괴가 다가오는 것을 느끼는 거야. 처음에는 아주 약하고 어렴풋한 예감이었어. 그러나 그것들은 점점 뚜렷해지고 점점 강해졌어. 아직도 나는 나하고도 관계되는 어떤 끔찍하고 큰 일이 다가오고 있다는 사실밖에는 알지 못해. 싱클레어! 우리는 우리가 종종 말했던 것을 체험하게 될 거야! 세계는 새로워지려고 해. 죽음의 냄새가 나지? 죽음 없이는 새로운 것은 오지 않아.—— 그것은 내가 생각한 것보다 끔찍한 일이야."

나는 깜짝 놀라서 그를 응시했다.

"너의 꿈의 나머지 부분도 얘기해 줄 수 있니?"

나는 조심스럽게 부탁했다.

그는 고개를 흔들었다.

"그럴 수 없어."

문이 열리고 에바 부인이 들어왔다.

"여기들 앉아 있군! 슬퍼하고 있는 것은 아니겠지?"

그녀는 신선해 보였고, 이제는 조금도 피로해 보이지 않았다. 데미안은 그녀에게 미소했다. 그녀는 마치 겁을 내는 아이들 곁에 오는 어머니처럼 우리들 앞에 왔다.

"슬프지는 않아요, 어머니. 우리는 다만 이 새로운 징조에 대해서 풀이해 본 거죠. 그러나 그것은 아무것도 아니에요. 와야 할 것이라면 갑자기 닥쳐올 테고, 그렇게 되면 우리는 우리가 알아야 할 것을 알 것입니다."

나는 기분이 좋지 않았다. 작별 인사를 하고 혼자서 현관을 지나갈 때 나는 히야신스의 냄새를, 시들고 맥빠진 시체 같은 냄새를 느꼈다. 이미 그림자는 우리 위에 내려진 것이다.

8. 끝의 시작

나는 무리하게 아버지를 졸라서 여름 학기에도 H시에 머물러 있을 수 있었다. 계절 관계로 우리들은 집 안에 있지 않고 늘 강가의 정원에 있었다. 권투 시합에 져 버린 일본인은 가고 없었고, 톨스토이 숭배자도 가 버렸다. 데미안은 말을 구해서 매일 끈기 있게 승마를 했다. 나는 자주 그의 어머니와 단둘이 있었다. 나는 가끔 내 생활의 평화스러움에 대해서 감탄하곤 했다.

나는 혼자 있는 것, 체념을 길들이는 것, 나의 고뇌와 씨름하는 것이 그처럼 오랫동안 습관화되어 있었으므로 H시에서 보낸 몇 달 동안은 마치 안락하게, 마법에 걸린 듯 아름답고 유쾌한 감정 속에서만 살 수 있었던 꿈의 섬나라같이 생각되었다. 나는 그것이 우리가 생각하고 있었던 저 새롭고 높은 공동체의 전주(前奏)라는 것을 예감하고 있었다. 그래서 이 행복 위에 깊은 비애가 내리덮였다. 왜냐 하면, 나는 이 상태가 오래 계속되지 못할 것을 알았기 때문이다.

충족된 쾌감 속에서 살게끔 나는 태어나 있지 않았다. 나에게는 고통과 추구가 필요했다. 언젠가 나는 이 아름다운 사랑의 환상으로부터 깨어나서 다시 혼자—— 다른 사람들의 차가운 세계 속에 완전히 혼자 서게 되리라는 것을 느꼈다. 그곳에는 고독과 투쟁만이 있을 뿐, 평화도 공동 생활도 없을 것이다.

그럴 때면 나는 내 운명이 아직도 이 아름답고 조용한 모습을 간직하고 있는 것을 기뻐하면서, 배가된 애정을 가지고 에바 부인 가까이에 몸을 가져갔다. 여름의 몇 주일은 가볍고 빠르게 흘러갔다. 학기는 벌써 끝나가고 있었다. 이별도 다가오고 있었다. 그러나 나는 그것을 생각해서는 안 되었고, 또 사실 생각하지도 않았다. 나는 마치 꽃에 매달린 나비같이 이 아름다운 날들에 매달리고 있었다. 이것이 나의 행복한 시대이며, 내 생의 실현이며, 동맹 속에 받아들여진 것을 뜻했다.── 다음에는 무엇이 올 것인가? 나는 다시 나 자신과 싸워 나가야 하고, 동경에 싸이고, 꿈을 꾸면서 혼자 있을 것이다.

그런 나날 중의 어느 날, 나의 이런 예감이 갑자기 강하게 엄습해 와서 에바 부인에 대한 나의 사랑이 갑자기 타올랐다. 얼마나 잠깐 동안인가! 나는 곧 그녀를 더 이상 못 보게 되고, 그녀의 탄력 있고 보기 좋은 걸음걸이를 집안에서 못 보게 되며, 내 책상 위에서 그녀가 준 꽃을 발견하지도 못하게 될 것이다.

그런데 나는 무엇을 이룬 것일까? 나는 그녀를 얻고 그녀를 위해서 투쟁하고 그녀를 영원히 내 곁에 끌어오는 대신, 꿈을 꾸었고 쾌적한 분위기에서 몸을 흔들고만 있었던 것이다! 그녀가 전에 순수한 사랑에 관해서 이야기했던 말들이 내 머리에 떠올랐다. 그것은 수백 개의 섬세한 충고의 말, 수백 개의 나직한 유혹, 또는 어쩌면 그것은 약속의 말들이었다.── 그런데 나는 그 말을 어떻게 따라야 하는가? 아무것도 못한 것이다.

나는 방 한가운데 서서 모든 나의 의식을 집중하여 에바 부인을 생각했다. 나는 그녀에게 나의 사랑을 느끼게 하려고, 또 그녀를 나에게로 끌어당기기 위해서 내 영혼의 힘을 집중시키려고 했다. 그녀는 와야 했고, 내 포옹을 받아야 했고, 나의 키스는 그녀의 성숙한 사랑의 입술을 끝없이 파헤쳐야 했다.

나는 손과 발이 싸늘해질 때까지 마음을 긴장시켰다. 이윽고 내 몸에서 힘이 빠져나가는 것을 느꼈다. 잠시 동안 내 속에서 무엇이 굳게 응결되었다. 그것은 밝고 차가운 무엇이었다. 나는 잠시 동안 하나의 결정(結晶)을 가슴 속에 품고 있다는 느낌이 들었다. 나는 그것이 나의 자아(自我)라는 것을 알았다. 차가움이 가슴에까지 올라왔다.

끔찍한 긴장에서 깨어났을 때 나는 무엇이 오고 있는 것을 알았다. 나는 죽을 듯이 피로했으나 에바가 방에 들어올 것을 타는 듯한 갈망과 황홀한 심정으로 기다리고 있었다.

말발굽 소리가 울려왔고, 가까운 데서 요란하게 들리더니 갑자기 멎었다. 나는 창가로 뛰어갔다. 데미안이 말에서 내리고 있는 것이 보였다. 나는 뛰어 내려갔다.

"무슨 일이 일어났어, 데미안? 어머니에게 무슨 일이 일어난 것은 아니지?"

그는 나의 말을 듣지 않았다. 그는 매우 창백했고 땀이 이마에서 양쪽 뺨으로 흘러내리고 있었다. 그는 달려온 말의 고삐를 정원의 울타리에 매고는 내 팔을 잡고 나와 함께 길을 걸어 내려갔다.

"벌써 소식을 들었니?"

나는 아무것도 몰랐다.

데미안은 나의 팔을 잡고 나에게로 얼굴을 향하여 어둡고 동정에 넘친 이상한 시선으로 나를 보았다.

"들어 봐, 싱클레어. 드디어 시작한 거야. 너도 러시아와의 관계가 긴박한 것은 알고 있었잖아──."

"뭐라고? 전쟁이야? 나는 그런 것은 생각도 못했는데."

그는 주위에 아무도 없음에도 불구하고 낮은 목소리로 말했다.

"아직 선전 포고는 안 내려졌어. 그러나 전쟁이 있을 거야. 꼭 믿어도 좋아. 나는 그날 이후 너를 이 일로 괴롭히지 않았지만, 사실은 그 후로 세 번이나 그런 징조를 보았어. 그것은 세계의 몰락도, 지진도, 혁명도 아니고 전쟁이었던 거야. 전쟁이 어떤 결과를 초래하는지를 너는 보게 될 거야. 사람들에게는 유쾌한 구경거리지. 벌써부터 누구나가 그것이 터지기를 기다리고 있으니까. 그들에게는 생이 그처럼 무의미했던 거야. 그러나 너도 알게 되겠지만 싱클레어, 이것은 시작에 불과해. 이것은 큰 전쟁이, 아주 큰 전쟁이 될지도 몰라. 그러나 그것도 다만 시작에 불과해. 새로운 것이 시작되는 거야. 새로운 것은 낡은 것에 집착하는 사람들에게는 끔찍한 일일 거야. 너는 어떻게 하겠어?"

나는 깜짝 놀랐다. 그것은 모두 나에게는 아직 낯설고 비현실적인 것으로 생각되었다.

"모르겠어…… 너는?"

그는 어깨를 으쓱했다.

"소집영장이 나오면 나는 나가겠어. 나는 소위야."

"네가? 나는 그런 줄 조금도 몰랐는데……"

"그래, 그것은 나의 적응 중의 하나야. 너도 알지만 나는 조금도 남의 눈에 띄는 것을 좋아하지 않아. 그래서 늘 깨끗하려고 오히려 남보다 더 많은 노력을 해 왔어. 나는 아마 일주일 내에 일선에 가 있게 될 거야."

"맙소사——"

"너는 감상적으로 그것을 받아들여서는 안 돼. 살아 있는 인간에게 총탄을 쏘라고 명령하는 것은 나에게 조금도 유쾌한 일이 못 돼. 그렇지만 그것은 중요한 일이 아니야. 우리들 중의 누구나가 다 지금은 커다란 수레바퀴 속에 들어가게 되는 거야. 너도 마찬가지야. 너에게도 영장이 나올 거야."

"그럼 너의 어머니는? 데미안……"

비로소 나는 15분 전에 있었던 일이 생각났다. 세계는 얼마나 달라진 것일까! 나는 달콤한 상상을 불러오기 위해서 온갖 힘을 다 집중했었는데, 지금은 운명이 위험한 잿빛 가면 뒤에서 갑자기 새로운 모습으로 날 보고 있었다.

"어머니 말이야? 아, 어머니 일이라면 우리들은 아무 염려할 필요가 없어. 어머니는 안전해. 아마 지금 이 세상의 누구보다도 안전할 거야.── 너는 어머니를 그렇게도 사랑하니?"

"그걸 알고 있었니, 데미안?"

그는 완전히 자유스럽고 밝은 웃음 소리를 냈다.

"어린애 같구나! 물론 알고 있었지. 어머니를 사랑하지 않으면서 어머니에게 에바 부인이라고 부른 사람은 여태까지 없었다. 그런데 어떻게 된 거야? 너는 오늘 어머니 아니면 나를 불렀지? 안 그래?"

"그래 불렀어.── 나는 에바 부인을 불렀어."

"어머니는 그것을 느꼈어. 어머니는 갑자기 나를 보냈어, 너에게 가 보라고. 나는 마침 어머니에게 러시아에 관한 보고를 하고 있었어."

우리는 돌아섰다. 그리고 별로 말을 안했다. 그는 말고삐를 풀고 올라탔다.

나는 이층의 내 방에 와서야 비로소 내가 데미안의 보고 때문에, 그리고 또 그 전의 나의 긴장 때문에 얼마나 피로해 있는가를 느꼈다. 그러나 에바 부인은 나의 마음 속의 소리를 들은 것이다. 나는 가슴 속의 내 생각을 가지고 그녀에게 도달한 것이다.── 만약에 ── 이 모든 것은 얼마나 신비스러운 일인가! 그리고 근본적으로 볼 때 얼마나 아름다운 일인가! 이제 전쟁이 터질 것이다. 데미안은 그것에 관해서 그렇게 많은 예감을 가지고 있었던 것이다. 이제부터 세계의 조류가 우리 곁을 그냥 흘러 지나가지 않는다는 것은 얼마나 이상스러운 일인가.── 세계의 조류가 갑자기 우리 심장 한가운데를 흐른다는 것, 그리고 모험과 거친 운명이 우리를 부른다는 것, 또 세계가 우리를 필요로 하는 순간이 지금 또는 이제 곧 오리라는 것, 세계가 변모하려고 한다는 것은 얼마나 이상스러운 일인가. 데미안의 말이 옳았다. 이것은 감상적으로 받아들일 일은 아니었다. 이상한 것은 다만 내가 이 고독한 운명을 그처럼 많은 사람들과 아니, 전 세계와 함께 체험해야 한다는 일이다. 그것도 또 좋은 일이리라.

나는 마음의 준비가 되어 있었다. 저녁때 시내를 가 보았더니 여기저기가 온통 야릇한 흥분에 들끓고 있었다. 어디서나 '전쟁'이라는 말이 들렸다. 나는 에바 부인의 집에 가서 함께 마당의 정자에서 저녁 식사를 했다. 내가 유일한 손님이었다. 아무도 전쟁에 관해서 말하지 않았다. 다만 내가 떠나오기 직전에 에바 부인이 말했다.

"싱클레어, 당신은 오늘 나를 불렀어요. 내가 왜 직접 가지 않았는가를 당신은 아시지요? 그러나 당신이 이제는 부를 줄 안다는 것을 잊지 마세요. 그리고 표적을 가진 누군가가 필요할 때는 언제든지 다시 부르세요."

그녀는 일어서서 어둑어둑한 마당을 앞장서서 걸어갔다. 이 신비스러운 여자는 말없는 나무들 사이를 당당하게 걸어갔다. 그녀 머리 위에서는 별들이 부드럽게 반짝이고 있었다.

드디어 종말이다. 모든 사태는 급박하게 진행되고 말았다. 얼마 안 가서 전쟁이 시작되었고, 데미안은 은빛 감도는 회색 외투의 제복을 걸치고 아무래도 데미안답지 않은 차림으로 출정했다. 나는 그의 어머니를 집에까지 바래다 주었다. 그리고 얼마 안 있어서 나도 그 여자와 작별 인사를 했다. 그녀는 내 입술에 키스를 하고 나를 잠시 동안 가슴에 껴안아 주었다. 그녀의 커다란 두 눈은 나의 눈 가까이에서 불타고 있었다.

모든 사람들이 형제가 된 것 같았다. 그들은 조국과 명예를 생각했으나 그것은 사실은 우리들 모두가 잠시 동안 드러내어진 '운명'의 모습을 본 것에 지나지 않았다. 젊은이들이 병사에서 나와서 기차를 탔다. 많은 사람들의 얼굴에서 나는 표적을── 우리의 표적이 아니라── 사랑과 죽음을 뜻하는 아름답고 권위 있는 표적을 보았다.

나는 전에 본 일이 없는 사람들로부터 포옹을 받았다. 나는 그것을 이해했고 기꺼이 그것에 응했다. 그들이 그런 행위를 하는 것은 운명의 의지가 아니라 도취에서였다. 그러나 그 도취는 성스러웠다. 그들 모두가 이 짧고 절박한 눈길을 운명의 눈 속에 보내고 있었기 때문에 그 도취는 우리를 감동시킨 것이다.

내가 전선에 도착했을 때는 거의 겨울이 다 되어서였다. 나는 처음에 끊임없는 사격 때문에 흥분했음에도 불구하고 모든 것에 환멸을 느꼈다. 전에는 나는 왜 인간이 어떤 이상을 위해서 살지 못하는가를 많이 생각해 보았다. 그러나 지금 나는 많은 사람들, 아니 모든 사람이 이상을 위해서 죽을 수 있음을 보았다. 그러나 그것은 개인적이고 자유스럽고 스스로 선택한 이상이어서는 안 되고, 공동적으로 받아들여질 이상이어야 했다.

시간이 경과함에 따라서 나는 내가 인간을 과소평가했다는 것을 알았다. 임무와 공동의 위험이 그처럼 그들을 단일화하고 있었음에도 불구하고 나는 살아 있는 사람과 죽어 가는 사람들 중에서 많은 사람들이 운명의 의지에 가까이 가는 것을 보았다. 많은 사람들, 굉장히 많은 사람이 공격할 때뿐만 아니라 그 밖의 경우에도 약간 광기를 띤 굳고도 아득한 시선을 가지고 있었다. 그 시선은 목적은 아랑곳하지 않았고 끔찍한 것에 대한 완전한 헌신을 나타내고 있었다. 그들이 무엇을 믿고 무엇을 생각하든지 간에──── 그들은 각오가 되어 있었고 유용했으며, 그들로부터 미래가 형성되고 있었다. 세계가 전쟁과 영웅주의와 기타 낡아빠진 이상을 향해 응결되어 있으면 있을수록, 또 가상적인 인류의 음성이 그만큼 멀고 비현실적으로 들리면 들릴수록, 그 모든 것은 전쟁의 외부적이고 정치적인 목적에 관한 질문과 마찬가지로 다만 피상적인 것에 불과했다.

깊은 곳에서 무엇이 생성되고 있었다. 그것은 새로운 인류와도 같은 무엇이었다. 나는 많은 사람을 볼 수 있었고, 그 중의 많은 사람이 내 옆에서 죽어 갔다.── 그들은 증오와 분노와 살해와 파괴가 그들 자신과 연결되어 있지 않다는 것을 감각적으로 깨닫고 있었다. 대상도 목적과 마찬가지로 완전히 우연한 것이었다. 가장 사나운 본래의 감정조차도 적에게로 돌려지지 않았다. 그 피비린내나는 작업은 새로운 탄생을 위해서 광분하고 죽이고 파괴하는 분열된 영혼과 내부의 발로에 불과했다.

거대한 새가 알에서 뛰쳐나오려고 안간힘을 쓰고 있었다. 알은 세계였다. 세계는 파괴되어야만 했다.

어느 이른 봄날 밤, 나는 우리들이 점령하고 있는 농가 앞에서 보초를 서고 있었다. 때마침 생각난 듯이 가벼운 봄 바람이 불규칙하게 멋대로 불었고, 구름 떼는 플랑드르 평야 위를 하늘 높이 흐르고 있었다. 구름 뒤의 어딘가에는 달이 숨어 있었다. 나는 하루종일 불안했다. 무엇인지 모를 어떤 근심이 나를 방해했다. 지금 나의 어두운 초소에서 나는 여태까지의 나의 생활에 있어서의 에바 부인, 그리고 데미안을 절실히 생각했다.

나는 포플러 나무에 기대 서서 움직이는 하늘을 바라보고 있었다. 살며시 꿈틀거리는 밝은 하늘이 곧 커다랗게 솟아나는 일련의 그림으로 되었다가는 맥박이 이상하게 엷어지고, 비바람에 대해서 무감각해진 나의 피부와 번뜩이는 내면의 맑게 깬 의식에서 지도자가 내 근처에 있다는 것을 느꼈다. 구름 속에서는 커다란 도시가 보였다. 그 도시에서 수백만 명의 사람들이 쏟아져 나와서 넓은 지역으로 흩어져 갔다. 그들의 한복판에 거대한 신의 모습이 반짝이는 별을 머리에 달고 산처럼 크게 에바 부인의 표정을 띠고 걸어갔다. 사람들은 그 여자의 모습 속으로, 마치 동굴 속으로 사라지듯

들어가서 사라져 버렸다. 여신은 땅에 몸을 구부렸다. 그 여자의 이마 위의 점이 밝게 빛났다. 어떤 꿈이 그 여자를 억누르는 것 같았다. 그 여자는 눈을 감았고, 그 여자의 커다란 얼굴은 고통으로 일그러졌다. 갑자기 그 여자는 크게 소리를 질렀고, 그 여자의 이마로부터 수천 개의 빛나는 별이 쏟아져 나와 아름다운 곡선과 반원을 그으면서 검은 하늘을 날았다.

그 별 중의 하나가 날카롭게 울리며 엄청나게 빠른 속도로 나에게로 날아왔고, 나를 찾는 것 같았다.── 그리고 그것은 소리를 내면서 수천 개의 불꽃으로 부서지고, 나를 끌어당기고는 다시 땅바닥에 내던져졌다. 내 위에서 세계가 요란한 소리를 내면서 무너졌다.

나는 포플러 나무 옆에서 흙에 파묻힌 채 상처투성이가 되어 발견되었다. 나는 지하실에 눕혀져 있었는데 총탄이 내 위를 날았다. 나는 차에 실려서 텅 빈 들판 위를 덜그럭거리면서 갔다. 나는 거의 언제나 자고 있지 않으면 의식을 잃고 있었다. 그러나 깊이 자면 잘수록 나는 무언가가 나를 끌어당기고 있다는 것, 나를 지배하고 있는 어떤 힘을 내가 따라가고 있다는 것을 느꼈다.

나는 마구간의 밀짚 위에 누워 있었다. 마구간 속은 어두웠다. 누가 내 손을 밟았다. 그러나 나의 마음은 더 멀리 갈 것을 원했다. 그것은 나를 더욱 강하게 끌고 갔다. 나는 다시 차에 실렸고 나중에는 들것인지 들것 대용품인 사다리엔지 실려서 갔다. 나는 점점 강하게 어디론지 갈 것을 명령받은 것같이 느꼈고, 마침내 그곳에 가 닿을 욕망 이외에는 아무것도 느끼지 않았다.

드디어 나는 목적지에 와 닿았다. 밤이었다. 나는 완전히 의식이 깨어 있었고, 나의 내부에서 인력과 충동을 강하게 느꼈다. 나는 어떤 방의 바닥에 눕혀져 있었고, 내가 불려온 곳이 바로 여기라는 것을 느꼈다. 나는 내 주위를 둘러보았다. 내 침구 바로 옆에는 또 한 개의 침구가 놓여 있었고 그 침구 위에 누가 있었다. 그는 고개를 앞으로 내밀고 나를 보았다. 그는 이마에 표적을 가지고 있었다. 그는 막스 데미안이었다.

나는 말문이 막히고 말았다. 그도 말을 못했다. 또는 안 했을지도 모른다. 그는 다만 나를 바라보았다. 그의 얼굴에 벽에 걸린 등불의 빛이 비쳐 흘렀다. 그는 나에게 미소를 지었다.

무한히 긴 시간 동안 그는 계속해서 내 눈 속을 들여다보았다. 천천히, 그는 그의 얼굴이 거의 부딪칠 만큼 가까워졌다.

"싱클레어!"

그는 속삭이는 듯한 목소리로 말했다.

나는 그에게 그의 말을 알아듣는다는 표시로 눈짓을 했다.

"꼬마!"

하고 그는 미소지으면서 말했다. 그의 입은 내 입 바로 옆에 있었다. 그는 낮은 목소리로 말을 계속했다.

"아직도 프란츠 클로머가 생각나니?"

나는 눈짓으로 그에게 대답을 했고, 미소지을 만한 여유도 있었다.

"알겠니, 싱클레어! 내 말을 잘 들어! 나는 가야만 한다. 너도 언젠가 다시 내가 필요하게 될 거야. 클로머나 또는 그 밖의 다른 일로 해서. 그때는 네가 나를 불러도 지금까지처럼 말을 타거나 기차를 타고 그렇게 와줄 수는 없어. 그때엔 너 자신의 목소리에 귀를 기울여야 해! 그러면 네 마음 속에 내가 있다는 걸 알게 될 거야. 알겠어?── 그리고 또 한 가지! 에바 부인의 부탁인데, 나한테 키스를 해 주면서 언제든지 싱클레어가 불행하게 되거든 그녀가 해 주는 거라고 말하고 이 키스를 해 주라고 했어……… 눈을 감아, 싱클레어!"

나는 그가 시키는 대로 눈을 감았다. 데미안이 내 입술── 전혀 멎을 것 같지 않은 피가 줄곧 흐르는 내 입술── 에 가볍게 키스하는 것을 느끼며 곧 잠이 들어 버렸다.

아침에 잠을 깨었다. 나는 붕대를 감아야 했기 때문이다. 겨우 제대로 정신이 들어 급히 옆자리를 돌아보았다. 거기에는 한 번도 본 적이 없는 낯선 사람이 누워 있었다.

붕대를 감는 것은 고통스러웠다. 그 이후 나에게 일어난 일들도 모두 고통스러웠다. 그러나 때때로 나는 열쇠를 발견하고 나 자신의 어두운 거울 속에 운명의 모습이 어른거리는 것을 들여다본다. 그 검은 거울 위에 나 자신의 모습이 그—— 이제까지 내 친구이며 내 안내자였던 저 데미안—— 와 똑같이 닮은 나 자신의 모습을 보게 되는 것이다. World Best

《데미안 *Demian* 》 바로 읽기

예술을 통한 자아 실현의 구도자

찬란했던 유럽의 정신문화는 19세기 말에 이르러 가속적인 기계문명의 발달로 인해 서서히 붕괴되었고, 그 절망감과 위기감이 온 유럽 세계를 지배하기 시작했다. 사람들은 세기말적인 흥분과 열기에 빠져들었으며, 문학과 예술은 관능적인 미(美)를 추구하는 심미적(審美的) 쾌락주의(Décadence)로 기울었다. 이즈음 독일에서는 호프만스탈, 릴케, 토마스 만, 헤세 등의 작가들을 중심으로 반(反)자연주의 문학이 나타났다. 이들은 기계문명에 대항하여 인간의 내면세계와 자연으로부터 새로운 정신적 출구를 찾으려 했다. 이러한 현실도피적인 내면화 경향은 이른바 신낭만주의로 나타났으며, 당시 정신적으로 황폐해 있던 독일인들에게 새로운 희망과 감성을 불어넣어 주었다. 특히 감성적인 시인이자 위대한 산문가였던 헤세는 가장 어려운 시대에 등장해 특유의 서정적인 필치와 심오한 사상으로 전쟁의 참화 속에 몰락해 가던 독일과 유럽의 문화에 생명의 꽃을 피우고자 노력했던, 20세기 독일문학의 생명수(生命水)와 같은 존재이다.

헤르만 헤세(Hermann Hesse, 1877~1962)는 찬란한 낭만주의 대열의 마지막 천재로서 사위어 가던 독일 낭만주의의 불꽃을 새롭게 타오르게 했으며, 인간 정신의 양극적(兩極的)인 본성과 모순점을 낭만주의적 서정성에 기대어 문학 작품으로 형상화시켰다. 당대의 대부분의 예술가들이 철저히 전통을 거부하고 새로운 출발을 한 데 반해 헤세는 유럽 문화의 전통과 유산을 이어받아 부흥을 이루려 했던 낭만적 이상주의자였다. 그러나 헤세는 다른 낭만주의 작가들처럼 예술의 환상세계에만 머물러 있지는 않았다. 비록 어린 시절과 소년 시절의 체험을 바탕으로 한 초기의 작품들에는 서정적 향수와 염세적 애수가 넘쳐흐르고 있기는 하지만 그의 전생애를 통한 문학세계는 예술과 현실의 조화를 위한 끊임없는 갈등과 모색으로 이루어져 있다.

헤세의 작품 시기는 제1차 세계대전을 전후로 크게 서정적이며 자전적인 성격을 보였던 1902년부터 1916년까지와 1916년 이후의 내면화된 구도(求道)의 시기로 구분되어진다. 아름다운 자연과 가정의 엄격한 종교적 경건성에 둘러싸여 어린 시절을 보냈던 헤세는 처음 문학의 길에 접어들면서 그러한 환경적 요인에 많은 영향을 받았다. 그리고 문학청년 시절에 심취했던 괴테와 노발리스 등의 낭만주의적 작품들은 그를 더더욱 서정과 낭만의 세계로 이끌었다. 헤세에게 종교, 특히 신과 자아(自我)와의 관계는 중요한 관심사로서 자연 안에서 신과 만나 자연과 자아와 신의 일체감을 이루려 했다. 그는 예술의 디오니소스적 환상의 세계에 몰두함으로써 이 일체성의 경지에 도달하고자 했다. 그러나 예술의 환상세계에 빠져들수록 현실과의 괴리감이 커지게 되었고, 그럴수록 예술과 현실의 조화로운 결합을 위해 고심했던 헤세는 결국 현실을 외면한 어떤 환상의 세계도 의미가 없음을 깨닫게 되었다. 그리고 작가로서의 본격적인 데뷔작이자 성공작인 《페터 카멘친트 Peter Camenzind》(1904) 이후, 형이상학적이며 종교적인 문제들을 주로 다룸으로써 '낭만적 아웃사이더'란 평까지 들었던 헤세는 인간 광기의 비극적인 산물이라 할 수 있는 제1차 세계대전을 계기로 강한 현실 참여 의식을 갖기 시작했다.

그는 제1차 대전을 정신문화의 타락과 빈곤이 낳은 가장 처참한 결과로 받아들이고, 1914년부터 1919년까지 정치에 관한 평론들을 발표하여 전쟁이라는 사회적, 인간적 위기 극복에 참여하고자 했다. 이러한 과정 속에서 헤세의 삶과 문학은 초기의 낭만적 환상의 세계를 탈피해 갔다. 그러나 전쟁을 반대하는 그의 평론들은 극단적 국수주의자(國粹主義者)들에 의해 매도되었고, 헤세는 사회와 언론으로부터 극심한 지탄을 받게 되었다. 이러한 비난으로 인해 환멸과 분노를 느낀 헤세는 정치적 현실에 대한 호소와 노력이 무용하다는 것을 통감(痛感)하고 자신의 예술적 이상과 현실 사이에 절망적인 심연(深淵)이 가로놓여 있음을 발견했다. 결국 헤세는 외부로 향해 열려 있던 그의 마음의 문을 닫고, 자아의 본질 해명과 완성이라는 문학적 주제를 외부에서가 아닌 자기 내면의 세계에서 구하고자 결심했다. 이때부터 헤세 문학의 진정한 본령(本領)이라 할 수 있는 '내면으로의 길'이 시작되었다.

헤세 문학의 토대를 이루고 있는 근본 테마는 통일과 분열과의 대항, 즉 양극성(兩極性)의 문제이다. 극도의 예민성으로 시대를 통찰하고 절감(切感)했던 헤세는 고난(苦難)한 현실 생활의 철저한 체험을 통해 세계의 본질은 수많은 대립적 요소로 이루어져 있음을 인식하게 되었다. 헤세는 모든 피조물들, 구체적인 것이든 추상적인 것이든 간에 다시 말해 인간, 자연, 이상, 관념 등 모든 것들은 서로 상대되는 두 개의 극인 음(陰)과 양(陽)의 원리로 나누어져 있다고 생각했다. 헤세는 인간 세계와 이러한 양극성의 대립, 즉 어둠과 밝음, 선과 악, 출생과 죽음, 정신과 자연의 대립으로 이루어져 있으며, 이것이 서로 갈등을 일으키고 있다고 여겼다. 그러므로 그에게는 이들 대립을 결합시키고 융합시켜 인간과 세계가 화해롭게 공존할 수 있도록 하는 것이 문학 예술의 궁극적인 목표가 되었다.

또한 헤세는 자기 자신의 내부에도 수많은 형태의 양극성이 내재하고 있음을 깨달았는데, 이러한 인간의 대립적이고 모순적인 성향을 어떻게 극복하고 조화시켜 인간의 자아 실현을 성취할 것인가에 대한 탐구가 바로 헤세의 '내면으로의 길'인 것이다. 헤세에게 있어선 내면 세계에의 몰입을 통한 양극성의 지양(止揚)과 외부 세계에 의해 왜곡되지 않은 참 자아를 발견하는 것이야말로 문학가의 진정한 임무요, 인간의 사명이었던 것이다. 이러한 헤세 고유의 문학적 주제는 그의 주요 작품인 《데미안 Demian》(1919)의 다음과 같은 구절에 선명하게 드러나 있다.

'모든 인간의 삶은 자기 자신에게로 향하는 하나의 길이요. 이러한 하나의 길을 찾아서 가려는 시도이며, 하나의 작은 길의 암시(暗示)이다.'

따라서 그의 작품 속의 인물들은 모두 양극성의 늪에 빠져 고통받으며, 험난한 자기 탐구를 통해서 그 고통의 늪에서 벗어나고, 자신의 내부에 자리잡고 있는 참다운 자아를 발견하여 현실과의 조화를 이루어 자기 실현에 도달한다.

이처럼 자기 자신이 되고자 하는 자아 탐구의 과정은 헤세 문학의 근간(根幹)이며, 신앙이며, 위대한 정신이다. 그런데 더욱 중요한 것은 이러한 자아 탐구와 자기 실현의 예술 세계가 현실 도피로 나아가지 않는다는 점이다. 내면에의 길에 몰입함으로써 자아를 완성하고 실현하며, 나아가서는 황폐해지고 몰락해 가는 인간 세계를 구원하고자 했던 헤세의 문학 정신은 넓은 의미의 현실 참여이며 인간애(人間愛)의 발현인 것이다. 또한 이것은 서양의 다른 어떤 작가들보다 동양의 사상에 심취하여 시·공간성의 초월과 죽음과 구원의 문제를 해결하려 했던 헤세의 구도자적(求道者的)인 자세와도 일맥 상통한다 할 수 있겠다.

헤세는 인생의 모든 문제의 해답을 예술 세계에서 구하고자 노력했다. 그는 예술 세계를 통해 죽음의 공포를 초월하고 무상(無常)의 한계를 극복하며, 양극성의 대립을 지양(止揚)하고 자아 실현을 완성하며, 나아가서는 인간 정신을 발전시키고 인간 영혼을 고양시키기 위해 고군 분투(孤軍奮鬪)했던 20세기의 몇 안 되는 구도자적인 예술인이었다.

자연과 신앙의 울타리 속에서

헤르만 헤세는 1877년 7월 2일 남부 독일 슈바르츠발트의 조용한 시골 마을인 칼브에서 태어났다. 아늑한 전나무 숲에 둘러싸인 칼브는 작고 오래된 마을이었으나 자연 경관이 아름다워 소년 헤세의 문학적 성품을 결정짓는 중요한 역할을 하였다. 헤세는 고향인 이곳에 그다지 오래 살지는 않았다. 18세에 이곳을 떠나기 전에도, 4세부터 9세까지는 스위스의 바젤에서 살았고, 국민학교를 나와서도 다른 고장의 학교며 요양소며 직장을 떠돌아다녔다. 그러나 칼브에 대한 애착은 평생토록 변함이 없어 소설이나 수상, 소품에서까지 슈바르츠발트의 아름답고 작은 마을을 묘사했다. 후에 헤세는 《고향》(1918)이라는 소품에서 브레멘과 나폴리 사이, 그리고 빈과 싱가포르 사이에서 많은 아름다운 마을들을 보았지만, 자기가 아는 모든 마을 가운데에서 가장 아름다운 곳은 칼브라고 예찬하기도 했다. 이처럼 고향 칼브는 그가 한때 유년 시절을 보냈던 스위스의 바젤과 함께 헤세에게 많은 꿈과 추억을 주었으며, 그의 서정적이고 낭만적인 문학 세계에 생명력을 불어넣어 주었던 예술의 원천지이다.

헤세의 아버지 요하네스는 북부 독일계 러시아 인이었다. 북쪽 에스트란트에서 태어났으나 젊어서 전도에 뜻을 품고 스위스에서 공부한 다음 선교사로 인도에서 전도에 종사하다가 병 때문에 독일로 돌아와 칼브에서 헤르만 군데르트(헤세의 외조부)가 주관하는 신교(新敎) 출판사업을 돕게 되었고, 1874년 그의 딸인 마리와 결혼하였다.

헤세의 어머니 마리는 인도에서 출생, 독일의 슈바벤에서 교육을 받은 후, 역시 선교사업을 위해 세 번이나 인도에 건너갔던 신앙심 깊은 명문

가문의 여성이었다. 그녀는 인도에서 영국인 선교사와 결혼했으나 남편이 사망하자 다시 칼브의 아버지 곁에 돌아와 있던 중 요하네스 헤세와 재혼하여 헤르만 헤세를 낳았다. 헤르만 헤세는 양쪽 할아버지의 이름을 따서 헤르만이라는 이름을 갖게 되었는데, 특히 훌륭하고 신비스런 외조부의 강한 영향을 받고 자랐다. 외할아버지인 헤르만 군데르트는 남부 독일에서 '성서의 군데르트'라 불리는 유서 깊은 목사 집안 출신으로 인도 학자로서도 꽤 이름이 알려져 있었다. 후일 헤세가 중국이나 인도의 종교, 사상에 관심을 가지고 동방 세계에 심취했던 것은 어린 시절 그의 정신적 지주였던 외할아버지 헤르만 군데르트의 지대한 영향 때문이었던 것이다.

아버지 요하네스는 독실한 종교인으로 지적이며, 과묵하고 고집이 강했다. 반면 어머니 마리는 활발하고 선량했으며 음악을 좋아했다. 따라서 어린 시절 헤세의 가정은 경건주의적(敬虔主義的) 신앙심과 선교(宣敎)에 대한 열정으로 가득하고, 신뢰와 용서와 너그러움과 엄격함, 그리고 질서와 조화가 있는 곳이었다. 또한 아름다운 자연과 시와 음악이 함께 있는 곳이었다. 이처럼 풍요로운 자연과 다감한 가정의 울타리에 둘러싸여 보낸 헤세의 유년 시절은 기쁨과 행복의 추억으로 가득 차 있으며, 이에 대한 향수는 그의 초기 문학 세계를 이끄는 주요 테마가 되었다. 헤세는 자연과 가정의 울타리 속에서 내적으로 성숙하였으며 문학적인 자질을 키웠던 것이다. 그러나 이 행복했던 기억은 학교 교육의 시작으로 곧 깨어지게 되고 그의 유년 시절은 '잃어버린 과거'가 되고 말았다.

정신적 방황과 싹트는 예술혼

헤세가 네 살 되던 해 그는 가족을 따라 스위스의 바젤로 이주했다. 개신교 목사로 활약하던 부친 요하네스 헤세가 바젤에서 종교 잡지 편집을 맡게 되었기 때문이었다. 바젤은 멀리는 위대한 인문 학자 에라스무스가,

가까이는 역사가 부르크하르트와 철학자 니체가 정신의 빛을 뿜어낸 전통적인 학문의 도시였다. 비록 헤세는 이곳에서 남은 유년 시절만을 보내고 9세 때 부모를 따라 다시 칼브로 돌아왔지만, 1899년 청년이 되어 다시 들른 바젤에서는 많은 유능한 사상가들과 교류하며 큰 감화를 받았다.

고향에 돌아온 헤세는 1890년 국가시험 준비를 위해 괴팅겐에 있는 김나지움(Gymnasium : 독일의 9년제 고등학교)에 입학할 때까지 마을에 있는 라틴 어 학교에 다녔다. 칼브에서 보낸 이 4년 동안 헤세는 한평생 써도 다 쓰지 못할 만큼 많은 것을 고향의 마을에서 섭취했다. 헤세는 이곳에서 호기심이 강하고 열정이 넘치는 소년으로 성장했으며 특출한 문학적 소질들을 보이기도 했다. 당시에 그는 벌써 공책에다 시와 짧은 얘기를 가득 써 놓고 사색하는 버릇이 생겼는데, 이 시절 헤세는 "13세 때부터 시인이 아니면 아무것도 되고 싶지 않다."는 다짐을 하곤 했다.

칼브의 라틴 어 학교를 졸업한 뒤 헤세는 13세 때 공업 도시 괴팅겐에 있는 김나지움에 입학했고, 14세 되던 해 7월 신학교 입학시험에 합격한 헤세는 9월에 마울브론 신학교에 진학했다. 엄격하고 획일적이었던 이 수도원 학교에서의 체험은 헤세의 문학적 생애에 정신적 위기이자 전기(轉機)가 되었다. 입학 당시의 포부와 계획은 부모의 소망대로 훌륭한 목사가 되는 것이었으나, 시인 아니면 아무것도 되고 싶지 않다는 헤세의 강렬한 시인 기질은 신학교의 종교적 전통과 권위에 부딪쳐 내면의 갈등을 일으켰던 것이다. 게다가 권위주의적이고 형식적인 신학교 선생들의 무자비하고 강요된 교육은 감성적인 소년 헤세의 마음에 더욱 상처를 주었다. 이 시절, 그의 고통과 불안, 기쁨과 긍지 등 복잡했던 감정과 정신적 갈등은 《수레바퀴 밑에서 Unterm Rad》(1906)에 거의 실제와 가깝게 그려져 있다. 결국 실망과 좌절만을 체험한 헤세는 입학한 지 반년 만에 노이로제 상태가 되어 신학교를 도망쳐 나오고 말았다.

이 무렵 부모의 절망과 주위의 냉대와 멸시, 그리고 자신의 실의와 우울증 때문에 자살까지 기도했으나, 다행히 미수에 그치고 말았다. 헤세는 한동안 정신 요법을 쓰는 목사에게 맡겨져 치료를 받고 어느 정도 회복한 뒤에 고등학교에 다시 들어갔다. 그러나 거기서도 성적은 뛰어나게 좋았으나 산다는 것을 짐스럽게 여기고, 교과서를 팔아 권총을 사들이는 등의 탈선을 거듭해 결국 1년도 못 되어 학교를 그만둘 수밖에 없었다.

이처럼 가정의 경건한 종교적 분위기와 자연의 아름다움으로 인해 행복하고 조화롭던 헤세의 어린 시절은 학교 교육의 시작으로 깨어지고 말았다. 그는 새로이 주어진 학교라는 하나의 세계에서 자유로움의 만족을 찾을 수 없었던 것이다. 그에게 학교란 어떤 수단을 써서든지 맞서 싸워야 하는 절대적인 힘이었으며 강요된 세계였다. 헤세는 자신의 의지와는 상관없던 강요되고 폭력적인 조직체인 학교에서 가정과 자연에서 느낄 수 있었던 동질성(同質性)을 찾을 수 없었으며 처음으로 세계와 자아와의 분리를 경험하게 되었다. 이 체험을 통해 헤세는 사물에 대한 비판적 인식의 눈을 뜨게 되었으나 자아와 분리된 세계 속에서 몹시도 고통스러워했다. 이러한 고통의 기억은 그의 문학적 생애에 커다란 영향을 주었고, 훗날 제1차 세계대전을 계기로 증폭되어 '내면으로의 길'을 걷게 하는 주요한 인자(因子)로 작용하였다.

가장 예민한 시절에 세계로부터 이탈된 듯한 아픔을 맛보아야 했던 헤세는 문학이라는 감성의 세계에서 정신적인 위안과 희망을 얻고자 노력하였다. 학교를 그만두고 당분간 아무 일도 시도할 수 없었던 헤세는 1893년 학업을 일단 중도하고 에슬링겐에서 서점 점원을 하거나 아버지의 출판사일을 도우며 독서에 몰두했다. 열일곱 살이 된 그는 칼브에 있는 페로 시계 공장의 견습공이 되어 1년 반을 보낸 후, 1895년에는 대학 도시 튀빙겐의 헤켄하우어 서점의 점원 및 조수로 들어갔다. 헤세는 이 고되고 슬픈 생활 속에서도 자포자기하지 않고, 독서와 창작에 전념하며 문학에 대한 열정을 키워 나갔다. 공포와 증오와 자살에 대한 생각으로 암울했던 시기였지만 헤세는 문학에 대한 열정으로 그 위기를 극복하였으며, 그 방황과 절망의 질곡(桎梏) 속에서 헤세의 찬란한 예술혼이 싹텄던 것이다.

낭만적 신화에의 경도(傾倒)

헤세는 헤켄하우어 서점에서 지낸 4년여 동안 자유스러운 독서와 창작에 열중했다. 특히 그는 노발리스를 비롯한 낭만주의 작가들과 괴테의 작품들에 심취했다. 지성보다는 열정과 감성에 의존하여 세계를 해석하고 자아와의 합일을 이루려 했던 헤세는 자연히 낭만적이고 환상적인 문학 세계에 관심을 기울였고 괴테와 노발리스는 그의 문학 청년 시절에 정신적·문학적 지주가 되었다. 1899년 헤세가 자비로 출판한 처녀시집인 《낭만의 노래》는 그의 낭만적인 경향을 잘 반영하고 있다. 감성적이며, 우울한 감정이 돋보이며, 향수와 몽상적인 경향마저 강하게 보이는 이 시집은 그런대로 독특한 내용이었다. 그러나 이 시집은 지나치게 병적이고, 정서의 피로가 강했기 때문에 독자들의 호응을 얻지 못했으며, 이러한 실패는 같은 해에 출간된 산문집 《자정이 지난 한 시간》도 마찬가지였다. 라이프치히에 있는 디더리히스라는 상당히 이름 있는 출판사에서 나온 이 산문집은 초판 600부 가운데 1년 동안에 겨우 53부밖에 팔리지 않았다. 그러나 이 산문집이 비록 독자의 관심을 끌지는 못했지만 젊은 릴케로부터 예술가의 본질적 요소인 경건성에서 출발한 산문이라는 호평을 받기도 했다.

이 두 권의 책과 더불어 헤세는 튀빙겐의 생활을 끝내고 제2의 고향이라고 할 스위스의 바젤로 갔다. 그곳에서 헤세는 서점의 일을 도우며, 니체와 부르크하르트 등의 사상과 철학에 깊은 공명을 받았다. 특히 저명한 역사학자인 부르크하르트에 대한 외경심(畏敬心)은 대단해서 후에 가정의 기독교적 정신, 위대한 중국작가들로부터의 영향과 함께 그를 손꼽아, 자신을 형성시킨 세 가지의 위대한 영혼의 줄기라고 고백한 바 있다. 이처럼 헤세는 바젤의 정신 세계의 지도자였던 니체와 부르크하르트의 사상에 심취하는 한편, 틈틈이 창작에도 전념해 그의 첫 소설이라 할 수 있는 《헤르만 라우셔의 유작(遺作)과 시》를 1901년에 익명으로 출판하였다.

서정적인 튀빙겐의 회상집인 이 책에서 헤세는 낭만적 유미주의(唯美主義)의 색채에 매우 환상적이고 독특한 문체를 보여 주었다. 세기말적, 도피적 회의와 자학적 진실애를 반영하여 독특한 스타일을 만들어 낸 《헤르만 라우셔의 유작과 시》는 문학적인 평가뿐만 아니라 독자로부터의 호응도 좋아 판(版)이 거듭되었다. 그러나 무엇보다도 이 작품은 시인 칼 부세의 눈에 띄어 그가 편집하는 《신독일 서정시인》 시리즈 가운데에 헤세의 《시집》 한 권이 수록되는 행운을 안겨다 주었다. 겨우 시인이 되려는 소망이 이뤄진 셈이었다. 헤세는 기쁨에 넘쳐 그 동안 혹독한 고생만을 시켜 온 어머니에게 이 시집을 바치려 했으나, 어머니는 책이 발간되는 것을 함께 기뻐하지 못한 채 1902년 4월 24일 세상을 떠나고 말았다. 이 시집에는 〈안개 속에서〉를 비롯하여 헤세의 훌륭한 시들이 실려 있는데, 제2차 대전 뒤에는 《청춘 시집》이라는 제명으로 바뀌어 오늘날까지 계속 애독되고 있다.

이 무렵 베를린의 유력한 출판인이었던 피셔는 《헤르만 라우셔의 유고와 시》를 감명 깊게 읽고 신진 작가인 헤세에게 신작을 의뢰하였다. 이러한 청탁을 통해 용기를 얻은 헤세는 최초의 장편을 집필하게 되었는데, 이것이 바로 그의 출세작이자 작가로서의 지위를 굳게 해 준 《페터 카멘친트(향수)》(1904)였다. 헤세의 자전적인 성향이 강한 이 소설은 소박한 자연을 배경으로 한 인간의 내면적인 성장 과정을 아름답게 그려 내었는데, 특히 산이나 구름, 바다 등 자연에 대한 시어(詩語)적 표현으로 매우 독특하고 서정적인 작품이라는 찬사를 받았다. 이 시적 소설은 헤세가 문학 청년 시절

심취했던 괴테의 낭만적 작품들의 뒤를 이어, 독일 교양소설의 전통을 독창적으로 이었다는 평가를 받기도 했다.

삶의 환희와 동방 순례

《페터 카멘친트》의 성공으로 문명(文名)을 얻은 헤세는 곧 이어 결혼이라는 삶의 환희도 함께 누리게 되었다. 1903년에 서점 생활을 청산하고, 그해 4월 피렌체에서 초대를 받아 이탈리아를 두 번째로 여행하게 됐던 헤세는 그 여행에서 바젤의 유명한 수학자 가문의 출신으로서 뛰어난 피아니스트였던 마리아 베르느이를 만나 사랑하게 되었다. 그리고 1904년 여름에 헤세는 자신보다 아홉 살이나 연상인 마리아와 결혼하였다. 마리아와 결혼한 헤세는 스위스에 가까운 라인 강가의 한가한 시골 가이엔호펜으로 이주하여 소박한 전원생활을 하면서 그곳에서 본격적인 창작생활을 시작했다.

안정된 가정생활과 아름다운 자연환경에 힘입어 가이엔호펜 시절 헤세는 작가로서 급성장했다. 나이 30세 안팎에 찬반의 많은 비평을 얻게 되었고, '헤세 협회'까지 생겨나게 되었다. 이 시절 헤세는 《수레바퀴 밑에서》(1906)와 《게르투르트(봄의 폭풍)》(1910)의 두 장편과 단편집으로는 《이웃사람들》(1908), 중단편집으로는 《이편에서》(1907)를 발표했다. 이외에도 많은 시와 에세이를 발표하는 등 왕성한 창작 의욕을 보였다. 가정적으로도 세 아들이 출생하여 창작생활과 결혼생활의 양면에서 풍요로운 7년이었다. 한편 헤세는 1907년에서 1913년까지 빌헬름 2세의 독재정치를 비판, 풍자하는 자유주의적 잡지 「3월」의 공동 편집자가 되어 자유주의적인 그의 문학이념을 전개시키기도 했다.

이처럼 가이엔호펜에서의 생활은 헤세에게 삶의 환희와 작가로서의 확고한 위치를 마련해 주었으나, 한편으론 고독감과 현실감각을 상실케 하는 것 같은 불안을 주기도 했다. 이것을 벗어나 보기라도 하려는 듯, 헤세는

1906년 이후 자주 여행을 다녔다. 그러던 중 1911년 여름, 한 식민지 무역상의 호의로 헤세는 화가 친구인 한스 슈투르체네거와 함께 싱가포르, 수마트라를 경유하는 인도 여행을, 그의 생애에 있어서 매우 중요한 의미를 갖는 동방 순례(巡禮)에 나섰다. 이 여행을 통해 헤세는 오랜 역사를 가진 동양의 새로운 세계를 접할 수 있었으며, 색다르고 강한 이국의 정취와 풍물들은 성숙해 가는 작가의 시심(詩心)을 더욱 일깨워 주었다. 비록 이 여행에서 헤세가 기대한 만큼 마음의 평정을 찾을 수는 없었으나, 인종과 언어가 달라도 인류는 모두 형제와 같다는 휴머니즘을 인도 여행을 통해 절감한 헤세는 이때부터 예술을 통한 평화주의를 제창하기 시작했다. 이 여행의 감상과 인상은 작품 《인도에서》(1913)에 잘 묘사되어 있다. 동방세계에 대한 관심은 그후에도 계속되어 동양적 소재로 많은 작품을 쓰게 되었다.

인도 여행에서 돌아온 헤세는 1912년 가족과 함께 스위스의 수도 베른으로 이사했다. 이때부터 헤세의 행복했던 결혼생활이 서서히 무너지기 시작했다. 가정이라는 현실 생활을 등한시하고 문학의 정신 세계에만 몰두하던 헤세는 예술가로서 자신의 생활을 이해하지 못하던 아내와 마찰을 일으키지 않을 수 없었던 것이다. 이를 계기로 헤세는 현실을 외면한 어떤 환상의 세계도 의미가 없음을 깨닫고, 1914년에 발표한 화가 소설 《로스할데(호반의 아틀리에)》에서 예술과 현실이라는 대립 세계의 화해점을 찾고자 시도했다. 또 이 소설에는 헤세 자신의 결혼생활이 반영되어, 불행한 예술가 부부의 파국적인 종말이 예고되어 있다.

유럽의 몰락과 작가로서의 재탄생

1914년에서 1916년까지의 3년여 동안 헤세가 체험한 내우 외환(內憂外患)은 그의 긴 생애 중 그 유래를 찾아볼 수 없을 만큼 가혹한 시련이었다.

우선 밖으로는 세계대전이라는 커다란 사건이 일어났고, 안으로는 가정적인 불행이 계속 겹쳐서 그의 심신을 극도로 괴롭혔다.

1914년 7월, 제1차 세계대전이 발발하자 온 세계는 애국이 바로 군국주의라는 망상에 사로잡혀 제각기 전쟁에 광분했다. 정신의 자유, 지성의 양심이라 할 시인과 학자들, 사상가들까지 감격적인 어조로 전쟁을 부르짖으며 증오와 불행을 부채질했다. 독일주의적인 것보다는 범세계적인 것을 앞세우며 편협한 애국심 대신에 인간애의 기치(旗幟)를 높이 들고 세계 시민으로서의 정신적 자유와 지적 양심에 헌신해 온 그로서는 이러한 감격과 흥분에 동조할 수 없었으며 환멸과 분노를 느꼈다.

1차 대전 발발 이전까지 헤세는 시문학에 있어서뿐만 아니라 생활에 있어서도 비정치적인 인물이었다. 그러나 1차 대전에 의해 비로소 현실을 지배하는 정치 세계를 깨달았으며, 전쟁의 잔인함과 파괴성으로부터 받은 충격은 일생을 지배했다. 인간성이 처참하게 파괴되는 전쟁 속에서 순수하게 미적인 것이 더 이상 의미가 없다는 회의로부터 헤세는 초기의 낭만적 환상의 세계를 탈피해 갔다. 그리고 대전의 소용돌이 속에서 헤세는 유럽 정신의 몰락을 경고하며, 증오에 찬 이기적 정신들을 깨우쳐 유럽의 몰락을 방지하는데 시인으로서의 사명감을 느꼈다.

헤세는 1914년 11월 3일, 스위스의 「신(新) 취리히」 신문에 문화인의 각성을 부르짖는 내용의 평론을 발표했다. 사랑은 미움보다 숭고하고, 이해는 노여움보다 높으며, 평화는 전쟁보다 고귀한 것이므로 애국이라는 이름 아래 전쟁을 찬미하는 언사는 서로 삼가자고 외쳤다. '오오, 친구여! 그런 말투는 쓰지 말자.'라는 제목의 그 평론은 베토벤 제9 심포니의 대합창의 도입구를 따온 것으로, 조심스럽기는 하나 빈틈없는 평화주의적 반전론이었다. 그러나 이 논문은 국수주의에 사로잡혀 있던 독일인들을 자극하였으며, 이들은 전쟁에 대해 민족적 열광을 보이지 않았던 헤세를 조국의 배반자로 낙인 찍었다. 헤세를 변호한 사람은 뒤에 서독 초대 대통령이 된 테오도르 호이스와, 같은 입장에 있던 프랑스의 로망 롤랑 등 아주 소수의 사람뿐이었는데, 이를 계기로 헤세는 이 두 사람과 깊고 오랜 우정을 맺었다.

이런 시련 속에서도 헤세는 1915년에 아름다운 소설 《크눌프》와 시집 《고독한 자의 음악》을 발간했다. 한편 1916년 단편 《청춘은 아름다워라》가 발표될쯤 헤세에게는 가정의 우환이라는 또 다른 시련이 닥쳐왔다. 부친의 사망, 막내아들 마르틴의 중병, 아내 마리아의 정신병 악화로 인한 입원, 그리고 자기 자신의 신병 등으로 헤세는 정신적으로나 물질적으로나 위기에 빠져 정신분석의(精神分析醫) J. B. 랑의 심리치료를 받게 되었다. 이것을 계기로 헤세는 프로이드(Sigun-Frud, 1856~1939)와 융(Carl Gustav Jung, 1875~1961)의 정신분석학 연구에 몰두하였다. 이를 통해 헤세는 인간 내부에 존재하는 무의식세계에 대해 알게 되었으며, 자아와 세계와의 대립·긴장은 오로지 내면 세계에 깊숙이 숨겨져 있는 참 자아를 발견함으로써만이 해결될 수 있다고 생각하게 되었다. 전쟁이라는 참혹한 현실로 인해 정신적·육체적 상처를 입은 헤세는 그 고통의 원인을 외부에서가 아니라 내부에서 찾고자 했으며, 이것이야말로 헤세로서는 구원의 길이었던 것이다. 이러한 시련과 고뇌를 통해 헤세는 작가로서의 재탄생을 하게 되었다.

양극성의 극복과 내면으로의 길

제1차 세계대전이 끝나자 헤세는 일체의 과거를 청산하고 시련과 고뇌 속에서 깨달은 내면으로의 길을 가기 위해 외곬으로 창작에만 열중했다. 헤세가 '내면으로의 길'을 걷게 된 것은 외적인 현실에 의해 말살되어 가고 있는 내적 인간정신을 회복하고자 하는 의지로서 이는 제1차 대전에 의한 정신적 위기를 벗어나서 그에게 찾아든 사유의 결과였다.

1919년에 발표된 《데미안》은 바로 이러한 헤세 사상의 첫 창작물이었다. 영(零)에서 재출발하기 위해 익명으로 발표한 《데미안》은 정신분석학적 방법으로 자기 자신에 이르는 길을 추구한 이색적인 작품이다. 개인의 인간성과 존엄성이 상실되고 있는 현실 속에서 인간의 내면적인 세계를 탐구한 《데미안》은 패전 뒤의 허탈과 혼미(昏迷)에 빠져 있던 독일인들 사이에서 불 같은 반응을 불러일으켜 일약 베를린 시의 신인문학상인 폰타네 상을 받게 되었다. 결국 헤세가 원작자라는 것이 밝혀져 《데미안》은 헤세의 이름으로 다시 간행되고 수상은 반환되었다.

1919년 헤세는 창작에 전념하기 위해 홀로 스위스의 몬타뇰라로 옮겼다. 그는 이곳에서 보헤미안적인 자유 생활을 보내며, 수채화와 스케치를 즐기는 한편 강렬한 색채의 표현파적 소설을 썼다. 헤세는 열병처럼 들뜬 정치 사회를 등지고, 오직 인간의 사랑과 선, 그 본질로 파고들었다. 그리고 이 세상의 모순이나 대립을 신(神)이라는 초월적인 원리로써 해결하려 했던 《데미안》의 주제를 극복하기 위해 인도의 종교사상에 눈을 돌렸다. 이러한 구도자적 자세에서 씌어진 소설이 《싯다르타 Siddharta》(1822)였다. 《싯다르타》에는 유럽인 헤세가 이해한 불타의 가르침이 농도 짙게 반영되어 있다. 헤세는 이 작품에서 도를 깨달은 불타가 아니라 삶을 깨우쳐 길을 구하는 불타의 고뇌를 통해 자기 실현의 험난한 과정을 보여 주었다.

1923년 헤세는 스위스 국적을 취득했다. 그 해에 부인 마리아와 정식으로 이혼한 후 1924년 스위스의 여류작가인 리자 벵거의 딸 루트 벵거와 재혼한 헤세는 1927년 그녀와도 이혼하였다. 이러한 현실 생활의 쓰라린 경험에도 불구하고 헤세는 창작에 몰두하며 그의 문학적 주제가 된 양극성의 극복과 내면으로의 길을 추구하고자 했다.

자아 탐구와 문명 비판 정신이 표리를 이루고 있는 《황야의 이리 Der

Steppenwolf》(1927)에서 헤세는 생의 분열과 양극성, 성자와 방탕자 사이에서 괴로워하는 주인공을 통해 생의 다양성과 자아의 양극성을 동시에 긍정하고 지향하고자 했다. 지성과 예술을 추구하여 두 영혼의 우정과 영원한 여인상을 그린 대작 《나르치스와 골트문트(지와 사랑)》(1930)에서는 《데미안》 이래 제기되어 온 양극성의 대립이 화해되고 극복되어 하나의 완성된 세계를 이루고 있다. 지성과 감성 정신과 자연의 대립이 성직자인 나르치스와 예술가인 골트문트의 우정 속에 서로 결합되어 있기 때문에 갈등과 모순이 불화로 나타나는 것이 아니라 하나의 조화된 극(極)과 세계로 서로 융합되어질 수밖에 없다는 내용은 이 소설의 주된 테마이자 헤세가 끈질기게 탐구해 온 양극성의 정체이며, 예술가로서 내면적 조화를 이룬 그의 문학적 성취라 할 것이다.

사고와 명상의 유희(遊戱)

1931년 여름, 친구 포트머가 지어 준 몬타뇰라의 새 집으로 이사한 헤세는 11월, 이미 4년 전부터 공동생활을 해 왔던 오스트리아 태생의 미술사 연구가 니논 돌빈과 정식으로 결혼했다. 당시 36세인 니논 부인은 그후 30년 가까이 헤세의 좋은 반려자였다. 이때부터 몇 년간은 안정된 생활을 하게 되지만 그것도 얼마 지속되지 못하고 제2차 세계대전으로 나치 정부의 박해가 시작되자 1945년까지 그의 작품들은 독일에서 출판 금지를 당하게 되었다. 따라서 1941년부터는 스위스 취리히의 주르캄프 출판사에서 작품집을 냈으나, 헤세는 작가활동은 물론 사생활에도 위협을 받으면서 불안하게 살게 되었다. 그와 같은 상황 아래서도 헤세는 미래의 대작과 씨름을 벌였다.

이미 1932년에 나온 《동방 순례》는 그 전주곡이라고 할 만한 것으로, 진선미와 예지와 신앙을 희구하는 사람들이 빛의 본고장을 향해 가는 순례자에 대한 이야기인데, 그것과 나란히 유토피아 이야기 《유리알 유희 Das Glasperlenspiel》(1943)를 또한 그 무렵에 손대고 있었다. 그것은 히틀러 정권과 거의 걸음을 같이하면서 정반대의 극을 목표로 하고 있는 것이다. 한편은 인간성을 말살하는 폭력으로 유럽 천지를 파괴하고 있었고, 다른 한편은 전쟁과 잡문 문화의 세기적 비판에서 출발하여 시간과 공간을 넘어 동양이나 서양의 학예의 정수를 모아 미래의 유토피아를 홀로 착실하게 쌓아 가고 있었다. 이같은 태도야말로 시인 헤세에게 있어서 정신에 의한 현실 비판의 유일하고 단호한 수단이 아닐 수 없다.

헤세가 추구해 온 내면으로의 길의 극치라 할 수 있는 《유리알 유희》로 인해 1946년에는 헤세에게 노벨 문학상이 수여되었다. 이어서 그는 괴테상(1946), 빌헬름 라베 상(1950), 서독 출판협회의 평화상(1955) 등을 받게 되지만 지병인 류머티즘으로 인해 시상식에는 한번도 참석하지 못했다.

이후 헤세는 자연을 벗삼아 조용한 나날을 보내면서, 호흡이 긴 작품 대신에 회상적인 에세이와 서정시에나 가끔 손댈 뿐이었다. 그리고 지드며 토마스 만이며 호이스 대통령 등 저명한 친구들뿐만 아니라 이름없는 노동자나 학생들과 서신 교환을 하며 조용한 만년을 보냈다.

1962년, 제85회 생일에 제3의 고향이라 할 몬타뇰라의 명예시민으로 추대된 헤세는 그 해 8월 9일 아침 잠자리에서 뇌일혈로 영원히 내면의 여행을 떠나고 말았다.

서양의 신비적이며 기독교적인 경건주의에 뿌리를 두고 그곳으로부터 출발한 헤세는 폭풍의 현실을 지나 인도와 중국사상의 동양적 분위기 속에서 '정신적 고향'을 발견했다. 헤세는 운명적으로 동양과 서양, 자연과 정신, 예술가와 사상가, 은둔자와 속세인, 모성과 부성 등의 수많은 대립 사이에 흔들거리는 일생을 보내야만 했다. 그 때문에 그의 인생에서는 물론 문학적 창작활동에 있어서도 모든 것을 양극성 사이에 긴장시키고 방황해야 했다. 인간으로서의 헤세는 어떤 고정적이고 지속적인 형성체가 아니라, 하나의 시도이며 변화였다. 그는 바로 자연과 정신 사이에 놓여진 좁고도 위험한 다리였다. 가장 내면적 운명은 그를 정신으로, 신에게로 몰아 댔고, 가장 절실한 동경은 그를 자연으로, 어머니에게로 이끌어 가기도 했다. 이 두 힘 사이에서 그의 인생은 불안에 떨면서 흔들거렸던 것이다.

그러나 헤세는 그러한 시련과 방황을 진지하고 솔직한 내면 탐구를 통해 극복해 낼 수 있었고 나아가 전쟁과 인간성의 상실이라는 어둠의 장벽에 갇혀 있는 인류에게 빛의 사다리를 줄 수 있었던 것이다. 영원을 향한 그의 시선과 인간의 내면을 꿰뚫는 그의 의지, 가치의 몰락과 그 양극의 갈등 속에서 끊임없는 구도자적 명상과 지고한 세계로의 관심은 헤세를 흔들리는 나약한 인간에 머물게 하지 않고 세계 정신사에 빛을 준 위대한 예술가로 높여 놓았던 것이다.

《데미안》

소년 싱클레어는 밝은 세계에서 성장했다. 양친의 신앙과 지성이 조화된 분위기 속에 살면서 점차 또 하나의 세계, 어둠의 세계에 눈을 뜬다. 싱클레어는 악으로부터 유혹받으며, 두 세계 사이에서 갈등한다. 이때 무섭게 영리하고 조숙한 데미안이 나타나 싱클레어에게 구원의 빛을 던진다. 데미안은 선과 악의 그 어느 세계에도 속하지 않는 자아의 세계를 싱클레어에게 알려 주며 그를 교도(敎導)하려 한다. 그리고 깊은 자아 성찰을 요구한다.

싱클레어는 고뇌하면서 자신의 세계를 극복하고자 한다. 어느 날 그는 베아트리체를 만나고 그 소녀의 순수하고 평화로운 얼굴에서 자신의 내면에 숨겨져 있던 무의식의 세계를 발견한다. 그리고 싱클레어는 고독한 음악가 피스토리우스에게서 인간의 선과 악을 동시에 지니고 있는 아브락사스(Abraxas)에 관한 이야기를 듣는다.

이를 통해 싱클레어는 데미안이 알려 준 자아의 세계를 스스로 깨닫는다. 두 젊은이는 굳은 친구가 되어 세계를 비판하고 미래를 예언한다. 그리고 언젠가 세계는 파멸할 것임을, 알을 깨고 나오는 새의 순리처럼 새로운 것의 탄생을 위하여 파멸이 불가피함을 예견한다.

싱클레어는 데미안의 어머니 에바 부인을 만난다. 그는 그녀에게서 세계의 양극성을 융합하고 초월한 아브락사스의 세계를 발견한다. 전쟁이 터지고 낡은 세계의 종말과 함께 새로운 세계가 찬란히 도래함을 믿으며 데미안도 싱클레어도 참전한다. 그리고 싱클레어는 그의 선도자인 데미안이 바로 자신의 화신이며 따라서 자신을 이끄는 것은 자신뿐이라고 깨닫는다.

데미안은 싱클레어의 무의식을 상징하는 인물, 즉 내면에 숨겨져 있는 자아이다. 에바 부인은 이른바 조화와 융합의 상징이다. 어둠과 빛, 선과 악으로 분열된 세계에서 단일(單一)을 찾으려던 싱클레어는 에바 부인에게서 양극성이 극복된 통합의 세계를 보았으며, 그녀는 데미안과 싱클레어를 연결해 주는 구심점이었다. 헤세에게 있어서 아브락사스는 양극성의 극복뿐만 아니라, 유럽의 정신 세계를 지배하고 있던 그리스도교적인 것에서의 탈피, 그리고 새로운 세계 건설이라는 여러 의미를 함축하고 있다. 《데미안》에서 헤세는 정신분석학과 니체의 초인 사상에 의해 내면의 자아를 실현하고 양극성을 극복하고자 했으며 나아가 혼을 잃은 유럽 문명을 비판하고 새로운 정신 세계를 추구하고자 했다.

정신을 매혹시키는 마력적인 힘을 가진 데미안의 인도로 싱클레어라는 현실의 소년이 운명을 개척하고 자기 자신이 되는 길을 걷고자 고뇌하는 모습을 신비적이고 상징적으로 다룬 《데미안》은 헤세 문학의 진정한 본령(本領)이요, 완벽한 결정품(結晶品)이라 할 수 있다.

헤르만 헤세 연보

1877년 7월 2일, 남부 독일 슈바르츠발트의 작은 도시 칼브에서 출생. 나
고르트 강을 따라 형성된 이 소도시는 헤세의 꿈이 서린 고향임.
칼브는 헤세의 많은 작품 속에 묘사되고 있음(작품에는 게르바스아
워라는 이름으로 나오는 일이 많음). 헤세의 아버지는 요하네스 헤세
(1847~1916)는 에스도니아에서 출생하여 18세 때 스위스로 건너
가 바젤의 전도단(傳道團)에 들어감. 22세 때에 다시 인도로 건너
가 전도 사업에 종사하다가 건강을 해쳐 3년 뒤 귀국. 다시 칼브
로 돌아온 그는 군데르트의 신교(新敎) 출판 사업을 도움. 어머니
마리 군데르트(1842~1902)는 인도에서 출생. 소녀 시절을 스위스
에서 보냈으나 15세 때 부모가 있는 인도로 감. 아버지의 병으로
한때 귀국해 있는 사이에 영국인 선교사 찰즈 아이젠버그와 약혼.
세 번째 인도로 갔을 때 결혼하나, 남편이 병으로 쓰러지자 병든
남편과 두 아이를 데리고 칼브로 옴. 남편은 마리(헤세의 어머니)가
28세 때 죽음. 그녀는 1874년, 당시 아버지 헤르만 군데르트의
조수로 일하던 요하네스(헤세의 아버지)와 만나 재혼. 이때 마리의
나이 32세요, 요하네스는 27세임. 두 사람 사이에서 이듬해인
1875년에 장녀 아델레가 출생. 헤세는 형제 중 이 아델레(누나)와

가장 친한 사이임. 훗날에 헤세는 《아델레의 추억》(1946)과 《아델
레에의 편지》(1949)를 씀.

1880년(3세) 여동생 마룰라가 태어남(1953년에 죽은 마룰라를 기리는 《마룰라
를 위하여》란 글이 있음).

1881년(4세) 헤세의 집안은 스위스의 바젤로 이사함. 아버지는 여기서 선
교사학교의 교사가 됨. 바젤 시절의 일을 쓴 헤세의 작품으로 《걸
식(乞食)》이 있음.

1882년(5세) 동생 한스 출생. 《청춘은 아름다워라》의 주인공. 놀음만을 즐
기며 학문에 뜻이 없어 점차 삶에 자신을 잃고 후에 자살함. 《한스
의 추억》에 그의 일을 쓰고 있음. 그 해 즉흥시 같은 것을 썼었다
고 어머니의 일기에서 기록하고 있음.

1884년(7세) 바젤의 미션 계통의 국민학교에 다님.

1886년(9세) 헤세 일가는 다시 칼브로 돌아옴. 13세 때까지 칼브의 국민
학교와 라틴 어 학교에서 공부했음. 이때 4년간의 소년 시절은 그
의 소설의 좋은 소재가 되었음. 《수레바퀴 밑에서》, 《데미안》, 《소
년 시절의 추억》 등.

1890년(13세) 신학교 수험 준비를 위하여 괴팅겐의 라틴 어 학교에 입학.

1891년(14세) 7월에 마울브론 신학교에 입학함. 라틴 어 학교에서 신학교
까지의 학창생활은 《수레바퀴 밑에서》에 잘 나타나 있음.

1892년(15세) 이 해 봄 4월에 신학교를 뛰쳐나왔고, 그 때문에 퇴학 당함.
이 일로 부모는 헤세에 대한 절망으로 나날을 보냄. 그러나 그의
조부(祖父) 헤르만 군데르트는 '너는 천재 여행(당시 학생들의 반항
적인 행동을 일컬음)을 한 것 같구나.'하며 오히려 반겼다. 그후 정
신 요법을 하는 목사 볼름 하르트의 문하에 들어갔으나 극도의 신
경쇠약으로 6월에 자살을 기도, 미수에 그침. 그 해 6월부터 8월

까지 슈테덴의 정신병원에서 보냄. 괴팅겐의 바우아 교수와 샤아르 목사의 지도로 점차 회복이 됨.

1893년(16세) 조부 헤르만 군데르트 사망. 헤세는 이 조부에게서 정신적 감화를 크게 받음. 칸쉬타트의 고등학교에 입학했으나 1년만에 퇴학. 에슬링겐에서 서점 점원으로 취직했으나 3일만에 그만둠. 목사인 아버지의 출판사 일을 도우며 독서에 몰두.

1894년(17세) 6월에 칼브의 페로의 시계 공장 견습공으로 일함. 탑시계의 톱니를 가는 일을 함.

1895년(18세) 가을에 탑시계 공장을 그만둠. 10월에 튀빙겐에 있는 헤켄하우어의 서점 점원으로 취직. 이 당시 괴테와 독일 낭만파 문학 작품에 심취, 시작(詩作)에 몰두.

1899년(22세) 처녀시집 《낭만의 노래》를 자비로 출판. 계속해서 산문집 《자정이 지난 한 시간》을 라이프치히에서 간행. 별로 팔리지는 않았으나 식자(識者)들의 호평을 받음. 릴케도 격찬함. 가을에 스위스 바젤의 라이히 서점으로 옮김. 처음엔 판매부에서, 후에는 고서부(古書部)에서 일함.

1901년(24세) 2월, 고향 칼브를 방문함. 첫번째 이탈리아 여행을 떠남. 처음 근무한 적이 있는 라이히 서점에서 《헤르만 라우셔》를 출간. 처음엔 《헤르만 라우셔의 유작과 시》라는 제명으로 출판되었으나 증보 신판을 냈을 때 바꾼 제명임. 평판도 판매도 비교적 좋았음.

1902년(25세) 칼 부세가 편집한 총서(叢書) 〈신독일 서정시인〉의 제3권으로 《시집(詩集)》을 구로테에서 출판. 그후 단행본으로, 1950년부터 《청춘시집》으로 개제(改題) 출간. 4월 2일, 어머니 마리가 죽음. 스위스를 여행함.

1903년(26세) 라이히 서점을 퇴직. 두 번째 이탈리아 여행을 떠남. 피렌체와 베니스를 감. 스위스의 작가 바울 이르크에 의해 베를린의 출판인 S. 피셔를 소개받고 새 작품을 쓰도록 권고받음. 《페터 카멘친트》 탈고.

1904년(27세) 《페터 카멘친트(향수)》가 S. 피셔 출판사에서 출간. 이 작품은 1901년부터 3년 동안에 걸쳐 쓴 작품으로, 제1권이 1903년 S. 피셔 사(社)의 잡지 「노이에 룬드샤와」에 발표되었음. 헤세 자신이 '나는 성공했다.'고 썼을 만큼 평이 좋았음. 이 작품으로 헤세는 일약 신진 작가로 각광을 받았으며, 다음해에 비엔나 바우에른펠트 문학상을 받았음. 8월, 바젤의 사진사의 딸 마리아 베르느이와 결혼함. 9월에 보덴 호반의 농촌 가이엔호펜에 살면서 창작에 전념. 아내는 피아니스트였음. 이때부터 뮤니히의 신문 「디 프로필레엔」, 「디 라인란데」, 「짐플리치시무스」, 뷔르템베르크의 신문 「데어 슈바벤슈피겔」 지(紙) 등의 기고가로서 활동하기 시작함. 이해에 보카치오와 성 프란체스코 등의 전기적 작품을 씀.

1905년(28세) 장남 브루노 출생함. 그는 뒤에 화가가 됨. 《수레바퀴 밑에서》가 취리히 신문에 연재됨. 그 외에 《무화집》, 《작은 세계》라 이름붙여 묶어진 중편 · 단편 · 수필 등 많은 글을 씀.

1906년(29세) 《수레바퀴 밑에서》가 S. 피셔 사에서 출간되어 큰 성공을 거둠.

1907년(30세) 빌헬름 2세의 친정(親政)에 반대하는 자유주의적 격주간지 「3월」 창간에 참여, 1912년까지 공동 편집인으로 일함. 여기에 많은 작품을 발표함. 중단편집 《바닷가》를 출간. 가이엔호펜에 새 집을 짓고 이사함.

1908년(31세) 중편집 《이웃 사람들》을 간행. 《크눌프》의 첫 번째 이야기 〈조춘(早春)〉이 발표됨.

1909년(32세) 차남 하이너 출생. 브르멘에서 〈파우스트와 짜라투스트라〉에 대하여 강연함. 소설가 W. 라베를 방문함.

1910년(33세) 한 음악가를 주인공으로 쓴 소설 《게르트루트(봄의 폭풍)》를 발행. 이 당시 헤세는 음악가들과 친교가 있었음. 스위스의 작곡가 오트마르 시에이크와 가까이 사귐.

1911년(34세) 3남 마르틴 출생. 시집 《도상(途上)》이 게오르그 뮐러사에서 간행됨. 이 해 여름에 화가 한스 슈투르체네거와 함께 아시아 여행, 홍해를 건너 싱가포르, 남 수마트라, 실론(지금의 스리랑카)을 돌아 연말에 귀국. 이 여행은 유럽으로부터의 도피, 동양에의 동경, 가정생활에 있어서의 갈등의 타개 등이 그 동기가 되었음(이는 작품 《인도에서》에 잘 묘사되어 있음).

1912년(35세) 스위스의 수도 베른 근처에 있는 화가 베르티의 별장에 세 듦. 이 집에 관한 이야기를 단편소설 《꿈의 집》(1920)에 씀. 중편소설집 《귀로(歸路)》를 간행.

1913년(36세) 아시아 여행의 보고서라 할 《인도에서》 출간.

1914년(37세) 예술가의 가정생활의 비극을 그린 《로스할데(호반의 아틀리에)》를 간행. 제1차 세계대전이 일어남. 대전이 일어난 2개월 후, '오, 벗이여 그런 말투는 쓰지 말자.'란 짧은 글을 신(新) 취리히 신문에 발표. 극단적인 국수주의에 반대했다 하여 매국노 취급을 받음. 이로 인해 독일의 신문과 잡지들로부터 외면 당함. 군복무를 위해 자진 입대했으나 부적격자로 판정되어 베른의 독일 대사관에 배치, 독일 포로 후생사업국에서 신문, 도서의 편집, 간행, 발송 등의 일에 종사함.

1915년(38세) 소설 《크눌프》, 시집 《고독한 자의 음악》, 창작집 《길가에서》를 간행. 8월, 로망 롤랑 내방. 이때부터 오랜 친교가 시작됨.

1916년(39세) 《청춘은 아름다워라》 간행. 독일 「억류자 신문」 편집에 관여함. 3월, 아버지 요하네스 헤세가 사망함. 번잡한 수속 끝에 국경을 넘어 부친 장례에 참석함. 1919년에 발표한 《작은 정원》에 아버지의 추억이 기록됨. 막내아들 마르틴이 중병에 시달리고 아내가 정신병 악화로 입원, 헤세 자신도 심한 노이로제로 정신적 위기를 겪음. 이듬해까지 C. G. 융의 제자 J. B. 랑 박사의 치료를 받고 프로이드의 정신 분석학을 연구.

1917년(40세) 〈수상에게 보내는 편지〉, 〈전쟁이 앞으로 2년 더 계속된다면〉, 〈평화는 올까〉 등의 평론, 수상을 발표. 《데미안》을 집필.

1918년(41세) 〈전쟁이 앞으로 5년 더 계속된다면〉, 〈유럽인〉, 〈전쟁과 평화〉, 〈세계사〉, 〈국가〉, 〈사랑의 길〉 등의 평론, 수상을 발표. 이 모두 수상집 《관상(觀想)》(1928)에 수록함.

1919년(42세) 장편 《데미안》을 '에밀 싱클레어'라는 익명으로 출판, 이 작품은 전쟁 직후의 그 당시 민심에 이상한 반응을 불러일으켰음. 헤세는 《데미안》으로 폰타네 문학상을 받게 되었지만, 자신의 작품임을 밝히고 상을 반납함. 1920년 9판 때부터 헤세 작으로 고침. 〈짜라투스트라의 재래〉, 〈한 독일 청년에게 주는 편지〉 등 정치적 평론도 '한 독일인'이란 익명으로 발표하고 1920년 제2판 때부터 헤세 이름으로 간행됨. 《메르헨》, 《작은 정원》 발표. 볼테레크와 함께 1923년까지 새로운 독일정신을 위한 월간지 「생명의 절규」를 편집. 봄에 아내와 별거. 아이들을 친구와 친척에게 맡기고 소렌고에 잠시 머문 뒤 남부 스위스 루가노의 언덕 몬타뇰라에 혼자 머물면서 문학에 전념함.

1920년(43세) 두 개의 도스토예프스키론을 실은 《혼돈 속으로의 조망》과 기행 수상(紀行隨想), 시와 수채화가 담긴 여행 소설 《방랑》을 발표. 시와 수채화로 꾸민 《화가의 시》를 간행(헤세는 40세가 넘으면서 그림 그리는 일에 열중함). 3편의 단편을 모은 《클링소르의 마지막 여름》 발표.

1921년(44세) 《시선집》 발행. 《테신에서의 수채화 11편》 간행.

1922년(45세) 인도에 대한 젊은 시절부터의 관심을 집대성한 《싯다르타》(〈인도의 시〉란 부제를 붙였음) 출간.

1923년(46세) 9월, 별거하고 있던 아내 마리아와 정식 이혼. 이 해부터 헤세는 좌골신경통과 류머티즘 치료를 위해 취리히 근처에 잠시 머무름. 스위스 국적을 취득. 《싱클레어의 노트》 간행.

1924년(47세) 스위스의 여류 작가 리자 벵거의 딸 루트 벵거와 결혼(3년 후에 이혼함).

1925년(48세) 바덴 온천을 배경으로 한 에세이집 《온천 요양객》 발표. 20세 연하의 젊은 성악가 루트 벵거에게 바친 사랑의 동화 《픽토르의 변신》 발표(이 책은 자신의 수채화와 함께 자필로 쓴 사랑의 동화임). 베를린의 S. 피셔 출판사에서 《헤세 전집》을 단행본으로 출간하기 시작. 가을에 남부 독일 강연 여행을 떠남. 뮌헨으로 토마스 만을 방문함. 1931년까지 겨울 동안은 취리히에 머무름.

1926년(49세) 기행과 자연 풍물, 감상을 모은 《그림책》을 간행.

1927년(50세) 두 번째 아내 루트 벵거의 요구에 따라 이혼. 《뉘른베르크의 기행》과 장편소설 《황야의 이리》 출간. 헤세의 50회 탄생일에 후고 발이 쓴 《헤르만 헤세, 그의 생애와 작품》 출간. 출간 직후 저자인 후고 발 사망.

1928년(51세) 1904년부터 발표된 평론·수상 40여 편을 수록한 수상집 《관상(觀想)》을 출간. 시집 《위기, 일기의 한쪽》을 출간.

1929년(52세) 1911년 이후의 시를 묶은 시집 《밤의 위안》 출간.

1930년(53세) 소설 《나르치스와 골트문트(지와 사랑)》 발간. 《아버지의 기념으로》, 《이 강언덕》 등 초기 소설집의 결정판 간행함. 프러시아 예술 아카데미에서 탈퇴.

1931년(54세) 자가시집 《사계(四季)》 간행. 〈싯다르타〉, 〈어린이의 영혼〉, 〈클라인과 바그너〉, 〈클링소르의 마지막 여름〉의 4편을 모아 엮은 《내면으로의 길》을 출간. 8월에 12년간이나 살았던 카사 카무치의 집을 떠나 친구 포트머가 지어 준 몬타뇰라의 새 집으로 이사함. 11월에 루마니아 출생으로 미술사를 전공한 니논 돌빈과 결혼함. 《나의 신앙》을 발표함.

1932년(55세) 소설 《동방 순례》 간행. 괴테 100년제를 맞아 《괴테에의 감사》를 발표.

1933년(56세) 단편집 《작은 세계》 출간. 이 해에 히틀러 정권 수립. 나치주의와 유태인 박해에 반발함. 망명자들을 돌보는 일과 구제자금을 마련하는 일에 힘씀.

1934년(57세) 시선집 《생명의 나무에서》를 인젤문고로 간행. 《유리알 유희》의 서장(序章)을 발표. '세계문학의 도서관'에서 유태인 작가를 삭제한 개정판을 내도록 권고받았으나 차라리 절판할 것을 희망함.

1935년(58세) 《우화집》을 발간. 동생 한스가 자살. 전원시집 《정원에서의 시간》을 「노이에 룬드샤와」 지에 발표.

1936년(59세) 시집 《정원에서의 시간》을 간행. 이 시집을 누이인 아델레의 60세 탄생일에 바침. 1914년부터 쓰기 시작한 《꿈의 집》을 간행. 스위스 최고의 문학상인 고트프리트 켈러 상을 수상함.

1937년(60세) 《추억집》을 간행, 자매와 아우에게 바침. 헤세는 지난 해에 일어난 아우 한스의 자살에 강한 충격을 받아 《한스의 추억》을 써

이 회상 문집에 넣음. 《신시집》을 간행. 이 시집에는 1933년 이후
의 시가 실려 있음. 60세를 기념하여 회상기 《불구 소년》을 출간.
1938년(61세) 〈클링소르의 마지막 여름〉이란 단문만을 발표했음.
1939년(62세) 1945년까지 나치 독일은 헤세의 작품을 원치 않는 문학이라
고 낙인을 찍고, 헤세의 작품을 찍기 위한 용지를 허락하지 않음.
《열 편의 시》를 자가 출판함.
1941년(64세) 독일에서 출판이 불가능해진 헤세의 작품들이 작가의 출판
업자 페터 슈르캄프(S. 피셔의 독일에서의 후계자)와의 합의 아래
1942년부터는 취리히의 프레츠 운트 바스무트 출판사에서 단행본
《헤세 전집》을 출간하기로 함. 《자정이 지난 한 시간》을 출간.
1942년(65세) 헤세의 시 거의 전부를 수록한 《시선집》을 발간.
1943년(66세) 《유리알 유희》를 전2권으로 발간. 이는 1931년부터 1942년
에 걸쳐 쓴 최후의 대작.
1945년(68세) 1907년에 쓴 채로 간행이 안 되었던 《베르톨트》 간행. 시선
집 《꽃가지》 발행, 누이 아델레에게 바침. 새로운 단편과 동화집
《꿈의 자취》를 간행. 제2차 세계대전이 끝난 후는 거의 규칙적으
로 실스 마리아에서 여름을 보냄.
1946년(69세) 이 해부터 헤세의 모든 작품이 독일의 슈르캄프 출판사에서
출판됨. 괴테론과 괴테 시초(詩抄)를 모은 《괴테에의 감사》가 출
판. 8월에 프랑크푸르트시의 괴테상을 수상. 1914년 이후의 전쟁
과 정치에 관한 평론을 담은 《전쟁과 평화》가 출간. 가을에 노벨
문학상을 받음. 그러나 병으로 수상식엔 참석치 못함. 《만년의 시》
를 자가 출판.
1947년(70세) 앙드레 지드 내방, 베를린 대학으로부터 명예 박사 학위를
받음. 고향인 칼브 시의 명예 시민이 됨.

1848년(71세) 《초기의 산문》이란 제목으로 〈자정이 지난 한 시간〉 등 3편의 소설을 모아 묶어 냄.

1949년(72세) 《켈파스아어》란 제목으로 고향 칼브에 관한 소설을 2권으로 편집해 발행.

1950년(73세) 브라운쉬바이히 시(市)의 빌헬름 라베 상을 수상.

1951년(74세) 산문집 《만년의 산문》과 1927년부터 1959년 사이의 서간문을 모은 《서한집》을 발간.

1952년(75세) 6권의 《헤세 전집》이 간행. 75회 생일을 맞아 독일과 스위스에서 축전이 개최.

1953년(76세) 여동생 마룰라 사망.

1954년(77세) 《헤세와 롤랑의 왕복 서한집》 간행. 옛 친구인 서독의 호이스 대통령으로부터 메리테 훈장을 받음. 비매품이던 《빅토르의 변신》에 삽화를 넣어 간행.

1955년(78세) 독일 출판협회의 평화상을 받음. 만년의 산문집인 《과거를 되부르다》 발간. 수채화 및 수채화론을 모아 《테신의 수채화》 간행.

1956년(79세) 헤르만 헤세 상이 설립(독일 예술촉진위원회 주관).

1957년(80세) 80회 생일 축하 행사에서 마르틴 부버가 스투트가르트에서 〈헤르만 헤세의 정신에의 봉사〉란 제목의 축사를 함. 《헤세 전집》이 7권으로 증보 출간.

1959년(82세) 《서한집》 증보판이 나옴.

1960년(83세) 《헤세 앨범》 출간. 헤세에 관한 모든 것을 망라한 사진집.

1961년(84세) 신시선집 《단계》 출간.

1962년(85세) 몬타뇰라의 명예 시민이 됨. 8월 9일, 뇌출혈로 몬타뇰라에서 85년간의 생애를 마침. 2일 후에 아폰티오 교회에 안치.

◀튀빙겐의 서점에서 점원을
하던 시절의 헤세(왼쪽)와
헤세의 어머니 마리 군데
르트(오른쪽)

◀헤세가 태어난
칼브의 교회

▲헤세가 열두 살 때의 가족 사진

▲헤세의 수채화